漫步衢江古镇

衢州市衢江区文化和广电旅游体育局

吴燕珍 / 主编

河海大学出版社
·南京·

图书在版编目（CIP）数据

漫步衢江古镇 / 吴燕珍主编. -- 南京：河海大学出版社, 2024. 12. -- ISBN 978-7-5630-9525-4
Ⅰ. I267.4
中国国家版本馆 CIP 数据核字第 20242CR515 号

书　　名 / 漫步衢江古镇
　　　　　　MANBU QUJIANG GUZHEN
书　　号 / ISBN 978-7-5630-9525-4
责任编辑 / 彭志诚
文字编辑 / 管　彤
特约校对 / 李　萍
装帧设计 / 未来趋势
出版发行 / 河海大学出版社
地　　址 / 南京市西康路 1 号（邮编：210098）
电　　话 / （025）83737852（总编室）
　　　　　（025）83722833（营销部）
经　　销 / 全国新华书店
印　　刷 / 三河市元兴印务有限公司
开　　本 / 880 毫米×1230 毫米　1/32
印　　张 / 12.125
字　　数 / 231 千字
版　　次 / 2024 年 12 月第 1 版
印　　次 / 2024 年 12 月第 1 次印刷
定　　价 / 98.00 元

编纂委员会

策　划：衢州市衢江区文化和广电旅游体育局

主　任：叶国祥

副主任：许蓉蓉　李燕芬

编　委：吴燕珍　余　璐

//// 前言

衢江，以水为名、因水而兴，地处浙江省西南部，是浙、闽、赣、皖四省的交汇之地，素有"衢通四省"之称；也是连接长三角、泛珠三角和海西经济区的重要节点，自东汉以来，衢江区便以其独特的地理位置和商贸活动，逐渐发展成为区域内的文化与商贸中心。

衢江区的前身——衢县，始建于东汉初平三年（192），至今已有1800多年的历史。曾是越国姑篾地，战国时期属楚，后经历多次更名和行政区划调整，直至2001年12月26日，经国务院批准撤销衢县，设立衢州市衢江区。

这里曾是初唐四杰之一杨炯的任所，也是唐代高僧大彻禅师、北宋"铁面御史"赵抃、南宋抗金名将徐徽言、抗金状元毛自知以及明代"中华第一神针"杨继洲等文化名人的故乡。

这里保存着众多人文古迹。有葱口新石器洞穴遗址的古老印记，初唐古寺明果寺的宗教庄严；有巽峰塔的高耸入云，小湖南廊桥的古朴典雅；有涧峰村的古色古香，楼山后村的皇室底蕴；有畏岭古道的岁月沉淀，东坪古道的悠远回响。

这里传承着非物质文化遗产的精湛技艺。全旺板龙以其独特的造型和舞动的气势，荣列浙江省非物质文化遗产名录；牛角雕以其精湛的工艺和独特的艺术风格，勇摘浙江省民间文艺"映山红奖"；廿里剪纸以其细腻的刀工和丰富的图案，展现了民间艺术的深厚底蕴和艺术价值。

这里汇聚了令人垂涎的传统美食。轩阁祝记年糕以其软糯香甜，成为节日里家家户户不可或缺的佳肴。杜泽灌肠、桂花饼以其独特的风味，引来四面八方的美食实践者。全旺娘娘饺、上方冬菜羊肉暖心锅、高家葱花馒头等传统美食，更是承载着家乡的味道和温暖的记忆。

这里流传着丰富多彩的民间故事。草鞋仙和草鞋堰的传说，展现了民间对自然和生活的敬畏与尊重；癫痫娘娘的传说，抒写了人们对善良的赞美和褒扬；杨翰林治官痦，体现了民间对清官的敬仰和对正义的渴望；三儿媳招来四儿媳、吾头师作法，充满了民间的智慧与幽默；桂花饼的传说，更是以曲折的情节和美好的寓意，反映劳动人民对坚贞爱情的追求和向往。

《漫步衢江古镇》一书，旨在记录和传承衢江10座古镇丰富的地域文化和独特的人文精神，旨在唤起本地民众内心深处对家乡古镇的那份深情与眷恋。它通过生动的语言和细腻的笔触，带领读者穿梭于古镇的大街小巷，感受那些历史的痕迹和文化的韵味。我们希望，即便是对这片土地最为熟悉的人，也能在字里行间发现那些被时光雕琢的美好，感受到一种久违的亲切和温暖。

同时，我们也希望这本书能够成为一扇窗，向外地的读者展现衢江古镇的别样风情。在阅读中跨越地域的界限，感受这里每一砖一瓦所承载的故事，每一条街巷所蕴含的历史气息，从而领略到衢江区古镇独有的韵味和魅力。

编者

2024 年 8 月

//// 目录

上方镇　001_

- 003_　山水宝地　壮美上方
- 010_　葱洞：衢州人6000年前的家
- 014_　传奇千年的上龙寺
- 020_　巍巍畏岭　漫漫古道
- 025_　神奇的上方酒药
- 029_　冬菜羊肉暖心锅
- 033_　插花娘娘（民间故事）

峡川镇　037_

- 039_　山水美镇　古韵峡川
- 046_　浙西第一古道——东坪古道
- 050_　无柿不东坪
- 057_　下金大桥：一步跨三县　一眼览八景
- 063_　奇秀失母湾
- 070_　东村渡槽：48年凤凰涅槃
- 079_　南湖寺：佛俗两界的殿堂
- 083_　草鞋仙和草鞋堰（民间故事）

杜泽镇 087_

089_ 云水古镇　巽风杜泽
099_ 思恋巽峰塔
107_ 月色里的杜泽
111_ 神哉，项山项王庙
116_ 江南名刹——明果禅寺
120_ 共走富裕路的卷拱桥
123_ 桂花饼的传说（民间故事）

莲花镇 129_

131_ 盛世莲花　和美田园
137_ 一朵为"未来"开放的莲花
141_ 寻古探幽莲华寺
145_ 莲花万安桥
149_ 大乘山上大乘寺
154_ 千年古村落——涧峰村
158_ 三儿媳招来四儿媳（民间故事）

高家镇 161_

163_ 登高望远　活力高家
169_ 杨炯出巡，来自初唐的非遗
174_ 浙西第一古村——盈川
182_ 衢州的"呼伦贝尔"——浙西大草原
188_ 一只肚子里有料的馒头
192_ 盈川惊现黄山松（民间故事）

全旺镇 197_

199_ 状元之乡　人文全旺
207_ 抗金英雄徐徽言
213_ 抗金状元毛自知
216_ 两度舞上央视的全旺板龙
221_ 皇后故里——楼山后村
229_ 全旺娘娘饺
232_ 癫痢娘娘的传说（民间故事）

大洲镇 235_

237_ 大美之洲　悠游福地
243_ 六春湖,开满杜鹃花的山梁
250_ 道佛胜地东岳山
255_ 千年佛寺——西山寺
261_ 大洲厨刀,一炉铁火旺百年
266_ 舌尖上的大洲
270_ 顺子挖冬笋(民间故事)

廿里镇 275_

277_ 活力廿里　古镇新城
286_ 针圣杨继洲
292_ 廿里剪纸,开在田园上的艺术之花
297_ 柴春福和他的牛角雕
302_ 万嵩桥的传说
305_ 杨翰林治官痦(民间故事)

后溪镇 309_

311_ 文化重镇　通达后溪
317_ 一代印学宗师吾丘衍
321_ 浙西第一甘蔗村——泉井边
324_ 吾平堰传奇
327_ 唤醒乡愁记忆的民俗展示馆
331_ 吾头师作法（民间故事）

湖南镇 335_

337_ 烟雨湖南　诗意小镇
350_ 世界地质奇观——湖南节理石柱群
355_ "进士村"——破石
361_ 小湖南廊桥
366_ 藏在大山里的两道美食
370_ 牡丹仙子破圆石（民间故事）

后记 374_

上方镇

山水宝地　壮美上方

　　铺开衢州政区图，位于最北端的行政区域是衢江区上方镇，离市区 32.8 千米。其东部、北部分别与建德市、淳安县接壤，西与灰坪乡毗邻，东南与峡川镇交界，南与杜泽镇接壤。305 省道和杭新景高速穿镇而过。上方镇户籍人口仅为 29486 人，却是一个让衢州人敬仰的地方。

　　字面上，"上方"往往让人按约定俗成，首先想到的是传统家庭客厅里的上位，是一个供奉祖先灵位的地方。假如将这种俗约放大到衢州，恰是完全相同。葱口洞穴遗址位于上方镇北部龙祥村葱口自然村，2000 年浙江省文物考古研究所对该遗址进行了考古发掘，出土印纹夹砂陶片、骨椎、石器及大量的兽骨，经研究为 6000 年前的先人留下的，葱洞是 6000 年以前的古人类居住遗址。可见，上方是衢州文明的发祥地，衢州的文明历史从上方拉开序幕，衢州的先人从葱洞走来。

　　上方是历史悠久的文化古镇。唐如意元年（692）即为盈川县属地。千百年来，上方人在与自然斗争和生产实践中，不断创造新的文明成果，给后人留下老街、老宅、古寺及古道等各类"古"字辈的文化遗产，阐释了上方镇深厚的文化底蕴和丰富的文化内涵。

　　上方老街，由南北向的西安路和东西向的横街组成的一个"丁"字形街道。街面宽 5 至 6 米，街东有一条流向芝溪的暗河，上盖石板。街道两旁店铺林立，店铺门前挑檐，牛腿雕刻风格不同，保存完整。老街基本保持民国年间的历史格局与传统风貌，是衢江区保存最完整的古街，具有

▲ 上方集镇

较高的历史、科学、艺术研究价值。

　　上方有许多古建筑散落各处。上方镇一村的袁氏民居，建筑占地面积约678平方米，是衢州市文保单位。上方镇二村的胡氏老宅，建于清代，占地面积2040平方米，建筑规模宏大，用材粗大，雕刻精细，设计科学，建筑风格独特，具有较高的历史、文化、艺术价值。上方镇葱口村的

▲天坑景观

舒氏民居四面厅，建于清光绪十六年（1890），建筑占地面积701.68平方米，至今保存完好。葱口村西南田野中的远望亭，传说是参加太平天国起义幸存的哥哥为纪念殒身的弟弟而建的，已经历150多年历史风雨，在四周群山衬托下，远望亭显得古朴古色。上方镇大坪地村上龙山腰的上龙寺，始建于西晋年间，建筑布局规整，对人们研究佛教文化有

一定的价值。中华人民共和国成立以来，上龙寺多次成为普济众生的一方圣地。

畏岭古道，修于明、清两朝，位于上方镇畏坑源到杭州市淳安县安阳乡山岗交界之处，蜿蜒于峻岭群山之间，海拔高度1150米，令人望而生畏。这里曾是南来北往的商贸、州府联络的要道，也留下了刘邓大军南下解放衢州的足迹、老百姓支持反法西斯战争的汗水。在崇尚健身的今天，它已成为登山运动的一条理想路线。

　　上方民间还有许多古老传说。上至女娲补天、各显神通的八仙，近至金水牛的故事、樟树老爹的传说。既有反映争权夺位的龟鳖，也有反映匡扶正义、惩治邪恶的魏都司。几乎走进每个村落，都能听到一个闻所未闻的神奇传说；几乎使人觉得，上方的每一块石头都有来历，每一棵树都有古老的文化气息。

　　上方于山于水均占"上方"。浙江之名山千里岗横穿上方，衢北五个乡镇的母亲河芝溪河，古称上方源，亦称上方溪，是新安江、衢江两个流域之间的交通孔道。上方的山，千姿百态，有的似刀削斧劈，悬崖陡立，有的似犬牙交错，溶洞丛生；有的峰峦叠翠，青松翠竹白茶，郁郁葱葱。岩灰石山体呈现一派秋山暮雪。石灰石、方解石、白莹石、大理石、石煤等矿藏，在改革开放初期，曾让上方人点石成金，就地取材生产建筑材料，带动乡镇经济迅猛发展，使上方镇成为衢县第一个工业经济亿元乡镇、浙江省省级星火示范镇，有"中国碳酸钙基地"之称。芝溪河水色清冽，在上方像一条飘带，飘拂在群山的胸前。依依不舍地向南而去，一路泽润了峡川镇、莲花镇、高家镇等乡镇的万物生灵之后，决然汇入衢江。

　　上方是衢北著名的物资集散地，曾是杭州西部、新安江北岸至衢州的交通要道，是衢杭公路之"咽喉"，在民间有"小香港""小上海"的美誉。历史上，上方拥有独特的交通地理位置，西南的福建、江西，东北的建德、淳安，物资交流都经过上方中转。上方畏岭古道，南北贯通，人流如织，车水马龙。上方酒药、火炮等特产远近闻名，周边地区的人都到上方采购。独特的位置以及海纳百川的性格，吸引很多商人来上方经商、定居，上方人祖先有不少从建德、安徽迁徙至此而定居下来。三百多年前，福建有一批农民来上方经商，做纸槽工，后来定居下来，先后在顺治、道光年间，组筹资金建造福建会馆，合计建筑占地面积2400平方米，这是外来人在上方安居乐业的一个例证。而每年农历九月二十三上方物资交流会，是对曾经上方民间的交流、融合的纪念。

上方是美食的天堂、吃货的世界。大大小小的饭店、酒楼有四五十家。上方没有海味有山珍，当地人通常就地取材，变平常为神奇，制作独特的佳肴美食。春笋腊肉、冬菜羊肉，就是平常的食材配制出来的名菜；玉米棒曾经是山区人的普通主粮，用玉米粉制作的玉米粿则是色香味俱全的美食；诱人的"山粉粿""清明粿"，原材料就是蕨菜根粉和艾草；一层一层的灰煎糕，又甜又圆的糖圆粿，栩栩如生的寿桃，都是用普普通通的稻米上演的杰作。

上方饮食在南来北往的交流中，说不上属于哪个菜系，也道不明属于什么口味，但形成独特风味。借助年节、婚宴、寿宴、乔迁之喜，制作各种各样的美食，留下"上方人最讲究吃"的印象。上方酒药，寻常百姓家喻户晓，并啧啧称奇，因为它一旦让糯米遇上，就会酝酿出甜蜜酒酿，那清冽、纯绵、醇厚的色香味，无论看一眼还是吃一口，都让人如痴如醉而心心念念。

上方，一个名副其实的地方，是229万衢州同胞共同深情回望的故乡。

葱洞：衢州人6000年前的家

葱洞位于衢江区上方镇龙祥村葱口自然村，距衢州城50多千米。

葱口依傍千峰林立、万壑千岩的巍巍千里岗。千里岗山脉绵延数百里，像一道坚硬的脊梁，横亘在衢北边陲。这里山高林密，层峦叠嶂。石灰岩广布，岩洞众多。

葱洞是指葱口洞穴遗址，包括葱洞及观音洞。葱洞离葱口自然村500米，洞口宽约3米，高4米，空间约满足3户人居住。观音洞离葱口自然村200米左右，洞宽约14米，洞高约4米，进深约18米。2011年，葱洞遗址被公布为浙江省省级文物保护单位。

葱洞，顾名思义，它源于一个神奇的传说。很久以前，这里穷乡僻壤，又逢久旱不雨，导致哀鸿遍野，民不聊生，村民纷纷拖家带口外出以乞讨为生。一日，最后一位准备离开村庄求生的老妇人，恰逢一位衣衫褴褛、走路一瘸一拐的老者口渴难耐，上门来讨水喝。老妇人苦言相告，正是因为多年缺水无法生存，才准备背井离乡。老妇人慈悲心肠，家里没有一滴水，则将三年前的米酒沥出一碗，捧给老者当水喝。老者谢过之后,说该地有一水源,并领妇人去看。走了约一里路,便见一岩石上长着一丛碧绿欲滴的常年葱,老者爬上去一手拔下来,又一手拿拐杖捅进去,长葱的位置露出一个洞口,源源不绝地流出甘甜清凉的泉水……从此该地便有了葱口的名字,而那老者正是神仙铁拐李的化身。

葱洞给世代村民留下寻常又难忘的记忆。小时候,他们在洞穴里玩耍。炎炎夏日,到洞里避暑纳凉。在洞外大汗淋漓,一进洞浑身清凉。白雪皑皑的隆冬,洞内却温暖如春,他们进洞烤玉米、煨番薯吃。年长之后,他们就进洞探险猎奇。进入大洞,像老房子从外到内有"三进"。进洞左边巨石后面是一间,沿着台阶朝里是一间,里面右边台阶朝上是一间。最里面那间黑咕隆咚的,只听到脚下泉水潺潺。大洞内地面有巨石,顶上有许多钟乳石,形态各异,光泽剔透。附近有一个小洞与这个大洞相通,小洞的洞口仅容一人猫身进去。这便是村民认为有神秘诱惑的"黑暗通道"了。这条"黑暗通道"到底多大多深,没有村民知道,手电筒照不到边界。

一直以来,村民们觉得,在石灰岩遍布的地方,葱洞只是寻常的岩洞,没有特别在意。直到浙江省文物考古研究所对葱洞进行发掘,发现了动物化石及陶片,推断是6000年前旧石器时代古人类留下的。这一推断,石破天惊,村民认为普通的洞穴,居然是衢州先人6000年前的家。衢州的文化史便从这里拉开了序章。

▲葱口洞穴

  2000年10月至12月,浙江省文物考古专家对葱洞进行考古发掘,发现其总面积约60平方米。葱洞中文化层约5至10米,保存较为完整,出土印纹夹砂陶片、骨椎、石器及大量的兽骨。经考古研究,葱洞为新石器时期的古人类居住遗址。也就是说,这里曾经生活着一个新石器时代的族群,他们住山洞,用火制陶,使用磨制的石头作武器,勇敢地猎捕野兽。

  新石器时代,在考古学上是石器时代的最后一个阶段,是以使用磨制石器为标志的人类物质文化发展阶段。中国的新石器时代,是原始社会氏族公社制由全盛到衰落的一个历史阶段。它以农耕和畜牧的出现为划时代的标志,表明已由依赖自然的采集渔猎经济跃进到改造自然的生产经济。磨制石器、制陶和纺织的出现，也是这一时代的基本特征。因此，新石器时代在中国历史上是古代经济、文化向前发展的新起点。

于是，人们遥想 6000 年前，这里崇山峻岭、气候温润，生活着大熊猫、剑齿虎。先人们采摘野果、围猎野兽，艰难地生活，慢慢地进化。他们保存了天然火，也学会钻燧取火，用树枝做工具；学会磨制石头，用于打击野兽。

因为葱洞、观音洞遗址的发现，衢州历史从商周时期向前推进了 3000 多年。葱洞遗址是迄今为止人类活动在衢州的最早例证。而随着考古科技进步，葱洞 3 号遗址和观音洞遗址，推测时间又从约 6000 年前提前至万年以上，即将迈入新石器时代的发端时期。

衢州人的家，是如此亲近又那么遥远啊！

传奇千年的上龙寺

倚杖层峰顶,和云宿上方。
鸟归岩树暝,茶煮石泉香。
灯影当窗乱,风声入夜狂。
梦余还得句,空院觉更长。

这首《宿龙山寺》是清代三衢诗人叶闻性写的老家上方的诗,除了最后两句有些"禅意",诗句清晰地勾勒了龙山禅院的环境。龙山寺即上龙寺。

上方镇上龙村大坪地自然村金龙山的半山腰,有一片开阔平地,广袤数千亩,四面峻峭,上龙寺就坐落其间,前临峭岩后靠岩壁。主体建筑坐西朝东,占地面积652平方米,五座殿宇错落有致地分布于寺院内。靠近可见其硬山式屋顶,前厅面阔三间,三进二明堂的正殿内分天王殿、大雄宝殿及观音殿;与正殿相倚的左侧有地藏殿、千手观音殿、肉身殿及小斋堂。大殿内供奉佛像众多,佛祖为玉石身,观音、文殊、普贤、药师佛、西方三圣及十八罗汉像为香樟雕塑。殿外有百年古樟、放生池和一对大石狮子,规整的布局与精细的雕花交相辉映，有一种独特的庄严。站在寺院外眺望山下，整个上方镇似被古寺揽入怀中，庄严之外透出一种豪迈。

据史料记载，上龙寺始建于后晋开运年间（944—946），至今已有1000余年。历代对上龙寺都有修葺，大修有8次。据说历史上寺内僧人最多时达一百余位，香火旺盛，是衢北著名的佛教圣地。

随着时代变迁，香客日稀，古寺衰微，但普济众生的使命一直未忘。20世纪50年代，隔壁淳安县因建造新安江水库，库区居民纷纷外迁。20多户库区居民移民来到上方，上龙寺成为他们的安身之所，结束了移民"上无片瓦、下无寸土"的艰难岁月。到了20世纪七八十年代，古寺又成为乡林场驻地，是山乡从事森林培育、管理、采伐的"前哨"。居民得到古寺庇佑，古寺也因升腾着百姓的烟火而免遭人为的毁灭，遭到风吹雨淋的自然破坏后也能得到及时维修，整个上龙寺得以保存下来。

上龙寺的历史及规模，在名寺古刹中排不上"之最"，可是，关于它的神奇传说却有很多。其中，"金龙点化"的故事流传最广。相传上龙寺所在的金龙山，原先不叫金龙山，山上住着一群神仙。每逢农历初一、十五，这群神仙都要在山上摆设宴席，高谈阔论。于是，风清月白之时，金龙山的半山腰就会传出一阵阵鼓乐笙箫、吟诗作词、猜拳行令之声，熙熙攘攘，热闹非凡。同时，随仙风飘来的香气，萦绕着山下的上龙村三天三夜都不散。

▲ 上龙寺

　　金龙山从仙山变为佛地，源于上龙寺第一代住持了却禅师。传说有一年，祖籍山西龙门县的了却禅师带着相辅、相成两名弟子离开嵩山少林寺，云游五湖四海普救众生。

一天，师徒三人来到上方天已杀黑，无处投宿，就在芝溪河边的杂草丛中过夜。因路途劳累，两位弟子早已进入梦乡，了却禅师则闭目坐禅练功。正当了却禅师气定神闲时，突然眼前金光耀眼，有一条全身金光闪亮的长龙横贯长空，上下飞腾，连转三个圈之后，昂起龙头，向了却禅师连点三次，然后绕芝溪河、大坪地、山头底、毛家山自然村一周，腾空往西而去。了却禅师睁开慧眼一看，不远处的金龙山腰一片红光，照亮了古老的上方镇。了却禅师悟通了金龙的点化，当即唤醒两名弟子，连夜赶到红光升腾的地方，开基立寺。

师徒三人赶到金龙山腰，又一个奇怪的现象出现于眼前。在熊熊的佛火之中，一棵碗口粗细的苦槠树枝叶繁茂、露水欲滴，亭亭玉立的，像一位穿着绿色连衣裙的少女在火红的地毯上跳舞。"这是一棵平安树！"了却禅师急忙拿起禅杖，在苦槠树的右后方划出一块平地做地基，然后，便请能工巧匠，经过三年努力，建起雄伟壮丽的上龙寺。这棵苦槠树也在三年之内神奇地长成了3米粗、30多米高、10米见方的参天大树，日夜守护着上龙寺。从此，上龙禅寺的香火便在上方这块宝地上点燃升腾，即使后来历经兵刀战火，也一直绵延不绝，直至今天。

了却禅师建造好上龙寺以后，又与两位徒弟建造了下龙寺，与上龙寺相对应。下龙寺的规格、大小、式样与上龙寺相同，了却禅师的徒弟相辅为第一代主持，按佛法勤奋经营，香火日益兴旺，与上龙寺不相上下。不幸的是，到了明朝，一个月黑风高之夜，一伙被官府通缉的江洋大盗血洗下龙寺，他们换上僧衣袈裟，假冒佛家弟子行凶作恶。直到时任衢州征剿都司、唐朝魏征的第四十三代嫡孙魏琦回上方老家过年，听到父老乡亲的控诉后，微服私访收集大量证据，报衢州府尹，获准围剿下龙寺。

　　江洋大盗被灭了，下龙寺也灭迹于火，只留下上龙寺一座孤寺。

巍巍畏岭　漫漫古道

　　浙江西部横亘东西的著名山脉是千里岗山脉。其中，上方镇畏坑源下西坑村和淳安县（原为遂安县）安阳乡崀岭村交界的分岭岗，叫畏岭岗。岗南是衢州辖区，岗北是杭州地区。站在畏岭岗上，向南看，山峦重叠，步步高升；向北望，山地广阔，群峰异突。上下畏岭岗的山路，叫畏岭岗古道。

　　畏岭巍巍，古道漫漫。畏岭岗岗顶海拔高度为1150米。从上方镇下西坑起步到畏岭岗有55个弯，4211步（包括台阶）；从畏岭脚至畏岭岗有61个弯，4092步。南北上下畏岭岗总计116个弯，8303步，路程长达15千米（其中淳安县境内8.5千米，衢州境内6.5千米）。

　　传说，畏岭原来没有这么高耸和险峻。后来，衢州方向有一个挑货郎，经常从衢州挑货到遂安做生意。家道日益殷实，做人、做生意却越来越不厚道。有一天，在五里亭遇上一老者。老者问："挑货辛苦不辛苦？"挑货郎说："左一肩，右一肩，不怕畏岭高上天。"话说完，老者便消失了。挑货郎再次挑货经过畏岭时，迟迟到不了畏岭岗，终于累死在半山腰。后来人们发现畏岭高了很多，也险了很多，畏岭成了令人望而生畏的"崾岭"了。

据《衢县志》记载，畏岭古道建于明清时期，修缮资金主要由民间捐募。它延伸在岗凹里，整条山路用石块铺设，路面宽1.5米以上。抗日战争时期，为设防日军骑兵从衢州方向翻越畏岭侵害百姓，村民便将畏岭上的石级间隔挖除，使石阶古道残缺不全，至今未予修复。

古时候，畏岭古道是州府联络和通商的要道。衢州府或更远的江西、福建，与寿昌县、严州府官方往来，南货北货相互搬运，行人川流不息。上方酒药、火炮、糕点等名特产，都由挑夫或骡马驮运经畏岭古道运往徽州或北方。中华人民共和国成立后，谷雨时节，淳安到衢州雇人采茶叶，衢北农村一批批采茶女翻越畏岭采茶叶赚钱。木材紧俏的年月，衢州人造房子要翻越畏岭到淳安背木头，也有淳安人通过畏岭到衢州这边贩卖木材。

畏岭岗古道也是一条义军必经的红色之路。据《衢县志》记载，北宋末年，方腊在睦州青溪县率众起义，后来就经过畏岭攻打衢州、处州等地，衢州摩尼教的组织亦起兵响应。解放战争时期，刘邓大军南下解放衢州，也是经过畏岭古道。抗战期间，遂安老百姓曾经用自己的肩膀背了很多树木到衢州，支援衢州的军用机场建设，为反法西斯战争的胜利立下汗马功劳。

翻越畏岭，沿途有不少歇脚点和观景点。从下西坑走到畏岭古道半山腰，有一平坦处叫"五里亭"，亭旁有一清泉，行路人可以歇脚喝水。据说，常饮泉水，能延年益寿、鹤

▲ 畏岭古道

发童颜。近山顶，有一棵古杉树，树身够三四人合抱，树龄几百岁。到山顶，有一座石凉亭，历经几百年风雨不倒。据亭碑记载，此亭于道光年间重修过。石凉亭门对面坐西方位有国务院于1997年竖立的地区界牌碑。过了畏岭岗向北下坡，则是到淳安地界的崀岭脚村，沿途有冷水湾、金鸡亭、猪娘岗等，看点也不少。

　　畏岭古道是登山协会成员理想的登山健身路线。畏岭岗海拔千米之上，高山峻岭，云雾缭绕。常年风光秀丽，变幻无穷。春天，满山鲜花盛开；夏天，走上山岗，凉风送爽；秋天，霜叶缤纷；冬天，银装素裹。到了畏岭岗，一脚跨两市，视野开阔，心情舒爽。在岗顶，只见阳光破云而出，一条从峡谷崎岖蜿蜒而入的公路，金色的丛林，层层叠翠的竹海、茶山，点点村落炊烟袅袅，仿佛是一块自然调色板。2006年杭州登山协会首次组织登古道，之后衢州登山协会也组织登过畏岭古道，后来畏岭古道已成为更多登山爱好者的理想选择。

畏岭古道上存在许多传说，散发着浓郁的人文气息。高峻漫长的畏岭古道，因此又给行人增添了一种厚重的神秘感觉。

传说元末朱元璋率领农民起义军攻占衢州失利，败退至畏岭古道金鸡凉亭处已是人困马乏。至半夜，冥冥之中被金鸡长鸣声惊醒，疑是元追兵将至，急带兵撤离。果然，元兵不久追到，幸好金鸡报醒，朱元璋终于摆脱了元兵的追击。明朝建立后，开国皇帝朱元璋念金鸡功德，御赐"金鸡凉亭"。据当地老百姓讲，20世纪80年代末，在山上砍柴时还看见过金鸡。金鸡飞过，顿时雷雨交加，金色一片。

在金鸡凉亭前不到100米处的石头上有两个脚印，称为"德公仙印"。传说是德公死后成仙，路过畏岭古道留下的。德公，何许人也？余姓，名象其，大墅儒洪人，早年是挑夫，经常走畏岭古道到衢州。一日，路遇一商人模样的人，说是打包裹时不小心把老婆的一只鞋子也装进去了，求帮忙顺路带回去。德公答应了，一路打听着找过去，并没有那人说的村庄和房子，但发现荒野中有另一只同样的鞋子，提起鞋子一看，鞋子下是无数的金银财宝。德公知晓是仙人相助，回家后就用这些金银财宝在家乡积德行善，包括畏岭古道的修缮。这个传说很神奇，其实是让世人知恩图报，行善积德。

　　后来，交通日益发达，畏岭古道对衢杭两地人们的往来已失去了意义。可是，巍巍畏岭，漫漫古道，对于登山健身、人文熏陶的价值，日后定会得到重视和开发。

神奇的上方酒药

　　不少人第一次游历衢城上下街，对鳞次栉比的商厦、琳琅满目的商品，觉得应接不暇，但随着时光流逝，都模糊不清了，而摆在巷口的一颗颗白色小丸子，却如溜溜球一样在记忆里弹跳起来。它就是袋装的"正宗上方酒药"。

　　上方酒药形为一个直径两三厘米大小的白色小圆球，像晶莹的白玉石，它是由精选的大米粉和晒干的啤酒花制成的。

　　啤酒花，《本草纲目》上称为蛇麻草，是一种多年生攀缘草本植物，古人取为药材。属大麻科葎草属，雌雄异株，酿造上所用的均为雌花。雌花为绿色或黄绿色，呈松果状。

　　制作上方酒药全靠手工操作，先后要经过六道工序。

　　首先，选料。精选上等的大米，磨成细粉。同时，加工晒干的酒花。

　　其次，配比。按照一定的配方比例，将大米粉、酒药花，用泉水调拌均匀，使软硬程度适中：手捏起来，不粘手，也不散开。

　　接着，制作。将调配完成的米粉团子，分解为小份，成为一颗颗米粉疙瘩，再用两只手一起搓揉，直到变成直径两三厘米大小的圆球。小圆球达到一定的数量，就被转移到另外一间"密室"，撒老曲粉，颠盆滚匀。

接下来，发酵。将刚搓成的小圆球，摆到蒸笼里，盖上一层松针，进行发酵，培养酵母菌种。除了含有秘方的老曲粉，发酵对酒药品质的影响也很大。这一道程序，最紧要、最关键，要求把握精准发酵时的温度。如果温度低，会使发酵不完全；如果温度高，容易发酵过头。温度控制在38℃~40℃最适宜，需要不断观察调控，夜里每隔几小时就要查看一次，很辛苦。做酒药，天气越热越好。发酵室的温度少说也有40℃，经过一夜的催化，米粉团子第二天就能发好了。发酵好的米粉团子，体积膨胀了一倍，全身也长满细细的绒毛，甚是可爱。发酵房里沁人心脾的酒香味，让人闻得面红耳热，仿佛是那些酒曲在向人们传达信号：与香甜的糯米一碰，就会撞出激烈的火花。

发酵后，出笼阴干，先蒸发掉一部分水分，再在太阳底下晒干。这是第五道工序，翻晒。酒药想要长期保存，必须经过高温的晾晒，彻底变干。经过太阳的烘烤，那些"酒曲精灵"会在小小丸子中睡去，等待下一次的惊艳爆发。

最后一道工序，试酒。即用酒药与糯米按照比例做试验，酿制米酒。酿制出来的酒，清、醇、香，色香味俱佳，酒药才算合格，方可上市。每一批卖出去的酒药都要经过肉眼检查和试酒，这是一份传承百年的责任，因为如果一个酒药有问题，有可能整批酒药将会被淘汰。

从一粒米到一滴酒，这一神奇转化，始于酒药的作用，酒药是酿酒的灵魂。一种手艺能够传承，一块招牌可以打响，

▲ 上方酒药

源于手艺人对质量和职业操守的执着与坚守。

　　上方酒药目前已经四代传承，最早是从安徽传入上方。它的第一代传人是从安徽移居到上方横街冷水泉井旁的先祖曹来富。清末民初，曹来富不满足于现有的技术，就派儿子曹金声回安徽老家，到当时久负盛名的"高路亭"酒厂深造。学成归来的曹金声在上方镇创办第一个酒药厂，坐上第二代传人的交椅。第三代传人为曹继科，他九岁起便跟随父亲曹金声学艺，与父亲一道摸索实践，在吸取"高路亭"原有配方和良好技艺的基础上，进行大胆创新，独创了自己的独特品牌"上方协和酒药"。第四代传人是曹小燕，经营着享有盛名的百年老字号"曹钱大"。质优且价廉的酒药正如酒香一样，渗透到更多家园。

经过四代传承创新，历经一百多年，上方酒药从上方一村二村的曹家，扩大到立模段家、依坦徐家、山头底洪家，上方村民靠在家里制作一颗颗"白丸子"增收致富。

逢年过节，上方酒药酿制的糯米酒，是衢北一带游子的难忘的美味。在炎炎夏日吃上一碗甜酒酿，五脏六腑都透凉；冬天，用土鸡蛋和甜酒酿煮一碗鸡蛋羹，寒意顿消，温暖如春。除夕夜，暖一壶沥出来的糯米酒，喝上一口，醇厚绵柔，微微陶醉其中，那是真真正正幸福的感觉。

上方酒药已经广销建德、淳安等周边地市，还远销深圳、广州、香港等地，海峡那边，也由回乡探亲的台湾同胞珍重地带过去。

2019年，上方酒药被列入衢州市非物质文化遗产名录。

冬菜羊肉暖心锅

　　冬菜羊肉锅被网友称为美食界的天花板。它是只有衢州上方才能烧出来的味道。冬菜羊肉锅名声在外，并且独一无二。

　　这道菜也是上方镇发发饭店的招牌菜。当一盆热气腾腾的冬菜羊肉上桌，就会吸引你的眼球，味蕾也不时分泌出一波一波的涎水，脚也像被钉牢迈不开半步。一入口，一种馨香留于唇齿间，溜进胃里，那种极奇的鲜味，会长久留在味觉中。此时，你会不由自主地端起桌上的酒盅一饮而尽，三大碗饭不知不觉下了肚。

　　冬菜羊肉锅成为深受百姓喜爱的传统名菜，这其中的缘由，不妨听一听饭店老板实话实说，娓娓道来。

　　首先是选料。老板说，食材好，食才好。冬菜羊肉的选料原则是就地取材，既经济实惠，又体现地方特色。这样的菜肴，才是自带基因密码、与众不同的特色菜。

　　这里所制作的冬菜羊肉锅，羊肉是连皮带骨一起煮的，羊皮的胶质与羊骨的香混合，配上立冬过后自制的冬菜。

　　羊肉是这道菜的主角，菜的味道也由羊肉的品质决定。

▲冬菜羊肉锅

　　首选本地农家养的羊肉。上方是山区，四周大山环绕，大山脚有平地、水源，适宜发展林牧业经济。本地农家羊都是成群放养，羊每天爬千岩，吃百草，饮涧水，羊肉特别紧致、细腻、鲜嫩，并有一种特别的气味。

　　亦山亦水的上方地区，光照时间不长不短，气温不高不低，土壤中和，种植蔬菜的品质也特别好。种在芝溪河畔的白菜，人们过了立冬才收割。用芝溪水洗净，在太阳下晾干，精心腌制成冬菜。在烧制羊肉锅之前，要对冬菜的色香味都进行遴选甄别：冬菜从腌制缸里捞上来，呈淡金色，菜秆晶莹如玉，菜叶完整可舒展；鼻子一闻，一股酸香味就让人吞咽口水，这是佳品。有的冬菜捞上来，形体破烂，酸度不佳（太酸或不酸），味苦，散发出"裹脚布"的气味。

这是制作失败的冬菜，不能混进羊肉。

其次是烧制。制作按部就班，从不偷工减料。第一步是切，切羊肉、冬菜、辣椒、大蒜等佐料，羊肉须切成块状。第二步是焯，即羊肉过水，去膻味。接着是炒，先炒冬菜，炒后装盘待用；再炒羊肉，热锅里倒油，放入羊肉翻炒，淋酱油上色，料酒提鲜，炒5分钟，放大蒜，倒入开水，将羊肉漫过。再是炖，炖大约1个半小时，羊肉基本熟了，放入冬菜，再炖10分钟，以冬菜和羊肉味相融、冬菜青涩味消失为标准。最后将大蒜鸡精等"秘制"的混合调料倒入锅里焖香。冬菜羊肉出锅后，香气四溢，冬菜的爽口盖住了羊肉的膻味。切、焯、炒、炖、焖，每一道工序都是匠心独运。

羊肉较猪肉的肉质要细嫩，较猪肉和牛肉的脂肪、胆固醇含量少。羊肉既能御风寒，又可滋补身体，对一般风寒咳嗽、慢性气管炎、虚寒哮喘、肾亏阳痿、腹部冷痛、体虚怕冷、腰膝酸软、面黄肌瘦、气血两亏、病后或产后身体虚亏等一切虚状均有治疗和补益效果，最适宜于冬季食用，被称为冬令补品，深受人们欢迎。由于普通的羊肉有一股令人讨厌的羊膻怪味，被一部分人冷落。可是，上方冬菜羊肉锅，既能够去其膻气而又可保持其羊肉的风味。

冬菜羊肉锅，还有一个非凡的来历。相传有一年冬至夜，朱元璋攻打衢州府失利，被元军追得落荒而逃。七躲八逃逃到了上方，感到又冷又饿，便摸黑去村口的一户人家讨口热饭热菜吃。碰巧上方一带的民众冬至夜要用猪羊祭祖，这户人家刚祭完祖，听明白朱元璋的来意，便割了一大块羊肉，外加一些冬菜、冬笋、大蒜，放进锅里煮。一会儿，一大锅烧熟煮透的炖羊肉便端到了朱元璋面前。一锅羊肉下肚，朱元璋立刻浑身发热，寒气顿消，不禁连声称赞："暖心、暖心！"临别时，朱元璋还握着这户人家的手千恩万谢，说："没你们这锅暖心羊肉，今晚我恐怕都出不了上方。"

后来，朱元璋当了皇帝，还念念不忘上方这锅救他一命的羊肉，每年冬至夜，他都要叫御厨炖一锅由他命名的"暖心羊锅"。

2021年，暖心羊锅被选入浙江省"百县千碗"名菜佳肴之列。

插花娘娘（民间故事）

从前，衢州人到淳安，不管是采茶叶还是背木头，都要经过畏岭古道。山高路远，峰回岭转，不堪回首。特别是经过插花娘娘神位的地方，那种心灵受到威慑的神秘气息，最让人不能忘怀。

从畏坑到罗桐源的一段路很险峻，一边是峭壁，一边是悬崖。那里是插花娘娘神位所在的地段。行走时，能听到自己心脏"嘭嘭"跳动的声音。不知道多少年了，一代又一代人口口相传一个不成文的规定，规定经过插花娘娘的神位，要插鲜花，没有鲜花就插树枝。过路人在老远处就将野花或树枝拿在手上，开始肃然起敬，生怕自己疏忽被插花娘娘怪罪。完成"仪式"过后很长一段路，行人都敛声屏气，面面相觑，不敢说话。这种庄严肃穆、心怀敬畏的情形，经历一代又一代，也没有人知道自己为什么要这样做。据说，它缘起北宋开国皇帝赵匡胤。

赵匡胤原来是一个商人，一个同行仗势欺人，欺行霸市，还经常出手打人。一般人都敢怒不敢言。一次赵匡胤被打，他再也忍无可忍了，出手还击，结果防卫过当，对方一命呜呼，赵匡胤成了官府布告全国的通缉犯，从此踏上亡命之路。有一天，他逃到上方畏坑，被捕快咬上了尾巴，无奈之下闯入一周姓农家。家里只有一个二三十岁的妇人和一个黄发垂髫的小男孩。赵匡胤直言相告自己是逃犯，命悬一线，恳求妇人搭救他。妇人看眼前的赵匡胤虽然落荒而逃，但生得龙眉虎眼，气宇非凡，非等闲之辈，日后必定出人头地，就没有将他推出去。心想，救人一命胜造七级浮屠。但家徒四壁，没地方可藏匿，就不管三七二十一，将被子一掀，让赵匡胤充当自己的丈夫躺在床上。来不及向赵匡胤解释一句，捕快已追到。捕快在床上发现了赵匡胤，长得疑似逃犯，就将他拎起来五花大绑要押走。周妇人挺身而出阻拦，责问捕快：青天白日的，凭什么要把自己男人抓走？捕快宁错抓十人也不放过一个，不容分说，就把赵匡胤抓走送到县衙里。

　　周家妇人急得像热锅上的蚂蚁团团转。她不知道赵匡胤犯了什么罪，但因在周家被抓，觉得与自己脱不了干系，要想方设法救赵匡胤一命。于是，她带儿子赶到县衙，击鼓鸣冤。县衙升堂审问周家妇人为何击鼓。周家妇人回说是为自己丈夫求情。不管县衙怎么拍打惊堂木，周妇人脸不变色心不跳，一口咬定被官府误抓的是自己丈夫，丈夫是遵纪守法的庄稼人。说得句句在理，哭得声声血泪，儿子事前经过"培训"，看到五花大绑跪在地上的赵匡胤，也长一声喊爹短一声叫爸，比亲的父子关系还逼真。县衙看到这一幕幕，心里思忖着周家妇人最后说的一句话："清官大老爷，本弱女子再贪小便宜，也不至于冒认自己丈夫吧？

这不是自己往自己脸上抹灰吗？以后我还有什么脸活在世界上呢？"县衙觉得周家妇人话糙理不糙，就把赵匡胤放了。

周家妇人为了尽量把事情做圆，坚持要赵匡胤跟自己回到周家去，并拿出陈年糯米酒款待赵匡胤。赵匡胤是一个讲究名节的大丈夫，不明白周家妇人为什么要用冒认丈夫的方法救自己，觉得有毁誉之嫌，心里有些埋怨。周家妇人端起一碗酒，首先向赵匡胤表示抱歉，接着解释自己救人心切，苦于没有其他更好的救人办法。最后也直白表示，自己这样救赵匡胤，也毁了自己一世的清白，而且也给自己丈夫戴上了不该戴的帽子。但事已如此，她叫赵匡胤立刻逃匿，干出一番事业，日后再为自己洗白。赵匡胤听了周妇人一番肺腑之言，觉得周家妇人虽然生活在乡野，却知书达理，善良真诚，甚是感动，便再三感谢搭救之恩，借着苍茫夜色，继续逃避官府缉拿。

过了不多日子，周家妇人为了让丈夫和儿子不被人戳脊梁骨，乘自己丈夫外出干活，把孩子妥善安顿后，自己踏上畏岭，往悬崖下纵身一跳，粉身碎骨。

话说赵匡胤逃脱官府缉拿后，广结人缘，励精图治，终于在陈桥驿兵变，黄袍加身，当了皇帝，建立一个新皇朝"宋"，后世称赵匡胤为宋太祖。他论功行赏加官封侯时，记起自己曾经在亡命之途上的救命恩人，就带领官兵侍卫，一路寻找当年救他的周家妇人。得知周家妇人为保持女人的清白，背后不被他人唾弃，已自绝于人世。赵匡胤感叹唏嘘，命人修缮周家妇人的坟墓，下令追封她为"护国娘娘"，并在山路险峻之处建立护国娘娘的神位，过往行人要为她献花，以告慰她散落在山野的魂魄。

从此，从衢州到淳安过畏岭古道，经过大谷坪、牛角湾、鲤鱼坪、罗桐源，便有了给"护国娘娘"插花的规定，民间简称为"插花娘娘"。

峡川镇

山水美镇　古韵峡川

出衢城，过浮石，向北 26 千米，见"两山夹水而出"，天际呈现出一个优美的"V"字形。这地方，便是以其形命其名的古韵"峡川"，山水美镇。

峡川镇，东与龙游县石佛乡、塔石镇相连，东南、南接莲花镇，西南、西交杜泽镇，西北临上方镇，北邻杭州市建德市大同镇。23 省道过境，境内长 7 千米。源于灰萍乡黄茅尖山麓的芝溪河，流经镇内 5 个行政村，从镇中心缓缓穿过。

亲临峡川，仿佛置身于山水画卷之中。石梁山、笔架山，在东西两边巍巍屹立；芝溪河水，从北向南潺潺流淌。明代乡贤大儒叶秉敬有诗道："峡岭环峰垂叠绣，峦浮雨棹飞帆川。"诗句自然而巧妙地镶嵌着"峡川"之名，也形象生动地勾勒出古镇的特色风光。这里山水与共，相得益彰。山川形胜，美不胜收。

笔架山上，春染翠绿，秋抹金黄。白云谷、森林公园、仰天堂枫林，青烟袅袅，风光锦绣。东坪岭上，八百多年的枫香，年年春秋变换彩装；千年香樟，岁岁枝繁叶茂，生意盎然。那里有华东最大的柿子林，树龄 300 年以上的有600多棵。其中有红豆杉、香樟、桂花、红枫、银杏等108种名贵树木,蔚然成奇观。

  如果说峡川的山钟情,是因为峡川的水多姿。龙门水库的水深沉含蓄,流水湾的瀑布激情奔放,李泽溪水婉约清纯,芝溪河水源远流长。峡川镇中心所在河段,芝溪水面清静如镜,映照蓝天白云,映照彩虹般的大桥,映照幢幢新楼房。芝溪河像一条银色丝带,串起了闪亮的一颗颗珍珠:邻里中心、大桥柒号、小镇客厅,还有青石板老街;芝溪岸边是平铺的宣纸,任五彩喷绘一幅幅图画:滨溪公园、网红沙滩、亲水乐园,还有"柿子红了"房车露营基地。芝溪河畔,不断书写着峡川镇文旅特色新篇章。

▲ 芝溪边躺营

亲临峡川，漫步在青石油光的古街上，扑面而来的是古韵古香。

峡川镇峡口村，有一座端庄大气的姚氏宗祠。始建于清代同治七年（1868），前厅建造于民国二十七年（1938）。祠堂内雕刻精细，恢宏古朴，是浙西现存规模最大的宗祠，为衢州市文保单位，峡川镇文化活动中心，尽情发挥文化传承的功能。

古街的尽头，峡川镇大桥村东，芝溪河上，有五孔六墩的下金大桥。据《衢县交通志》记载：下金大桥"明嘉靖九年（1530）合乡募建"，"清嘉庆十四年（1809）乡人集资重修"。花岗岩石制作，桥洞为拱券式，拱券采用纵联分节并列法砌置。大桥布局规整，规模宏大，做工考究，是研究浙西地区古桥的实物例证。下金大桥于2017年被列为省级文物保护单位。多少年来，下金大桥是通往建德、龙游的必经古道，交通意义独特。如今，它是芝溪河上一道亮丽的风景线，游览峡川四时风光的最佳观景台。

站在下金大桥上极目远望，浮现在眼前的是两条与众不同的千年古道。

峡谷岭古道，位于高岭村，建于盛唐，兴于宋元，盛于明清，饱经1300多年的风霜雨雪。它使下金大桥的功能发挥到极致，它北通苏杭，南连闽赣，直贯江南千里交通大动脉，无数的商贾达人在这里餐风饮露，无数的兵马粮草在这里南来北往。斑驳的古官道写满了历史，成为浙西最沧桑的古道。

▲ 峡川晨光

　　东坪古道，犹如一条游龙盘旋于东坪山间。它按照皇家御道的格式修建，直通唐朝皇室后裔的家园。长方形石块铺设，断断续续镶嵌着龙脊。从山脚到山顶，总长1500米，宽2米，共有1118个台阶。两旁众多千百岁的古树，既增添了古道的颜值，又增添了古道的隐秘。它堪称浙西最清幽的古道。

　　亲临峡川，转望四野，正巧与多个千年古村撞个满怀。

　　东坪村，高空俯瞰，像一座莲花台，是浙西最神秘的古

村。据《李氏宗谱》记载，东坪村是李唐皇室子孙李烨为避武则天的迫害，携族人辗转千里后的安身立命之地，已有 1300 年的历史。这里有浙西最古老的古道，最壮观的古树群，是最富有唐韵的江南古村落，现有"隐柿东坪"的雅名。

　　李泽村，高空俯瞰，就像一条锦鲤徜徉在千里岗南端的大山里。它是浙西最秀美的古村，两面青山，流水潺潺，曾因"石屏八景"闻名遐迩。这里人杰地灵，是有着"公清之相"美誉的宋朝宰相李宗勉的故乡，大明皇朝李泽娘娘、明代清流县令李庠的千古佳话至今流传。

失母湾，衢城往北34千米处。航拍村庄山回路转，溪流弯弯，是浙西最传奇的古村。相传朱元璋讨伐元军时，母亲在这个芝溪悠然转弯的山村失踪了。朱元璋称帝后，为了纪念母亲，将原村名石木湾改名为失母湾，留下一个口口相传的孝感故事。

峡川水果赫赫有名，美食滋滋有味。提起来，听者不得不眼热心动，味蕾绽放。

东坪盛产柿子。它来自唐朝皇家御苑，品质非凡，是列朝列代的贡品。东坪现有柿树3000多棵，每年出产新鲜柿子40多万斤。其中有一棵柿树年龄高达500岁，人们称之为"柿树王"。

峡川的石榴可与航埠的橘子相媲美。石榴为峡川特产，历史悠久。清末民初，远销沪杭等地，是高价难得的畅销产品。李泽还有特异品种方石榴，据传说，石榴原本都是圆形的，李泽娘娘手捏之后，便有方形的石榴，曾经入贡，今已失传。

寓意美好的"鸿运当头""柿柿如意"，是峡川的两道菜名。鸿运当头，原材料是笋干、红辣椒，这道菜让明朝西安县太爷吃得大汗淋漓，满面红光，还一个劲地夸赞："过瘾、过瘾！"柿柿如意以柿子干、五花肉为原料，这道菜妥妥地慰藉了李泽娘娘的乡愁，让她连声称道："好甜、好香、好糯。"因为这两道菜是实打实的家常菜，又有美丽动人的传说，所以于2021年入选衢江区"诗画浙江·百县千碗"名菜佳肴。

峡川山水钟灵毓秀，人才辈出，历代名人彪炳青史。他们如流星般划过长空，发出耀眼的光芒。

叶秉敬，下叶村人，明万历二十九年（1601）进士。历任工部都水司主事、开封知府、提督河南学政、江西布政使司、右参政等职。官至荆西道布政司参议。秉敬学问淹通，著作宏富，堪称全才，仿佛是"东方达芬奇"的化身。晚年致仕归里。天启三年（1623），应知府林应翔邀，编纂《衢州府志》。

叶廷芳，下叶村人，当代作家、德语翻译家、卡夫卡研究专家。第九届、第十届全国政协委员，中国德语文学研究会会长，中国环境艺术学会理事，中国残联评委会副主任，中国肢残人协会副主席。历任北京大学教师，中国科学院外国文学研究所《世界文学》杂志编辑，中国社会科学院外国文学研究所中欧与北欧文学室主任、学术委员、博士生导师。是从人文、伦理角度推动生育政策调整的先驱者，被称作"叶廷芳提案"的建议，获得决策层高度重视。

黄雅琼，大桥村人，中国羽毛球队混合双打运动员，效力于中国羽毛球队。获得世界羽毛球锦标赛混双冠军，获得世界羽联最佳女运动员奖，是衢州历史上第一个羽毛球世界冠军。

峡川，山水脉络与人文历史交相辉映。处处青山绿水，古韵悠悠。峡川镇有11个行政村庄，却不只有11种风土人情、11个好去处。峡川的读音是"xiáchuān"，由此，网友演绎峡川是"管吃管玩管穿"的地方，让人尽享江南古镇的所有醉美。

浙西第一古道——东坪古道

浙西古道众多,东坪古道风情少有。

东坪古道,坐落于峡川镇东坪村,俗称东坪岭。总长1500米,宽2米,共有1118个台阶。若论长度,只及同处浙西一隅的仙霞古道的十五分之一;若论用途,也不可与一山之隔的峡谷岭千里古官道相比肩。它,仅是一条旧日里供东坪村人出入往返的小村道。

然而,就是这样一条名不见经传、形不见岸然的山间小道,却以其奇秀不凡的气度频频出圈。每年的春夏秋冬,总会有成群结队的各路游人络绎而来,流连忘返于容颜沧桑的青石板上。

东坪古道奇秀在哪?当然在青山、在秀水、在古树,以及它背后那些深沉的历史传说。

东坪古道所倚靠的东坪山,山体陡峭,峰峦突兀,远望如同刀削斧劈一般。开凿在如此这般山体上的东坪古道,注定它九曲十八弯,犹如一条游龙盘旋于东坪山间。紧贴于东坪古道右侧的,是一条发源于海拔700余米的大坞山麓的龙坑溪,长年涧水潺潺,清风送爽,仿佛是一位体贴入微的亲人，孜孜不倦地用贴心的话语宽慰着身旁落寞千年的家人。东坪古道最有颜值担当的，必然是那群千姿百态、芳华绝代的古树部落。红枫、绿樟、银杏，100多棵寿高百岁、千岁的古树们，三步一簇，五步一群，恰似一群舞者手挽着东坪古道，踩着四季变换的鼓点，一同缓缓走进春夏秋冬。

大凡古道，背后都有一段传奇，奇秀不凡的东坪古道尤为如此。

当年，李唐皇室子孙李烨为避武则天的迫害，携族人辗转千里行至东坪。在东坪安身立命以后，一心远离俗世，过着与世隔绝的隐逸生活。不想，世事变幻莫测，数十年后，则天女皇驾崩，大唐王朝复辟。消息传来，重见天日的皇室子孙们无不欢欣鼓舞，他们纷纷收拾行囊，返回故都长安。已经在东坪安居乐业的皇室后裔同样归心似箭。但是，他们对东坪已经怀有难以舍离的深厚感情，在他们的心里，东坪，这个被他们呕心沥血、一砖一瓦亲手建设成的江南小村，已经不再是遥远的他乡。

于是，他们毅然搁下返乡念头，一心一意专注于自己心爱的新故乡。在他们周密的建村规划里，进一步改善进村出村道路，成为改变新故乡面貌的首选。一个暖阳普照的初冬日，全族老少在族长的带领下扛上锄头，担起畚箕，在东坪山上凿石破土，开启了修建东坪岭的壮举。与此同时，族里不惜花费重金，请来一名富有修建皇家御道经验的老石匠亲自上阵，按照皇家御道的格式修建道路。

▲游客爬东坪古道欣赏美丽沿线

　　历经三年半时间的风雨兼程,这条对东坪人来说工程无比浩大但极具象征意义的东坪岭,终于赫然呈现在了世人面前。东坪岭的长度、宽度、路面形状,都被予以精心设计。它长达三千九百尺[1],宽达六尺,这个数目,契合古人的"尊三、六、九为大"的观念。路的两旁,分别成排栽下被古人拜为神树的香樟、枫香、银杏。在东坪岭两端的路面中央,又分别镶嵌着一条龙脊。古时候,只有皇帝天子大老爷走的路,才可以镶嵌龙脊。凡此种种,足见东坪岭的尊贵地位。

　　东坪古道的出现,使这个原本默默无闻的小山村忽然名扬江南。此后的岁月里,一众文人墨客慕名而来,在这里回望来径的曲折,体味去路的多艰。传说晚年隐居杭州的

---

[1]尺,中国古代长度单位,3尺等于1米。

元朝散曲大家马致远也不顾自己年事已高，策马东坪。当他伫立在东坪古道的尽头，遥望西边缓缓沉落的夕阳，联想东坪的艰辛过往，不禁浮想联翩，老泪纵横，悲从中来，一首"枯藤老树昏鸦，小桥流水人家，古道西风瘦马。夕阳西下，断肠人在天涯"的小令奔涌而出。这首情景交融的小令深深感动了马致远自己，也深深感动了无数个后来人。

时至今日，历经千年风霜雨雪的东坪古道传说已经远逝，但它的风采尚在眼前。它，不仅被今人以浙西第一古道的美名而广泛传颂，更以崭新的姿态，翩然伫立在浙西，伫立在峡川，伫立在东坪。

无柿不东坪

柿子对中国人来说，寓意圆满美好和喜庆吉祥，而对东坪人来说，还有淡泊宁静和安分坚守精神的加持。因为，它是一份来自千百里之外、在东坪寄养了千百年的特殊基因样本。

多柿之秋

秋风起，千林消翠，万树流丹，整个东坪一派火红。山林里，平原上，一树树柿子，如挂着千万盏点燃的灯笼，闪闪发亮。家家户户，摘柿子、晒柿干，洋溢着忙碌而欢乐的气息。最引人注目、撩人心弦的是晒柿干的场景。庭院里、屋顶上、村道边，凡有日照、风吹的地方，都有一领领大大小小、方方圆圆的竹箪，晒着切瓣的柿子，铺天盖地、火烧火燎，呈现出"飞焰绕斜阳""红云几万重"的景观。来到东坪，没有人不被这"漫天柿界"震撼得热血沸腾。

东坪柿子品种多，有客柿、西瓜柿、牛奶柿、鸟柿、汤瓶柿、六柿，其中客柿和西瓜柿最多。东坪拥有华东最大的柿树林。据了解，东坪现有柿树3000多棵，每年出产新鲜柿子40多万斤。柿子收入成为东坪人的一项主要经济来源。

柿子不耐储存。村民将柿子晒成柿干，有的加工制成柿子饼，或者做成柿子酥，或者酿成柿子酒。无论是柿子饼、柿子酥、柿子酒，都风味独特，营养丰富，成为时新而实惠的伴手礼。东坪柿子因此蜚声遐迩，成为东坪一张鎏金的名片。

柿树称王

在东坪东侧的山坳里，现存一棵柿树。远看，貌似一座丛林，占据了一道向阳的缓坡；近看，底部是独立的树干，却有多条纵贯的"棱柱"，好像几棵树被"箍"在一起。身上寄生青绿色的苔藓和络石藤，如一条休眠而遗忘了腾飞的苍龙。约到三米高处，树干分出五枝，每一枝又自成一棵大树，分枝散叶，枝枝丫丫，曲曲直直，交织出巨大的树冠，撑托了大半片天空。这棵柿树，从根部到梢头，无不让人觉得它深涵着灵性，凝聚着神威，迸发出霸气。

东坪的柿子树经过物竞天择、优胜劣汰以及强者生存、繁衍、进化、称王的过程，无不合乎森林法则。这棵柿树年龄高达500岁，树围达230厘米，年产果实2000多斤。2015年10月，东坪首届柿子节期间，它以138000元的高价被杭州某控股集团有限公司竞拍中标，并被举牌立说，称之为"柿树王"。这棵柿树得到人们的认定之后，便名正言顺地在东坪"柿界"称王了。

乡野隐柿

东坪柿子数量多，品相好，味道佳，这是游客口口相传的推荐词。然而，除了赞誉，还有疑惑。人们越来越觉得东坪柿子有些不可思议，甚至颇具神秘感，令人一心想着要去探究揭秘。果然，在白发渔樵山水间的闲聊中，在文人墨客宦游途中的低吟浅唱里，人们发现了诸多被历史尘埃层层覆盖着的秘密。

根据《东坪李氏宗谱》记述，东坪村是由唐王朝的后裔避皇室纠争隐居于此而建，李唐的先人就是东坪村的第一批隐士。当年，李唐皇室子孙李烨为避武则天的迫害，携族人流亡千里在东坪安身立命。数番较量后，李氏重登大唐皇位，各地皇室拖家带眷先后返回长安。

已在东坪安居的皇室后裔，也觉得无需再隐名埋姓，遂推族长回去认祖归宗。族长抵都时向皇室表明，已习惯认他乡为故乡，此长安之行纯属循礼数之规，拜祖礼成后即返回东坪。经历过骨肉相残的权力之争，皇室后裔多看淡了权位，同意皇家血脉在东坪繁衍生息。

东坪族长辞别长安前，一皇亲走进御苑，在卢橘、枣树身边，发现一棵柿树，约莫三尺高，长得叶肥身壮、气宇轩昂。皇亲一阵惊喜，心想：莫非它吸收皇天后土之灵气，能力最强，能担当皇室的某种使命？于是，皇亲对它念念有词一番后，用御锄小心翼翼地挖了起来。果然，柿树根须强劲发达，泥土紧抓不松，精气神十足，皇亲便用黄绸布包裹起来，赠予东坪。此番用意皇亲们都心照不宣：柿者，仕也；柿者，亦世也。皇室托物寄情，借物寓意，表达吉祥圆满的祝福，也寓意乡野隐世，安居乐业。

来自皇宫的柿树，东坪人自然视为远亲的象征，举行简朴而隆重的仪式后，将它栽种在祠堂边，作为护佑东坪的村树。三年后，柿树结出了9颗果实，颗颗红硕、圆润、丰腴。族长对第一次在本土乡野结果的红柿心怀敬畏，选择霜降日收摘。当日，他沐浴更衣，进行了简朴而隆重的采摘仪式。他首先摘下2颗，敬供在远祖的画像前，感恩祖上阴功积德福报子孙；再摘下2颗敬奉天地日月山川，感恩阳光雨露照耀滋润；又摘下2颗敬献给飞禽走兽，感谢它们与人和谐共生；最后摘下2颗与族人老少分享，食后将籽儿埋在各自的庭院里，祈愿吉祥平安，招财旺运；最后1颗，留在树上作回馈，感谢柿树不辞辛苦孕育果实。从此之后，每当深秋时节，一年更比一年多的柿子，供李氏家族男女老少享用。小孩子随地吃随地吐籽儿，每家每户的房前屋后都有柿树；飞禽走兽，饱食时将籽儿带到满山遍野。如此，柿树发子旺孙，世代繁荣昌盛，形成庞大的家族。

柿情画意

东坪人一直牢记皇亲的嘱咐，安心隐居，以至平民化。多少年过去，东坪居民生活在桃花源里，从不主动与外界牵连。可是，柿子成熟季，红彤彤亮闪闪的果子映红了天空，那沁人心脾的清香，飘出千里之外。

"诚斋体"诗创造者，善于捕捉稍纵即逝情趣的宋朝诗人杨万里，就是循着天边的红光和空气里的清香，不远千山万水，辗转三衢，一睹红柿为快。有他的诗作《衢州近城果园》为证："未到衢州五里时，果林一望蔽江湄。黄柑绿橘深红柿，树树无风缒脱枝。"深红的柿子，被黄柑绿橘陪衬与烘托，像一组现代交通信号灯，画面触手可及。而诗人在"红灯"面前，自然驻足不前、玩赏不已。

天子封侯

东坪红柿还与明朝开国皇帝结下不解之缘。明太祖朱元璋幼时家境贫寒，常以乞讨为生。相传一年秋天，数日没有进食的朱元璋饿得头昏眼花、前胸贴后背。突然，一树红艳艳的柿子出现在眼前。他仰头看着，一只柿子"啪啦"一声掉下来，落在脚边，完好无损。他拾起掰开一吃，柔绵粉糯，清爽香甜，浑身来了力气，就爬到树上摘柿子吃，吃得满口喷香肚腹鼓圆。

后来，朱元璋当了皇帝，进贡的柿子都不是当年的味道，他很失望，却控制了天子神怒，将自己当年吃柿子的情形向贴身大臣"如此这般"描述了几句。第二年，柿子成熟季，他在所贡的柿子中，捡起似曾相识的一颗，一品，是当年的味道。再一问，说是浙西东坪出产的柿子。朱元璋一向恩仇分明，认为这柿是自己的救命恩人，便脱下身上的龙袍，命大臣飞骑到东坪，披在那棵柿树上，封它为"凌霜侯"，赐给柿树千年寿辰，并下令添种 3000 棵。

据说，柿子是唯一被天子封侯的水果。柿子也不负皇命，

▲ 东坪柿树

竭力生活。最长寿的，在陕西富平，已经有树龄达1200多年的老柿子树。

柿柿如意

相传明朝时的李泽娘娘，自小喜食东坪出产的新鲜柿子。被选进皇宫后，每到中秋时节，就回想起小时候吃柿子的情景。年复一年，因吃不到东坪柿子而生发满腹乡愁。有一年，娘娘被恩准回家省亲，柿子却已下山。娘娘望着空空的柿树发愣，家乡人心疼，便想方设法留住柿子："何不把柿子晒成干呢？这样娘娘回乡随时都可以吃上柿子了。"于是，每当东坪柿子成熟，家乡人便摘下来切片晒干，储存在陶罐里等娘娘回家。娘娘回来了，家乡人买来五花肉炖柿子干款待。娘娘吃了两口,便禁不住啧啧称赞:"好甜,好香,好糯。"问家乡人这是一道什么菜。有个机灵的小厨子看娘娘满心欢喜、笑颜如花,便抢着回答道:"好菜有好名,这菜叫柿柿如意呀。"

从此,柿柿如意成为衢北餐桌上招待远方客人的一道主菜,并闪亮跻身浙江省"百县千碗"佳肴行列。

下金大桥：一步跨三县　一眼览八景

芝溪河从千里岗起身，朝着家的方向，从北往南，一路轻歌曼舞。到峡川东南出口处，遇见一个美丽的驿站：六墩五孔，花岗岩石建造；如长虹卧波，雄伟坚固。它叫下金大桥，又名峡口大桥。

美丽的芝溪"驿站"，使得灾害频仍的芝溪"天堑"变为通途。下金大桥诞生后，衢北的芝溪河流域、李泽溪流域与铜山源流域的万千灯火融成一片。藉此东联龙游，东北接建德。通过峡谷岭古道，北通苏杭，南连闽赣，直贯江南千里交通大动脉。下金大桥是一条彻头彻尾的联通衢北至京畿的古官道。

晨光里，漫步桥头的一层层台阶，缝隙间细微的苔藓，沐浴着晶莹的露珠，摇曳着生命的原汁和馨香。夕阳下，轻轻抚摸桥边的栏杆和栏板，凹凹凸凸的石面上，隐现着深深浅浅的斑迹，透露出一丝丝流年的苍凉。它无声地告诉世人，它来自深远的岁月，有着沧桑的过往。它的身上，印着红军的足迹，留着抗日战争的弹痕。百年未遇的"八三"洪水侵袭时，芝溪两岸的人们，每一颗心都提到嗓子眼，每一双眼睛都噙着热辣的泪花,注视着它不屈不挠地抗拒着肆虐与劫难。它像一位饱经风霜的老人,默默坚守在芝溪河上,令人肃然起敬。

是的,它始现身于芝溪河上四百多年了。据《衢县交通志》记载,下金大桥于"明嘉靖九年(1530)合乡募建,共五虹,长二十三丈五尺。清嘉庆十四年(1809)乡人集资重修,立有碑文。光绪四年(1878)被山洪冲坏,叶秀林独出千金修筑并增石栏杆"。下金大桥建筑占地面积384.6平方米,桥长(含碑亭)79.3米,宽4.85米,高6.75米。桥面用花岗岩石长条石板错缝平砌,两边设有仰天石的地袱,有望柱和栏板。桥洞为拱券式,拱券采用纵联分节并列法砌置。2017年下金大桥被列入省级文物保护单位,它是研究浙西地区古桥的实物例证。

下金大桥历经磨难而坚不可摧,是因造桥技术之精湛,也是用桥护桥行为之公道。据说,芝溪河上,与下金大桥同年竣工的桥梁原来有三座,从上到下,分别是严村大桥、峡口大桥(下金大桥)和莲花大桥。通桥时,都规定要让达官贵人和财主富人最先经过,这是为了沾喜气、得吉利。严村大桥首先求过的是一位寡妇,因其身份受歧视而被阻拦了。寡妇了解该桥为严氏牵头建造,当即预言:"盐(严)桥要化掉。"峡口大桥第一个要过的是一位老翁,被文明劝停后还得到一番礼遇。知悉是舒氏积德造桥,称道"舒(水)上造桥,牢!"莲花大桥半天没人过,一个老妪来了遭阻止,得知该桥由蒋氏出资建造,空着桥不让自己过,心里不悦,自言自语:"酱(蒋)一半是渣,一半为水。酱造桥,只剩渣啰。"一年后，芝溪洪水泛滥，严村桥坍塌；莲花大桥一拱冲毁，四拱残存，溪流改道而成为旱桥；峡口大桥有惊无险而巍然屹立。三桥的命运，被开桥日不许通行的过桥人言中。原来，三位来过桥的都是神仙乔装的弱势人，以试探乡风民心。

大凡传说都几近无稽之谈，"芝溪三桥"传说也不例外，但造桥要用之于民的道理，寄寓其中，让人玩味。

随着交通事业日新月异，下金大桥的交通枢纽的地位日渐式微。而随着文旅事业的兴起，它如枯木逢春，生机勃勃，发挥出新的功能和价值。昔日，下金大桥是让人走过去，走向天南地北；而今，它是要让人留下来，观赏身边的斜阳巷陌，体验古镇的风土文化。

下金大桥有让人走远的实力，自然有让人"留下"的魅力，让人流连忘返，依依不舍。它的吸睛点很多，俯拾皆是。

比如，水龙节。处暑时节，水龙民俗文化旅游节，在大桥脚下，演绎峡川历史悠久的水龙文化，分享山水美镇的和谐盛世。千龙竞舞，万众欢腾。古桥夕照，星空露营。下金大桥是最佳观景点，让人领略芝溪的激水狂欢。

又如，金桥秋月。金秋时节，三五之夜，月明星稀，溪面如镜，半拱成圆，胜似西湖三潭印月。风清月白，参与一场"古韵峡川游览，金桥乡愁赏月"的民俗活动，他乡即故乡。"金桥秋月"已成网红，下金大桥也成为人间一座浪漫的"鹊桥"。天涯共此时，风月无边。

小镇会客厅，坐落在下金大桥的台阶下。走进会客厅，犹如走进峡川的历史博物馆，古镇乡贤，自然风光，特色美食，一览无余。

▲下金大桥

漫步衢江古镇 | 峡川镇

因下金大桥得名的"大桥柒号",是集休闲、娱乐、文化、饮食为一体的特色民宿。它既是大桥身边的新地标,又为下金大桥注入了新元素。这里,既有原生态的自然风光,又有古镇村落特有的文化底蕴。它闹中取静,为奔波于喧嚣尘世中的"倦人",提供一方治愈心灵、恢复体能的世外桃源。住下来,泡一杯绿茶倚窗前,等着月出东方,听芝溪唱晚,进入"移椅倚桐同赏月"的诗意里,是一种极美的享受。

下金大桥与身边的参天古树、白墙黛瓦,与远处的峰峦叠翠、高天流云,参差错落,和谐成画。峡川八景有芝水抱青、笔架拥翠、洞顶云岩、石坪雪障、南湖梵宇、西坞烟岚、古柏春晖、金桥秋月,笔架山下芝溪河畔,所有的尤物,都如众星拱月,一起衬托下金大桥"风景这边独好"。

过去,下金大桥"一步跨三县",是交通要道的咽喉。路过的,大多是风尘仆仆、行色匆匆的天涯羁客;如今,它一眼览八景,巧夺四时风光,吸纳万千游客,是峡川的金名片,红遍线上线下。一波一波涌过大桥的,都是观光览胜、旅游休闲者,他们笑语盈盈,风姿悠然,尽享气韵优雅的碧波和古桥。

下金大桥,今非昔比。它的明天会更好。

奇秀失母湾

　　由峡川集镇往北走上五里地,便是失母湾村。一个自然清秀、人文丰厚的神化山村。

　　村庄四面环山。村东的一座山名为"金山"(音同),陡峭如壁。1958年烧木炭炼钢铁的时候,毁了山上直径都达50厘米以上的树木,残根逢春抽芽,村民一直封山育林,现今林涛翻滚,葱茏滴翠,是最靓的一张村名片;村西一带的山,躯体连绵,形似卧龙,因有九个高低起伏的峰尖,称为"九节龙",龙头直奔十里开外的杜泽;村北和村南,分别是马头山和象鼻山,如骏马傲立和巨象回眸。这些山的山脚下或山腰上,又衍生一座座诸如"猫印""凤凰印"之名字的小山。假如凭着三分形象七分想象,整个村庄像是一个被天庭发配凡界的动物园。

　　源自千里岗山脉的芝溪,由北向南一路走来,步履忽急忽缓,有时挖出深潭,有时抛下浅滩,舞动曼腰后,绕过石岭,冲出峡口,流经外黄、莲花,汇入衢江。整个村庄被芝溪水流温柔地掰成两半。于是,全村200多户人家,在芝溪两岸,或鳞次栉比,或错落有致,几乎都傍山依水,形成门对青山、户朝绿水的生态地理格局。鸟瞰村庄,芝溪两边各呈甲骨文"月"字形,合起来是一个不规则的易经核心图案。

与芝溪水流息息相关的,有水碓、锁沙亭和流水亭,分别造在村庄中部、南边和北界,曾是镶嵌在芝溪身上不同部位的三颗明珠。

最大的一颗是水碓。山村通电前,村民将稻谷舂成米、玉米磨成粉,都在水碓里实现。1972年8月3日,芝溪水泛滥成灾,水碓被毁,同时结束它一辈子因舂米、磨粉发出的"嘭嗵嘭嗵""吱呦吱呦"的呻吟,而成为芝溪咏叹曲中一个隽永的音符。

芝溪流到村南,因舍不得离去而抛下一片沙滩,沙滩形如锁状。在此建筑亭子,既是点景也是为了锁住一村的好风水。锁沙亭紧邻溪流,坐北朝南,南面写亭名"锁沙亭",东西向有窗,墙体上有"芝溪源"字样。1957年,草鞋堰建造芝溪渠,渠上蓄水倒涌而被湮没。

流水亭因建在流水湾而得名。流水亭比锁沙亭豪华,有闲人可在亭里观山水、说古今。流水湾南北西三面为壁立的石山,西面山背连流水山,直面芝溪;南北两座山也向芝溪敞开,像一扇从天而降的八字门。南面是马头山的一侧,高耸入云,阳光终日不达;北面山腰以下行人勉强可至,再往高处,仅仰首一望便觉头晕目眩而寸步不前。据说,绝壁上有九个若隐若现的石级,称为"九步楼梯",是昔时仙人登上九重天遗下的足迹。流水山丰沛的山涧水,汇集一起纵身跳下深渊,形成西面石山上一条高近300米的大瀑布。阳光射来,石壁上出现无数彩虹闪烁,令人眼花缭乱。夏秋时节，山涧水量大，飞流直下，伴有"哗哗"巨响；冬春之际，瀑布变成晶莹的冰川，日久不化。无论什么季节，这里可见方圆数百里内特有的山水奇观。瀑布落地之处形成几亩宽的水潭，俗称"水脏"。据说，洪秀全的太平军（当地人称"长毛"）在水潭里埋藏了一大宗金银财宝，人们偶尔可见两条锦鲤在水潭里游动，经常看到一只巨鹰在空中盘旋，它们是守护财宝的神灵，或说是财宝的化身。若有图谋不轨者到此，天空立刻黑暗下来，盗宝者因感阴森恐怖便落荒而逃。如今，即使在盛夏，人们趋近水潭也觉得不寒而栗，不禁毛骨悚然而不敢久留。

与芝溪并驾齐驱的是320国道（现改为305省道），这条公路与芝溪水流同曲同直，始终若即若离。它穿村而过，把一个自然独立的山村，与全国四面八方繁华的都市串联在一起。溪流与公路，使村庄恬静中不乏灵动：山不转水转，水转携路转。山环抱村庄，封而不闭；水缠绕村庄，通而不漏。在村外，人们不相信这里有人烟；在村内，人们不需要知道外面的世界。6平方千米的村域，动静相宜，如桃源现世。

失母湾总人口700余人，土居人口主要姓李和姓毛，又以李姓为正姓。据《芝溪李氏续修宗谱序》记载，失母湾李姓始祖在明朝时由李泽分繁而来，与同属峡川镇的东坪李姓，应是同为唐代皇室后裔。但失母湾李姓与李泽、东坪李姓，宗亲关系比较松散，与本地的外姓相处和睦，与人口数量较大的毛姓更是亲如一家。

村南边，芝溪的水口处，有一座敕造李姓"太子殿"，又名"水口殿"，殿里太子不止"福佑"李姓而及全村。凡

▲ 失母湾

是重大节日，李毛两姓合用，规定在时间上先后错开。比如，正月十一过元宵节，李姓人将殿里的太子像抬出来送到大厅里祭拜，求赐风调雨顺，毛姓人正月十五接太子像出殿，在村里游一圈，以便村民接福纳祥。凡是村里发生非常事件认为"沾晦气""不清洁"了，也将太子像请出来，进行驱除疫鬼、祓除灾邪，之后再将太子像送回殿里。这种原

始祭礼，当地人传承了数百年。

李姓人对女儿疼爱有加，出嫁时，娘家可踏出一些山面赠予她，让她子孙世代享有。不知多少年前，失母湾人的女儿嫁到下叶村，娘家划出山面相赠送，原籍为下叶村的明朝万历二十九年（1601）进士叶秉敬，其母亲墓葬在失母湾村双连岗山上，这是村民从被盗掘的墓葬残碑上的文字得知，是真坟还是假墓，暂且不论。下叶村等村民至今还在失母湾村所辖的山上砍柴、植树、种茶、办农家乐，是数百年前李姓人对女儿疼爱的延续遗存。

　　锁沙亭、流水亭及太子殿等古建筑已不复存在，村容村貌崭新，似乎让人一时忘记失母湾是个神秘的地方，而且人们口头习惯叫"失母湾"为"石木湾"。这里木头多，在"大炼钢铁"年代，16个土窑同时起火焚烧，导致仅流水山一处的林木就足足烧了三个月。这里石头也多，村南水口处有个石塘。1970年1月，铜山源水库建设复工，水库大坝的石方以及东西干渠、桥墩、涵洞等所需的石料几乎都从这里开采，源源不断地运到杜泽、龙游、金华等地。

　　但是，口头习惯称呼不能改变村庄的神奇来历。中国的行政区划标注上这个地方为"失母湾"，这个命名源自一个传说。相传明朝开国皇帝朱元璋率领红巾军攻打衢州，因粮草不济敌不过元军而投江自尽以保节。衢江中两块石头突然浮起，驮他们过江到达北岸，脱离险境。朱元璋在衢北地区秣马厉兵，重整旗鼓后打败在衢元军。他准备发兵由南而北乘胜追击，发现自己母亲在石木湾失踪了。他派兵四处寻找，一直寻到了一个相距石木湾2千米名叫"军逃坞"的地方，所有寻找的士兵都报告：朱元璋母亲"金堂坞"了。"金堂坞"是失母湾一带的方言，意思是朱元璋的母亲真的失踪了。这就是"军逃坞"口语一直叫"金堂坞"的由来。朱元璋是个大孝子，为了怀念母亲，就把母亲失踪的地方石木湾改名为"失母湾"。而失母湾的人们，一代一代地敬重朱元璋的孝母之心，书面上庄重地叫村名为"失母湾"。因为这里的人们心想,说不定哪一天,当年的"红头头"朱元璋会重新回来寻找自己失踪的母亲。

东村渡槽：48 年凤凰涅槃

伫立峡川北端，放眼平整广阔的下叶田畈，一个庞然大物从西向东横亘天际，在阳光下闪耀着银灰色的光芒。它像一条藏头匿尾的超级巨龙，待风起飞。因它凌空高架，人们形象地称它为天桥，而在中国水利史册上，它的名号是东村渡槽。

浙江省最长的渡槽

东村渡槽是铜山源水库灌区东干渠的咽喉，它从下叶西面的山坡上接过渠水，点滴不漏地将它"空运"到东村山背，交付给那里的渠道，然后继续将水输送到十里丰、龙游等地。渠水流经 8 个乡镇，似有"水通南国三千里"之势，灌溉农田 17 余万亩，惠及 20 余万人。

在峡川南部广阔的原野上，渡槽过公路、跨河渠、穿农田、亲村落，与东干渠的出口进口无缝对接，全长 1332 米，是迄今为止浙江省最长的渡槽。

48 年凤凰涅槃

东村渡槽经过"浴火重生"的生命旅程。它始建于 20 世纪 70 年代，于 1972 年 6 月动工，1975 年 8 月竣工。2005 年经过一次加固修缮，依然存在隐患。2022 年，铜山源水库灌区"十四五"续建配套和现代化改造工程，将东村渡槽纳入改造提升计划，灌溉农田 48 年的老渡槽，获得了第二次生命。

2023 年 1 月，第一代东村渡槽槽身，由铜山源水库管理中心特别赠予中国水利博物馆永久收藏。它与金华市水利局捐赠的乌引工程上瀛头渡槽槽身及德清武德闸（新民桥闸），将在博物馆里形成一个当代农田水利灌溉的展览体系，成为人们了解中国当代水利建设的历史教材。

2023 年 6 月 18 日，新渡槽最后一跨吊装完成，整座渡槽合龙。一条健美刚劲、神采飞扬的钢铁巨龙，在万众瞩目时降生，从此安详地静卧在下叶田畈上。

新渡槽与老渡槽既脱胎换骨又一脉相承。老渡槽结构采用省料轻身的钢丝水泥 U 型薄壳，一层钢筋一层网扎牢槽身。全程 111 跨，每跨 12 米。新渡槽采用 C50 预应力钢筋混凝土矩形槽，预制槽身典型尺寸宽 5.0 米，高 3.35 米，一共 57 节槽身。槽身按每一跨分节吊装，一跨长达 24 米。设计流量 18m³/s，比老渡槽提高了 4m³/s。新渡槽比老渡槽体型更坚固完美，技术含量更高。可见，"忠诚、干净、担当，科学、求实、创新"的水利精神，两代建设者一脉相承。渡槽修筑者的智慧与激情，与一粒沙、一滴水一起，凝结

▲家园

漫步衢江古镇

漫步衢江古镇

峡川镇

▲ 峡川老渠与新路

在渡槽里。可见,老渡槽与新渡槽都是用科学技术建筑躯体,用信心智慧铸就灵魂,堪称不朽的时代精神桥梁。

刻骨铭心的印记

东村渡槽承载了众多人的记忆。当老渡槽赠予中国水利博物馆时,当年的设计师、工程师、建设者,无不饱含深情依依不舍,因为渡槽凝聚了他们的智慧和青春热血。老渡槽建造年代,资源短缺、技术薄弱、环境恶劣、条件艰苦,修筑者用肩挑手扛、钢钎铁锤、人力机车等土办法,成功

创造出一座无前例可借鉴的巨大工程。

根据那时的建设者回忆,为了求证最合理的槽身宽高比,几个擅长打算盘的会计和知青,连续计算了几天几夜,最终如期拿出施工图纸。为了解决技术问题,当时抽调二三十位知青,专门成立工程技术组,奔赴江山新塘边的一个水库工地现学了十来天。他们吃住在工地,不分白天黑夜地学习,最终成长为渡槽建设工程的技术骨干。

失母湾村人永远记得南面村口山体开采石头的炮声。隆隆的声响,震天动地。每次炸药开花,都有一个设定的时间。久而久之,村人们收工、烧饭、上学,几乎一天所有的生活,都不需要看钟表时间，而习惯以采石炮声为号。320国道上，南来北往的大型拖拉机，将失母湾的石头一车一车运往杜泽、龙游等地，用于建造铜山源水库大坝和灌区的渠道、涵洞和桥墩。村口石头被大量开采，失母湾原来规整的碗形村庄，因此豁开了一个缺口。这是失母湾村对衢州水利建设的赤诚奉献。失母湾人引以自豪。村民们说，失母湾的石头天生有品牌，无论在杜泽、龙游，都认得出来。

渡槽建成后，峡口中学78届高中班语文老师组织学生去参观。那是枯水期，可以走进槽身，真切感受渡槽雄伟浩大，无愧为巧夺天工的人间奇迹。参观回来后，老师辅导写一篇命题作文《家乡的春天》，旨在叙写东村渡槽，赞颂它为家乡的春天增添一种特别的美好……

人们在怀旧的情感共鸣中，见证那段不可磨灭的岁月，体会当年"人定胜天"的豪情壮志。老渡槽曾经默默伫立在田野上、道路旁，抒发着治理山河的豪迈气概。历经岁月洗礼，依然不失昔日荣光。它已成为田野风景和历史记忆，散发出珍贵文物的味道。

一座完美的地标

渡槽建筑体量大，排架式基座，简洁挺拔，美观大方，体现了空间跨越所具有的雄伟壮丽与历史绵延的厚重悠远，令人穿越时空、追寻过往，享受视觉和心理的美感。

东村渡槽与农田村落、道路水渠浑然一体，与高天流云、远山峰峦相映成画，演绎了渡槽修筑与人文自然完美融合。

近半个世纪前，它诞生在峡川大地上，与身边的山水共度风花雪月，与所在的天地分享雷电星光。它与峡川，已如东方明珠之与上海浦东。峡川没有它，宛如大海不再有航标，草原不再有骏马，天空不再有彩虹。

东村渡槽虽然不是古代的都江堰、京杭大运河，也不是现代的长江三峡、红旗渠，但它为浙西农业发展作出了重大贡献，是新中国水利建设的一个缩影。它见证艰难的昨天，拥抱辉煌的今天，憧憬美好的明天。

以身绘画铜山源精神

东村渡槽给人最意外的惊喜是"绘身画"，犹如在水泥地里看到鲜花，在敦煌莫高窟看到飞天。渡槽墙面绘画面积达5000多平方米，峥嵘岁月、巍巍丰碑、美丽灌区和继往开来四个版块，反映铜山源水库建设的过去、现在和未来，歌颂自力更生、艰苦奋斗、群策群力、无私奉献的铜山源精神。

从此，东村渡槽不再"赤身裸体"，而是华彩盛装，绚烂处世；它的姿容不再只是庄严肃穆，还很富丽妖娆；它不再只是输送一程清水，还可以承载一段传奇。随着一帧帧画面次第舒展，娓娓述说自己的故事和梦想。

东村渡槽彩绘，是铜山源水库灌区"十四五"续建配套与现代化改造工程下的景观配套项目，由衢州民居手工线绘非遗传承人胡正亮领衔创作，堪称"衢州有礼"诗画风光带沿线的一朵奇葩。

悠悠岁月，巍巍丰碑。东村渡槽怀揣一渠清水，迎日出送晚霞，泽润一方。48年坚守后凤凰涅槃，接续使命担当。祝愿它与山水美镇美美与共，在古韵峡川永新永存。

南湖寺：佛俗两界的殿堂

峡川以"古韵"冠名，缘由它悠久的历史，深厚的人文。千年古道古村古树，百年古祠古桥，人们如数家珍，呵护有加，引以骄傲和自豪。

其实，有一个古迹，在峡川的大地上已荡然无存，在众多人的心里，却一直矗立着。现世的几代人，说起它仿佛就在眼前。相关的文献，也有一些零星记录可考。这处古迹就是南湖寺，民间叫"峡口大殿"。

关于南湖寺，民国《衢县志》引用了清嘉庆《县志》记载，在城北五十里峡口村。寺颇宏伟。门有明万历戊午年（1618）叶秉敬题"南湖禅寺"匾额。民国《衢县志》补曰：清同治十三年（1874）重修。今废。

根据上述史料，明确南湖寺就坐落在峡口村，规模非常雄伟壮观。同时，寺院匾额的题写能得到叶秉敬所赐墨宝，说明寺院的规格很高。

叶秉敬，峡川下叶村人。明万历十年（1582）应乡试，中全省第一名举人；万历二十九年（1601）中进士，授工部都水司主事。天启七年（1627）转任江西布政使司右参政、加授从三品大中大夫。叶秉敬的书法自成一体,其为官提督河南学政期间曾莅临辉县百泉,所作的《百泉赋》《游百泉》,笔法豪放遒劲,别有神韵,堪称书法艺术中的珍品。

根据弘一法师与衢州的相关资料得悉,民国十二年(1923),弘一法师第二次来衢州,在南湖寺小住,在此讲经说法。由此可推测,当时南湖禅寺僧房干净、清静、雅致,禅寺风光,不失体面。

弘一法师剃度前,名为李叔同,是著名音乐家、美术教育家、书法家、戏剧活动家。剃度为僧,号弘一,被尊称为弘一法师。弘一法师自出家以来,严持戒律,编撰佛家经典数十,待人宜宽,律己以严,是近代中国佛教戒律学的传承和弘扬之集大成者。

峡川佛教文化历史悠久,与南湖寺存在关联的,民间传说及遗迹不少。峡口村的东北面,有石凉山,山上有寺庙,传说香火盛极一时,老佛会热闹非凡。西北边的笔架山上,有一个一直叫"千僧坪"的地名,因山上寺庙僧人数量多而得名。据说香火旺盛之时,寺庙容纳僧人多达千人。这也许是夸张,但可以肯定数量不少。传说有一年大旱,山上泉水枯竭,僧人用木桶到芝溪河挑水,芝溪河一时几乎断流,说明山上用水量大,也表明僧人之众。

据说一直以来,沿芝溪河走夜路的人,经常看到千僧坪与石凉山之间的山腰上,点点灯火连成火线一样移动,有人猜测那是神秘的"佛灯",寺庙之间的老佛乘黑夜互相交流。

坐落于笔架山腰间的白云岩寺庙,借山岩筑寺,远望像山间的一团白云，隐于丛林里。岩虽不深，结构幽静。传说宋朝建有观音庙，每年农历六月十九日，白云岩寺庙有仙姑会，昔有比丘尼居此修行。民国十年，里绅叶如璋募资重建。现为寺庙，内有弥勒殿、三宝殿、观音殿。过去白云岩寺庙的尼姑与南湖寺的和尚，带着俗念凡心互相往来的绯闻，也成为坊间的饭余谈资。

20世纪30年代出生的人，回忆自己小时候曾随善男信女到南湖寺，在袅袅的香烟里，看到佛像丰腴的面庞、高大的身躯，心里备受威慑。后来他们的儿女到峡口中学读书，还是习惯说在"峡口大殿读书"。

20世纪五六十年代出生的人，他们的中学时光都在南湖寺那里度过，亲眼所见了寺院的残垣断壁。记得学校围墙圈很大。围墙外，有从芝溪渠流去的小溪流，有平整的田野，也有黄泥青瓦的民房，还有大樟树。围墙内，所有空地，都有房屋拆除的痕迹。地面高低不平，有泥巴地、三合土，有的地方有长条青石板镶嵌着。周边散落着石础、石条，还有石井。房屋也不一样，有少量低矮的"人"字形屋顶的新教室，有古旧的带天井的厨房，有东西两面搭墙南北对空的厅堂，很高，落地柱子粗大。老师的"单身公寓"也是老房屋，一间一间板房，公共区域有天井。

根据地面痕迹及残存房屋的走向，围墙内房屋曾似有三进，门口一进没有留存。正对校门的最后一幢房子最高，有几步石板台阶，才上得走廊。走廊里的木柱，双手不能合抱，垫在下面的石础有小箩筐盖一般大。房子门槛高，几乎与膝盖齐平，里面是老师的办公室。老师坐的木头座椅很大很重，听说原来是大殿里那些坐着的老佛坐的，是"老佛椅"。门槛外的柱子挂着上下课的"信号钟"，长长的一条，是一块日寇投放的炮弹残片。

南湖寺曾与莲华寺（在莲花镇）、三藏寺（在全旺镇）、祥符寺（在衢城内）并列为衢州四大名寺，往日何等风光不言而喻。它建于明末，盛于晚清至民国时期。由盛而衰，从兴到废，最后夷为平地，建造一所学校。大殿熄火的具体时间已无据可查。

然而，南湖寺一直是一座完整的"殿堂"，从佛的殿堂变为峡川儿女文化知识的殿堂，一直矗立在不同年代人的心里。禅寺里曾经穿越峡川时空的晨钟暮鼓，虽然只在人们的记忆里回荡，却使峡川大地的古韵增添了一些旷远、浩渺、空灵和疏秀。

草鞋仙和草鞋堰（民间故事）

坐落在峡川集镇西边的峡口畈，有千亩之广，自古以来都是靠芝溪水源灌溉。不幸的是，年年春天，芝溪都要涨大水，把峡口畈上游的一座堰坝冲垮。每冲垮一次，当地百姓就修筑一次。早些年，修筑堰坝的劳力都是按田亩摊派。

有一年，又要修筑冲垮的堰坝。村里的王寡妇家没劳力，派不出人去，大家便留了一个小缺口，等王寡妇雇人去把它补上。可怜王寡妇家境贫寒，雇不起工，便想自己去补。但是，一个小脚女人，怎么抱得动石头、挑得动泥土呢？王寡妇来到修坝的地方，看着堰坝上那个哗哗流着溪水的缺口，一点主意都没有。女子的眼泪不值钱，没有办法的王寡妇，就坐在堰坝边高一声、低一声地哭了起来。

哭着哭着，突然听到"婆婆"一声叫，王寡妇抬头一看，只见一个白胡子老人站在她跟前。白胡子老人问她："婆婆，你有什么伤心事哭得这样悲戚？"王寡妇把白胡子老人上下打量了一番，只见他身着蓝衫，脚穿棕箬草鞋，笑眯眯的一副慈祥面孔，心里想：这人可能会帮我的忙，便擦干眼泪，一五一十向他讲了缘由。白胡子老人听了笑笑说："你回去打一斤酒，炒十个菜来，让我吃了，那么堰上那个缺口我帮你补。记住，十个菜里一定要有韭菜。"王寡妇哪里烧得出十个菜，但为了能把缺口补好，皱皱眉还是回去想办法了。

王寡妇边走边想：白胡子老人明明晓得我家里拮据，为何要难为我炒十个菜呢？会不会打哑谜让我猜？王寡妇人很聪明，忖想了一会儿，脸上露出了笑容，对了，韭菜、韭菜，其含义不就是九个菜吗？再加个菜，就是十个菜。于是，她回到家，去向小卖部赊来一斤老酒，再到菜圃里割来一把韭菜炒鸡蛋，又烧了一盘四季豆，然后拎到白胡子老人面前。白胡子老人一看，会意地笑了笑。一会儿，吃完酒菜，对王寡妇说："你把眼睛闭上。"王寡妇听从他的话，闭上了眼睛。

等了好多时，未听见响动，王寡妇等不住了，睁开眼睛一看，白胡子老人不见了，又看看堰坝，缺口全部修筑好，一点不漏水。王寡妇长长舒了一口气。

谁知，王寡妇一口长气还没有吐完，一个新麻烦又找上门来。堰坝一点不漏水，渠道又来不及排，芝溪里的水自然发生了倒灌，眼看就要淹掉上游的良田和村庄。上游的村民急忙找到王寡妇，要她把堰坝捅开几个洞排排水。

王寡妇哪里有给堰坝捅几个洞的本事，急得又大哭起来。哭着哭着，白胡子老人又站到了她跟前，问："堰坝已修筑好，你为什么还要哭？"王寡妇指着堰坝说："堰坝修筑得太密封，水满起来后把上游的田和房屋淹到了。""你不用发愁，这点小事简简单单。"只见白胡子老人随手抓起一把扫帚，往那堰坝上"唰、唰"一扫，堰坝上立刻扫出无数个小漏洞。于是，一半溪水往漏洞里流出，一半溪水从渠道里排走。

　　王寡妇被白胡子老人的两番举动所惊呆，心里暗暗赞叹：这人肯定是神仙，不是神仙，谁有这么大的能耐？仔细把他上下一打量，发现他脚上的棕箬草鞋不见了。这时，她恍然大悟：原来他就是大家口口相传的宝山草鞋仙啊。这堰坝肯定是他用棕箬草鞋修筑起来的。

　　后来，当地人把这座堰坝叫作草鞋堰。

杜泽镇

云水古镇　巽风杜泽

出衢州古城，北去 20 千米，便能与千年古镇杜泽不期而遇。

和大多数古镇一样，杜泽依山而建，傍水而居，但这里的山是万年山，这里的水是千年水。杜泽的山连着千里岗，远眺，青山如黛，云雾缭绕，仿佛每座山中都住着神仙；近观，树木葱茏，枝繁叶茂，尤其是那些参天古松，树身斑驳，写满人世外的无尽沧桑。杜泽的水也连着千里岗，一条名为铜山溪的小河，从千里岗山脉欣然起源，而后百里迢迢逶迤而来，绕过九曲十八弯，蜿蜒至杜泽，犹如长龙游走山间谷沿。

铜山溪上最负盛名的景观当属铜山源水库。50 年前，为了彻底改变衢北地区十年九旱的落后面貌，当年一百万衢县人民克服技术、资金等各种艰难困苦，第三次跃然上马，在项山和石撞山之间的河段上，完全依靠人工筑起一座库容达 1.71 亿立方米的铜山源水库。遥想当年，数万名来自四乡八邻的民工用肩膀挑来一担担泥土，用独轮车推来一车车砂石，用 4 年时间，花 710 万人工，奋力筑起高约 48

▲ 杜泽老街

漫步衢江古镇

漫步衢江古镇　杜泽镇

米的水库大坝。"更立西江石壁，截断巫山云雨，高峡出平湖。"如今，站在雄伟的水库坝顶，伟人所畅想和描绘的壮景徐徐而来。

阅尽自然景色，转身步入古镇的大街小巷，即有一阵阵浓郁的美食香味扑鼻而来，吸引着游人一头走向街巷的深处。香味的源头，就是古镇上久负盛名的美食——灌猪肠和桂花饼。

杜泽灌猪肠，当地人称为"不带"，种类有两种，一种是直接用糯米灌制，称为"糯米不带"；另一种是把糯米磨成米浆灌制，称为"米浆不带"。灌进米或米浆后，再用撕成一丝丝的棕榈叶把猪肠捆扎成一节又一节，圆滚滚的极像出泥的莲藕。"不带"大多由家庭主妇制作，因为她们的聪明，猪肠、糯米、以及油盐酱醋，几样普通的食材一搭配，浓郁的香味就一重又一重飘过了昨天，弥漫了今天。杜泽"不带"存世有多久，已经无从查考，只有老一辈人隐隐约约留下一点传说：物资匮乏的年代，为了盛情款待上门的客人，聪明的杜泽人发明了这种制作简易、用料简单但香味浓郁的特色小吃。当然，仅从它能香得这么远、这么久这一点，就可以想见杜泽"不带"历史的源远流长。很多远方来客就是品尝"不带"之后，久久记住杜泽这个地方。

随着时代变迁，如今杜泽"不带"已经大步走出杜泽，许多新时代的"不带娘"还进城开起了专卖店。在衢城东南方的凤起路上，"不带娘"土花就开了一爿店面，店名就叫"土花灌肠"，专门买卖杜泽"不带"。因名声日盛，很多初次到城东游玩的人，寻找城东某某地方，都被告知"土花灌肠"东边或西边，"土花灌肠"俨然成为衢城的一座地标。

与"不带"齐名的桂花饼，则以一缕清香为古镇注入一丝别样的乡愁，添上一味别样的古香。桂花饼外圆内空，馒头大小，看上去非常不起眼。但它的制作工艺非常讲究，从配方到烘焙，一道道工序不能有半点马虎。和学其他手艺一样，学做桂花饼的徒弟也要三年才能出师。

追溯杜泽桂花饼的起源，有许多掌故。杜泽这地方民风淳朴，每年到了中秋节，镇上当外婆的都要给外孙送月饼。当年，普通百姓的日子都过得很紧巴，买一筒月饼也要三捏口袋，瞻前顾后。俗话说穷则思变，那些开糕饼坊的坊主便动起脑筋，把月饼做成空心，给面团揉进香喷喷的桂花粉。这样，省掉馅料的月饼，卖价便宜了，身价反而抬高了。于是，月饼也不再叫月饼，改名为带文人气的桂花饼。杜泽桂花饼名声最响的当属单氏糕饼坊。据传，桂花饼就是120多年前由单氏祖上发明创造。现时的掌柜，更是桂花饼制作技艺的传承人。单氏桂花饼因得了真传，制作技艺精湛，因而特别香，也特别俏，每逢中秋来临，常常出现供不应求的盛况。现在，制作桂花饼的人渐渐增多，已涌现"仲胡""谢继"等品牌。不久的将来，制作桂花饼将会形成一门产业。

2021年，灌猪肠、桂花饼均被列入浙江省"百县千碗"美食行列，桂花饼列入衢州市非物质文化遗产名录。此外，杜泽还有鸡子粿、芙蓉糕、油炸粿等一众小吃糕点。

如果把杜泽风情分为表里，那么，古色古香就是它的秀外，古韵古风就是它的慧中。

杜泽的古韵古风，在古塔、老街和古寺。杜泽古塔，世称巽峰塔，坐落在古镇东南方一里开外的塔山顶上，与古镇隔河相望。巽峰塔楼阁式塔身，六角七层，白色塔面，建造于清康熙三十四年（1695），至今已立世320余年。杜泽先人建造巽峰塔，目的应该是用来镇水定风。遥想当年，傍水而居的杜泽水患频仍，无力抵御天灾的人们只有祈求神灵保佑，便在杜泽田畈东西的两座山上各建造一座塔，东边的为白塔，西边的为红塔，希望它们镇住洪魔，定住淫风。不幸的是，西边山上的红塔于数年后遭遇雷电而倾，留下巽峰塔与古镇孤独相望。

出游杜泽，老街是必去的地方。杜泽老街兴起于明嘉靖年间，位居古镇腹地，南北走向，全长820余米，有各种店铺100余家。在老街，一条与老街共生共长的水渠依然日夜不息地流淌在街面底下，老街因它多出一份清新淡雅。几处老铺面依然上着红褐色的木板门，老街因它留住一丝岁月印痕。更引人入胜的是老街上还开着几家铁铺，"叮叮当当"，让你听到久违多年的打铁声。声音的清脆悦耳，会激起你一种莫名的兴奋。在老街，你还能遇见地道的"不带"和桂花饼，遇见过着慢生活的闲适老人。

随着时代变迁，老街虽许多东西逐渐消失，但依旧不断地变化着。2017年，老街再度迎来新生，当地政府本着修旧如旧的宗旨，对老街全面实施改造提升。如今的老街，路面铺上了青石板，许多店铺墙面安上了仿古花窗和披檐，正在一点一点找回500年前的模样，一步一步成为吸引四面八方游客的打卡点。特别是2019年国庆节，焕然一新的百年老街开街，先后有13万余人次摩肩接踵，留下悠然信步的足印，开街盛况登上央视新闻频道。

除了古塔和老街之外，古镇上还有1座石拱桥，2座杜氏祠堂，18座杜氏大厅，39条大小弄堂。因历史的原因，有些已经不存在了，有些虽然存在但需要进一步修葺。尽管如此，它们还是为古镇留下了许多印记，供住这里的人和来这里的人共同怀念。

沿铜山溪溯源而上，过10千米，便能遇见明果禅寺。明果禅寺坐落于明果村口，距衢城35千米。禅寺坐北朝南，占地面积约4000平方米，寺院内有天王殿、大雄宝殿、观音殿、肉身宝殿。整座庙宇气势恢宏，为国内罕见的"北玄武垂头，东青龙蜿蜒，西白虎俯首，南朱雀翔舞，二水环绕河流"之绝佳风水宝地。禅寺始建于唐光宅元年（684），原名兴善寺，至今已有1300余年历史。有高僧大德如大彻、延寿、咸杰、弘一等名振佛国，尤其是衢州鹅湖大义禅师和大彻禅师，于唐德宗、宪宗时相继应诏进京，受到皇帝和朝中士大夫之礼敬，被誉之为"京禅"，名动一时。唐朝著名诗人白居易曾随在衢为官的父亲多次拜谒大彻禅师，相交甚厚，并以师礼待之，四次向大彻禅师问道。大彻禅师圆寂后，白居易为其撰有《西京兴善寺传法堂碑铭》，记录其生平事迹，一时成为禅云佳话。明果禅寺还有中国历史上唯一一位女皇武则天亲赐的"明果禅寺"牌匾，及乾隆"明果寺碑"横嵌在寺壁间。

世间有赞美杭州好山好水的民谚：上有天堂，下有苏杭。

▲ 云水古镇、巽风杜泽

漫步衢江古镇

漫步衢江古镇　杜泽镇

097

浙西也有颂扬杜泽好山好水的民谚：超生猪狗，杜泽峡口。杭州和杜泽都被人赞誉到极致，两者相比，一雅一俗而已。然而，杜泽之好，不仅好在山水，更多的是好在乡风民俗。

　　杜泽起源，众说纷纭。其中一说是立下赫赫战功的岳飞部将杜公器，因与岳家军另一部将不合而辞职归乡，继而又携带族人从他方辗转到杜泽。千年以来，杜氏后人一代又一代秉承先祖遗风并发扬光大，集成为今天的包容、好客、向善、以及守孝道的杜泽人。杜泽人的包容大度有史为证。800年前，杜公器带着族人在此修堤垦田，发姓为村；800年来，杜氏后人携手各方姓氏，共同建设家园。如今，古镇镇域扩至3平方千米，6000多农村人口中外姓占去三分之二。每年重阳节，古镇都会举办重阳会，各家各户力邀亲朋好友上门做客，比着谁家客人多，比着谁家酒令响。杜泽人的好客在此可见一斑。在杜泽，你还会遇见多位百岁老人，感受到这里浓浓的孝道，杜爱琴、杜根花、杜世妹，这些出自杜氏一族的百岁老人堪称人瑞。百岁老人身边，还有200多位80岁以上的耄耋老人组成一个寿星群体。千年古镇因为他们，拥有了另一个响亮名号：长寿之乡。

思恋巽峰塔

杜泽人文古迹众多,其中最令人思恋的是巽峰塔。

思恋巽峰塔,因为它景象万千。

巽峰塔,坐落在杜泽东南方一里开外的塔山顶上。这里,汇聚了江南小镇所能拥有的各色美景。俯视脚下,清澈如镜的铜山溪,墨绿的溪水环绕着塔山微波细澜。瞭望对岸,天宽地阔的古田畈,金色的稻浪伴随着熏风轻歌曼舞。环顾四野,星星点点的村社人家,丝丝缕缕的炊烟缭绕于青砖黛瓦间。巽峰塔,恍若置身于色彩斑斓的江南风情长轴。

思恋巽峰塔,因为它气度超然。

近处的山水,远处的田园,共同勾勒出一幅美丽的画卷,而巽峰塔,便是这幅画卷里最美的主角。

立于塔山之巅的巽峰塔,高32余米,上下7层,左右6面,身姿挺拔。砖砌而成的塔身,状似楼阁,面如白玉,仪态端庄。而直指苍穹的塔尖,一飞冲天,欲与云霓相接,更是气势磅礴。对此,《铜峰杜氏家乘》专门撰有一首七律大加称赞:"回澜砥柱障东南,文笔高标插太空。写就天章腾彩凤,指程去路奋飞鸿。金凤拂槛横清籁,玉魄当峰竖绿丛。云外

▲杜泽巽风塔

漫步衢江古镇 | 杜泽镇

飘香先得惹，举头咫尺是瞻宫。"

思恋巽峰塔，因为它身世非凡。

民国《衢县志》这样记载："巽峰塔，一称杜泽新塔，在北乡四十五里杜泽，清康熙三十四年士人鸠赀众建。"被列入该县志的域内古塔有天王塔、孟家塔、柯山塔等7座，相比之下，对巽峰塔的着墨较少，但字里行间透出的历史信息非常丰富，细品之后，可以从中解读出巽峰塔身世的多重层面。

首先，它告诉后人这座古塔修建于太平盛世。康熙三十四年（1695），正是康乾盛世的开端时期，国家开始逐渐步入强盛。彼时，地处江南的杜泽更是天时、地利、人和皆得，人力、财力、物力俱丰，因而，人丁和百业无不繁盛于一时。古话说：太平修志，盛世修塔。发达后的杜泽先人，修塔颂世便是很自然的一种行为。其次，它载明这座古塔修建的主体是普通民众。不同于佛教浮屠，巽峰塔由当地乡民自发聚集资财、合力共建，这是一座完全依靠民资民力建成的民塔。对此，当地也一直流传着一种说法来佐证《衢县志》的记载：当年为了修塔，以杜氏族人为主，其他姓氏共同参与，全镇数千老少有钱出钱，有力出力，历时一年有余方才大功告成。

古人修塔，皆有缘由，有的为了求保佑，有的出于镇妖魔。巽峰塔缘由如何？民国《衢县志》未有提及，《铜峰杜氏家乘》也不曾留言，杜泽民众却自有一说。杜泽地处铜山源和双桥源的交汇点，良田千亩，物产丰饶，数百年来富甲一方。传说擅长堪舆术的杜泽人先祖通过地理踏勘，发现杜泽风水尚有美中不足，主要表象是整个地形像一艘船。一旦遇上涨水，这艘船就会被洪流冲到下游，一同冲走的还会有绝佳风水。如何避开洪灾让风水长留？杜泽先祖根据地形，想出了造塔固船的妙计，即在杜泽下游古田畈东西两侧的山上各造一座塔，用塔作篙，竖插在船的两头，以此来固定住这艘漂在水面的船。于是，举全镇之力，在东边造了一座白塔，就是今天的巽峰塔，在西边造了一座红塔。可惜的是，红白两塔身世相同，命运却迥异，红塔建成后不久便遭雷击倒塌，仅给后人留下一个模糊的背影。杜泽人修建巽峰塔，最初的缘由极为现实，就是为了定住风水。可见，巽峰塔归根结底还是一座风水塔。

思恋巽峰塔，因为它命运坎坷。

巽峰塔建成之后，长期以来，一直被杜泽民众视为自己家园的守护神，人们对它寄予了保家卫园的殷切希望，特别是红塔倒塌之后，其更加得到古镇人们的珍爱。常言道：日久生情。塔佑着人，人依着塔，长此以往，人塔之间超越物我两界的深厚感情油然而生。在古镇人们的心中，巽峰塔已成为一座精神支柱，男女老少无不希望它永远矗立在塔山之上。

然而，愿望再美好，总有不幸随意外不期而遇。300余年来，巽峰塔遭遇过无数次的雷电暴击，身上伤痕累累。2010年5月，历经风吹雨打的巽峰塔终于未能躲过最后一劫，一声雷鸣，巍然立世300余年的巽峰塔轰然倒下。顿时，古镇大街小巷哀色弥漫，悲声四起。幸运的是，如今的巽峰塔遇上了一个美好的时代，悲伤过后，古镇人们立即着

▲杜泽巽峰塔与铜山溪

漫步衢江古镇 | 杜泽镇

手修复工作。三衢论坛、三衢博客等网络平台上有上万网友参与评论，修复古塔的呼声日甚一日。社会各界也迅速联起手来，积极开展筹资筹款活动。于是，古镇再度出现"鸠赀众建"的动人场景。2012年7月，历时两年，按照原貌修复一新的巽峰塔再度挺立塔山之巅，重新回到古镇人们的生活之中。巽峰塔修复完工的那天，古镇人们犹如迎来盛大节日，许多人家宴请宾客，或奔走相告，欢庆它的重生。

这样的巽峰塔，谁能不思恋它！

月色里的杜泽

杜泽的美好，不仅在山，在水，在老街，在巽峰塔，在明果寺，也在月色里。

因为，月色里的杜泽有夜的朦胧。镇北的石撞山，只望见一点影，和月光染成银色的夜空，被一条曲线分得很明。影里的山体墨黑墨黑，依稀望见几棵高出山峦的树，像一幅巨大的剪影。镇东南的巽峰塔，似乎用了隐身术，搜遍塔山的脊梁，也未能搜到它的一丝半毫，只给人留下想象里的那座塔顶。老街，则收起日里的无尽繁华，早早淹没在厚厚的夜幕里，让你找遍古镇也看不到它的身影。身旁的铜山溪，岸上闪烁的灯光，和月色轻轻碰到一起，揉成了一缕缕淡黄，为两岸人家笼上一层薄薄的黄纱，三两个串门的人偶尔悠闲地在黄纱里穿行。水里粼粼的波光，和月色轻轻碰到一起，揉出了一片片银亮，给千年古镇缀上几朵晶莹的饰品，三两条夜游的鱼偶尔敏捷地在河心里跳升。朦胧里的杜泽，一切都似有似无，是人间，又似仙境！

因为，月色里的杜泽有夜的清幽。天上，星星让出一条宽广的天路给月亮，月亮则踩着碎步，蹑手蹑脚地由东往西缓缓移动。那种轻，是一份怕惊醒了古镇的担心。月下，

▲铜山溪之夜

漫步衢江古镇

漫步衢江古镇 | 杜泽镇

古镇散去日里的喧哗，带着辛勤劳作的人们，悄悄地进入了梦境。那种静，是一份古镇应该享受的安宁。欢乐的鸟儿，也跟随古镇的节奏停歇了歌唱，回巢和亲人分享月夜的安详。偶有几声婴儿的啼哭，传到夜空里，轻轻抖动了夜幕，古镇因而微微睁开了眼睛。转瞬，所有的一切，又归于安宁。万籁俱寂了！轻轻的一声赞美，送给杜泽的幽静。

因为，月色里的杜泽更有夜的空灵。古镇的夜，是从一轮圆月升空开始它的长途旅行。不经意间，从西边归来的月亮抖抖精神，重新爬上巽峰塔所在的山顶，踏上西去的征程。圆圆的月亮浑身披着柔和的银辉，笑意写满慈祥的脸庞，整个夜空因她的款款到来而弥漫开浓浓的柔情。此景此情，谁都抵挡不住它的诱惑而沉醉其间，因为从来没有看见过这么典雅柔美的月出。于是，一个念想涌上心头：当人们都奔向黄山、泰山看日出壮景的时候，何不转身千年古镇，看一看杜泽典雅柔美的月出！这种美景，对今天的我们来说，已经越来越显得珍贵异常。月色下的和风，让你感受杜泽别样的空灵。都说风来无影去无踪，杜泽的风不但有影，还会有声。你看它从镇北的峡谷里徐徐吹来，用衣袖拂起铜山溪里细细的涟漪，再捎上桂花饼的缕缕清香，悠悠地往南飘向它认定的地方。风走了，却留下了无数个心旷神怡。月色下的铜山溪，始终保持着千年定力，不管夜有多深，它总是一路低吟前行。那歌声，悠扬得像母亲唱给摇篮里的孩子那般动听！

月色里的杜泽啊，没有阳光下的奔放，没有云霞上的多彩，但有月色里的万种风情！

神哉，项山项王庙

　　杜泽有座奇山，叫项山。项山有座神庙，叫项王庙。
　　项山项王庙，神在高远。
　　项山，距衢城 30 千米，处铜山源水库北岸，列杜泽境内众多崇山峻岭之首，海拔 820 余米，北坡与千里岗一脉相连，东、南、西三面则独立成壁，峭如刀削斧劈。更因终年云雾缭绕，烟雨缥缈，与尘世隔成两界，被世人称为神仙居所，杜泽众多神话故事和民间传说就源自这座神山。
　　项王庙，位于项山之巅，绝壁之侧。上，与蓝天相邻；下，和白云为伍。除了几棵古松，身旁别无长木。除了数声风语，耳畔别无天籁。纵目远眺，方圆百里之内，项王庙林林总总，但身处如此高远者尚无其二。旧时登项山拜项王，东南西北四角皆可攀缘。最便捷之径，当属位于东北角的杜泽镇庙前村大坑古官道。大坑古官道由东向西通往双桥乡排门坞，从山脚一直向上延伸至项山半腰，沿路石阶层次分明，石径曲折有致。到达官道顶端大同岗背，再折往东南方向，沿山脊一路径直向上，整个行程需要两个小时。登山之路如此崎岖，对任何一个朝拜者都是一场体力和精力的考验，若无十分虔诚及耐性，心力再大，恐怕也难以登临绝顶，向项王献上一拜。

项山项王庙，神在悠久。

据《宿迁志》记载，项羽故里——江苏省宿迁市，早在唐时便为项王建庙立祠，供时人瞻仰。与宿迁相隔千里之远的项山项王庙建于何时，因地方史籍缺少相关载录而成为一个探究不透的谜题。好在有杜泽民间故事传世，可供一二解法。一说为汉朝，刘邦军师张良在石梁白云山修炼时，访见项山地理风水适宜建祠立庙，便将乌江项王庙迁至项山。另一说为唐朝，西楚霸王项羽的孤魂一心想在明果寺宝地建祠立庙，却因和明果寺肉身老佛斗法失败，无奈之下退居项山安身立命。民间传说虽不足为凭，且以茶余饭后谈资看待，但细究起来，亦非空穴来风，至少可从一个侧面佐证项山项王庙由来已久。

地方史籍难免挂一漏万，《铜峰杜氏家乘》则慨然补之。始修于宋淳熙十四年（1187）的《铜峰杜氏家乘》，便收有一篇衢州郡守贺兰进明撰于唐天宝十三年（754）的颂文《西楚伯王庙颂并序》，佐证项山项王庙建立时间的不迟。天宝十三年，衢州四郊多日不雨，人黍皆渴，叫天天不应、叫地地不灵的贺兰郡守率一众属下登临项山，向庙堂上端坐的西楚霸王乞灵求雨。几柱香烟袅袅升腾，项王便大显神灵，呼风唤雨，不久，丝丝甘霖就从天而降，洒向四郊八乡。乞灵得雨的贺兰郡守喜不自禁，遂将感激之情奔涌至笔端。贺兰郡守没想到，盛赞西楚霸王通天之灵的颂文，无意中给后人提供了一个考证项山项王庙建造时间的充足依据：

▲项王庙遗址

至少 1260 年前，陡峭的项山顶端便出现了项王庙。《铜峰杜氏家乘》的有意之为，为溯源项山项王庙起到了补遗作用，从侧面揭开了它的在世之谜。

项山项王庙，更神在奇伟。

衢籍史学家徐映璞在《浙江灵鹫山志》中云："衢北多项王庙，东至于章戴，西至于鹿鸣，皆有之。纵横数十里间，村祠社享，庙以百计……山巅项王庙建筑尤古"寥寥数笔，点出旧时衢北项王庙数目众多。令人叹息的是，随着星转斗移，如今，这些项王庙大都已不复存在，依次走出历史的地平线。唯有"建筑尤古"的"项山巅项王庙"，虽备受风霜雨雪的侵袭，屋坍墙颓，瓦飞砾碎，仍然以不全之身独立于世。

这该是一座何等奇伟的项王庙。且不说它筑基云端，背靠苍穹，面朝大地，自带气冲霄汉之雄伟。单是它的建筑及其构造，便显出极度的与众不同。整座项王庙早已坍塌，但挺立在原址上的一对石柱，以及倒卧在石柱四周大小不一的数十根石梁、石柱，清晰地告诉今天的人们，建于1260年前的项山项王庙有多么奇特和恢宏。一东一西挺立的这对石柱，属于庙宇的边柱，四边正方形，边长达0.7米，柱高达4米。最大的一根冬瓜梁长达3.1米，围宽达1.8米。整座庙宇占地两亩，三进深，在尖耸的项山顶端尤为宏大和宽阔。从遗迹可见，项山项王庙的梁柱全是凿石而成，这在通用木材的庙宇建筑界极为罕见。更为惊奇的是，在缺乏大型机械装备的古代，杜泽先人们究竟依靠什么技术，在海拔820米的高山之上竖起粗大的石柱，架起沉重的石梁。连《铜峰杜氏家乘》的编纂者也不胜感慨："梁柱俱以石成，自非神力不能矣。"三年前，一位江西龙虎山天师府的师父云游项山，面对眼前这对拔地而起的石柱和满地石梁，见多识广的老道长同样百思不得其解,留下一句:"莫不是鬼斧神工?"便顾自云游四方去了。

千年项山项王庙,有多少神奇遗落在云端里。

江南名刹——明果禅寺

从杜泽起步，沿铜山溪溯源而上，过10千米，到达明果村，即可遇见掩映在山林中的江南名刹——明果禅寺。

明果禅寺历史悠久。据民国《衢县志》记载，始建于唐光宅元年（684），距今已有1340年，属于杜泽境内最早有文字记载的佛殿。明果禅寺庙宇宏大。据清嘉庆《西安县志》记载："顺治六年，僧形山来衢结庵于此；康熙五十年，僧书赞建大殿；雍正二年，僧永念建地藏殿及回龙庵；乾隆二十八年，僧慧缘重建大殿、观音阁；四十四年，僧自扳建讲堂、方丈；嘉庆四年僧道德重整观音阁、建山门，寺复振。"现存庙宇则坐北朝南，占地4000多平方米，寺院内分布有天王殿、大雄宝殿、肉身宝殿、观音殿、藏经阁、太傅传法堂等殿堂，高低错落，主次分明，左右对称，极其庄严。

明果禅寺自然景观独特。寺门前地势平坦开阔，显示其博大胸怀。寺南立有一座钵盂山，山上有一方高峻的巨石，众称舍身台，相传当年大彻禅师欲自毁于巨石，因有神物之护舍身未成，才成为"真身菩萨"，巨石便成了"舍身台"。

▲明果禅寺

环顾四周，更有青山环绕四周，云雾缭绕上下，溪水回环左右，为古寺增添诸多灵气。

明果禅寺建成以来，一直被尊崇为江南名刹，受到各方信众的敬仰和膜拜。清嘉庆《西安县志》还将其与安徽九华山相提并论，称赞"此寺香火极盛，与九华同"。明果禅寺为何享有如此尊崇的地位？究其缘由，不外有三。

其一，明果禅寺一名来历不凡。明果禅寺原名兴善寺，传说当年精通医术的大彻禅师用秘方治好了唐女皇武则天胸口上的恶疾，武则天为感谢大彻禅师的妙手回春，就亲自题写了一块"明果禅寺"的匾额赠送给在兴善寺讲经布道的大彻禅师，以示皇恩。有了皇上的赐额，兴善寺自然要改名换姓，提升自己在佛教界的地位。于是，明果禅寺一名就从初唐流传到了今天。

其二，明果禅寺供奉有一尊肉身菩萨。这尊肉身菩萨便是大彻禅师的漆布真身。衢州自唐至今，先后出现了两尊真菩萨，一尊即为大彻禅师。大彻禅师（755—817），唐代著名高僧，原姓祝，号惟宽，杜泽宝山村人。13岁时，见别人杀生，恻然不敢视，也不忍食，乃求出家。初习毗尼，修止观后，遇大寂禅师，乃得心要。24岁受戒，唐贞元六年（790）出寺庙，行化于吴、越间。唐元和四年（809），唐宪宗召见于京都安国寺，唐元和五年（810），问法于麟德殿，一时名震朝野，被人誉为"京禅"。元和十二年（817）二月，大彻禅师讲经说法毕，坐化圆寂于兴善寺，诏谥号"大彻禅师"，塔号元和正真，其真身被供奉在他曾经传道布施的道场明果禅寺。

修行高深的大彻禅师圆寂后依然经常显灵，保佑着一方生灵的安危，受到后人的高度敬仰。明嘉靖二十三年（1544），衢州爆发旱灾，为了求雨抗旱，知府杨子臣带领人员前往明果禅寺敬香燃烛，礼拜大彻禅师，并迎禅师肉身入城祈祷，结果求雨应验，一解旱情。于是，欢天喜地的杨知府与同僚捐出俸米，修建了一座明果寺祈雨感应香亭以作纪念。1994年，衢州市被列为国家级历史文化名城，一共列举了10位重要历史人物，大彻禅师名列其中。

其三，明果禅寺竖有一块白居易所撰《西京兴善寺传法堂碑铭》。唐朝著名诗人白居易曾跟随在衢为官的父亲经常涉足三衢之地，在衢期间，多次前往明果禅寺拜谒大彻禅师，两人相交甚厚。作为唐代三大诗人之一，白居易为人却十分谦虚好学，以师礼对待大彻禅师，曾经4次向大彻禅师问道取经。大彻禅师圆寂后，平时很少落笔散文的大诗人专为大彻禅师撰写了千字文《西京兴善寺传法堂碑铭》，详细记录了大彻禅师的生平事迹，一时成为禅云佳话。《西京兴善寺传法堂碑铭》不仅让后人多了一个了解大彻禅师的窗口，也成为千古名篇，被人津津乐道。

　　武则天亲赐"明果禅寺"匾额，白居易亲撰《西京兴善寺传法堂碑铭》碑文，肉身宝殿供奉大彻禅师真身，这一切，无不让明果禅寺独步于江南古刹。

共走富裕路的卷拱桥

江南古镇大多依山傍水,因而或多或少都会造有一些各具特色的桥。

杜泽也不例外。集镇范围内,杜泽共有4座桥,3座横跨于古镇东边的铜山溪上,最北端的叫老公路大桥,最南端的叫新公路大桥,两端之间的叫下东门大桥。1座横卧于古镇西边的五色堰水坑上,依其造型,杜泽人叫它卷拱桥。

4座桥里,只有卷拱桥是古桥。与其他3座桥相比,卷拱桥显得娇小一些。桥身长12米,桥面宽1.8米,桥高2米,只需三两步便可以从这头跨到那头。桥身虽短,建成的历史却很长。据古镇老一辈人流传下来的说法,卷拱桥应为杜泽人十一世太公所造。按杜氏先祖南宋末年迁至杜泽的历史来推算,卷拱桥建成时间约在明朝中期,距今约有500来年。在杜泽众多的人文遗迹里,卷拱桥应该是年岁最为古老的一处。

近观卷拱桥,满目古意盎然。整座桥共有东西两拱,每拱直径约有4米,稍远望过去,犹如两轮弯月悬挂于清澈水面,并且皆由条石砌垒,石色大多已经染黑,尽显沧桑。

▲ 卷拱桥

　　两拱间的桥墩，逆水一面形如离弦箭矢，将五色堰流下来的溪水切成两半，一半流向杜泽田畈，供禾苗浇灌；一半流经杜泽村坊，供百姓浣洗。桥身藤蔓密密匝匝，你缠我绕，把卷拱桥紧紧缠绕在自己的臂弯里。桥下则游弋着一群群桥边人家放养的水鸭和白鹅，无拘无束地从桥拱底来回畅游，并不时地呼朋唤友，尽现骆宾王笔下"鹅，鹅，鹅，曲项向天歌。白毛浮绿水，红掌拨清波"的有趣画面。

　　大凡古桥，背后都有故事。卷拱桥亦如此。有一则杜泽民间故事这样描述卷拱桥的来历：当年，卷拱桥位置上原本有一座木板桥，桥的东西两侧住着杜氏两兄弟，桥西叫下泽，桥东叫杜泽。同一个娘胎出来的两兄弟一样聪明，一样勤劳，但经济发展却没有同步，桥东老是落后于人丁兴旺、五谷丰登的桥西。通晓天文地理的桥东兄弟苦思冥想，终于找到问题的根源，原来是木板桥把桥西的龙脉隔断了。古人相信迷信，以为把木板桥改成石板桥就能接通龙脉。于是，桥东兄弟便和桥西兄弟商量把木板桥改成石板桥，以便把龙脉接过来，桥西兄弟不肯。于是，无奈的桥东兄弟就想了个计策，利用请吃年夜饭的机会，把好酒的桥西兄弟灌个酩酊大醉，然后送他回家。两人走到木板桥上，已经喝高的桥西兄弟本来就双脚像打辫子一样东倒西歪，加上木板桥衔接处有宽窄不一的缝隙，一不留神脚下一绊，人就掉到了水坑里。浑身湿透的桥西兄弟火冒三丈，踢了一脚木板桥还不解恨，说："把这木板桥拆了，给我造座石板桥。"话音刚落，桥东兄弟立马就叫事先安排好的劳工，拌浆的拌浆，砌石的砌石，连夜把条石砌成的卷拱桥造好，把桥西的龙脉顺利接到了桥东。从此，杜泽追赶跨越，和下泽实现了共同发达。

　　民间故事免不了有虚构成分，但杜泽人十一世太公造卷拱桥接续龙脉这桩事应该不是空穴来风。前些年，卷拱桥西头还立着一座影壁，按照桥西下泽人的说法，那是桥西兄弟有意立起来的，其用意就是不让龙脉从卷拱桥上走得太顺利。

　　大凡故事，背后都有寓意，尤其是民间故事。杜泽人十一世太公造卷拱桥接龙脉，无论真假，都隐含着杜氏先人一种朴素的思想。可以毫不夸张地说，卷拱桥和它衍生出来的故事，寄托着杜氏先人追求共同富裕的美好心愿。

　　从这个意义上来看杜泽卷拱桥，它既古，又不古。

桂花饼的传说（民间故事）

有一年中秋节，杜泽地方上两个对门老邻居同时生下来一个孩子，东边这家生了个小子，西边这家生了个闺女。

中秋得子，两邻居无不欢天喜地，这可是上天特意给他们安排的一桩好事。于是，两家人坐到一块，商量着给孩子取个好听的名字。两个孩子长得眉清目秀，面净肤白，非常讨人喜欢，加上西家院子里有棵百年桂花树，东家世代开着糕饼坊，两家大人一合计，就给两个孩子各取了个寓意非常美好的名字，女孩叫"桂花"，男孩叫"炳元"。

乡下孩儿童年过得短。两个屁孩儿没玩几天水，没玩几堆沙，也没玩几个过家家，便一个长成了姑娘家，一个长成了男儿郎。"老伙计啊，我们的孩子大咧。"两个孩子18岁这天，炳元爹拎着一坛老酒走进对门家，提醒老邻居。桂花爹接过老酒，"嘿嘿"几声，说："也是，也是，男大当婚女大当嫁嘛。"于是，几口老酒下肚，两个老邻居就成了两亲家。成亲的日子也不用算命先生选，两个老邻居异口同声都提到了八月十五中秋节。"没有比这个日子更吉利了，生日是中秋，结婚是中秋，人生大事，事事花好月圆啊！"

婚事办得非常热闹,地方上的男女老少差不多都来贺彩。婚宴收场后,客人们三三两两散去,一对新人开始拜月亮婆婆,许心愿。月光如水,树影朦胧,良辰美景之下,炳元抑制不住内心的激动,对桂花说:"明天就带你下衢江,到车水马龙的盈川埠头去开糕饼坊,把咱家的月饼做成衢州府一流。"桂花更是动情,说:"就像这天上的月亮一样,又大又圆。"

拜完月亮婆婆,小夫妻俩拉下门帘进了洞房。这时,屋外突然响起了敲门声。"对不起,今年到北方戍边的兵役,派来派去刚好派到炳元头上。本来想宽限你们10天,让你们欢欢喜喜度过新婚期,无奈上头催得紧,后天就要开拔,只好半夜来敲门了。"敲门人宣读了官府的征兵令,随后讲了一通讨好话。

刚刚还是喜气洋洋的两家人,一下子就陷入了悲伤中。桂花娘和炳元娘哭成了一团儿,桂花没有哭出声,只会紧紧依偎着炳元,任凭泪珠一颗又一颗滚落到新花衣上。天亮了,桂花红肿着眼到糕饼坊里做起了月饼,天黑时做了整整360个。第三天,炳元上路了,桂花把昨天做的月饼一一放进行囊,对炳元说:"哥,一天吃一个,想我啊!"炳元抹去桂花脸上的泪花,点点头:"别难过,一年很快就过去,回来我们还要到盈川埠头开糕饼坊呢。"说完,在桂花的目送下,当上新郎才3天的炳元背着装有月饼的行囊往北方去了,背影很久很久才出了地平线。

炳元走后,桂花心里乱了方寸。每天不知道自己该做点什么,只晓得黄昏时分,一个人爬到塔山顶上,眺望着遥远的北方，痴痴地想她的炳元哥。然后，来到桂花树下，闻闻有没有花香，有花香了，炳元哥就会从遥远的边关回到她身边。

漫长的一年终于过去，又一个中秋节姗姗来迟。桂花穿着成亲时的花衣裳，来到村口接她的炳元哥。等啊，等啊，天黑了，炳元还没有从地平线上冒上来，却接来了一个邮差，递给她一封信。炳元哥在信里告诉她，因为战事紧张，戍边期限延长了，要明年才能还乡。桂花捧着信，默默地在村口站了很久很久。

"娘，我要到炳元哥那里去，他中秋月饼吃完了。"当天晚上，桂花跟两边的娘说。两边的娘劝她："北方那么远，你一个弱女子走不了。""只要有月饼在身上，不怕远。"第二天，桂花像去年那样做了360个月饼。第三天一大早，她把自己扮成一个男人，背起360个月饼，沿着炳元去的方向上路了。

走了十天十夜，桂花见到了她的炳元哥。"哥，我把月饼送来了！"见到日思夜想的亲人，桂花轻轻掸掉身上的尘土，把小脸笑成了一团圆月，炳元却把泪水哭成了一串珍珠。"哥，不哭，我这不是来看你了吗？一年很快就会过去，我在家等你回去后到盈川埠头开糕饼坊。"桂花轻轻抹去了炳元脸上的泪花，像去年对炳元那样说着宽慰的话。当天晚上，一年没见面的夫妻俩，守着桂花背来的月饼唠唠嗑嗑一夜没合眼。

第二天，桂花一步三回头，依依不舍地离开炳元和他守着的边关，回到有桂花树和糕饼坊的家，继续想她等她的炳元哥。

又一个中秋节在桂花的苦苦思念中来临。桂花穿上花衣裳,兴高采烈来到村口接她的炳元哥。炳元哥没有回来,回来的仍是他的一封信,信里说:戍边无限期延长了。"哥哎——"一阵漫长的沉默之后,桂花朝布满晚霞的西北方发出了一声撕心裂肺的呼唤。

"娘,哥一时半会回不来,又要送月饼到边关了。"从村口回来的桂花收起眼泪跟两边的娘说。说完,娘儿仨默默摊开面板做起了月饼。从头天晚上一直做到第二天中午,360个月饼才做成。第三天,桂花再次女扮男装,背上娘儿仨做的月饼,走向千里迢迢的边关路。

此后的每一个中秋节,桂花都要给炳元哥送月饼,不知不觉中就送了20年。20年后的桂花开始力不从心了,脊背也被360个月饼压得一年比一年弯。两边的娘格外心疼她,再三劝她不要再送下去了。桂花说:"娘,没事,我已经想出一个好办法来了。"原来,心灵手巧的桂花早些天从杜泽的烧饼夹豆腐这道小吃里得到启发,她要把月饼做成烧饼那样的空心饼,分量轻,样子也好看。炳元家世代做糕饼,做个空心月饼是件不难的事。几经摸索,一只只空心月饼就出笼了。空心月饼还缺点香味,这事也难不倒桂花,院子里有棵百年桂花树,把桂花揉成粉,拌进面团里,空心月饼立马香气飘飘起来。望着香喷喷的空心月饼,娘儿仨高兴得在糕饼坊里又是唱又是跳,桂花背月饼的脊背再也不会压弯了。

桂花背着拌有桂花粉的空心月饼,步履轻盈地踏上了看望炳元哥的漫漫长路。"哥，看给你送来了什么？"十天十夜后，桂花把空心月饼递到炳元面前，"这是我和娘做出来的空心月饼，里面还有桂花，吃吃看，香不香？"炳元轻轻咬了一口，再咂咂嘴巴，说："香，香到了心里。"说完，夫妻俩都笑了，笑出脸上两朵泪花瓣。

背空心月饼的日子相对过得要快些，一转眼，又一个20年过去。两边的娘在这20年里先后撒手人寰，留下桂花，她走路也已开始蹒跚，北方真的是去不了了。眼看又一个中秋节就要来临，走不动路的桂花很忧伤，整天坐在门前，想着怎样给炳元哥送去她的空心月饼。这天，那个老邮差再次从门口路过，桂花赶紧叫住了他。老邮差接过六筒空心月饼，老邮差愉快地答应了为桂花代送月饼的委托。

桂花还跟老邮差说，让她的炳元哥收到空心月饼后，千万千万要写封回信她，见信如见人，她思念他。老邮差没有辜负桂花的拜托，每次送空心月饼回来，都会带回一封炳元的信。炳元总是在来信里告诉她："桂花，戍边将士知道我们的故事，都夸你心眼好。大家看到你寄来的空心月饼，就会想念家乡，说你做的饼是思乡饼。大家还给你做的空心月饼取了个新名字，叫桂花饼。"桂花看完这样的信，总会露出非常甜非常甜的微笑。桂花饼，这名字多好听啊，刚好把她和炳元哥的名字合在了一起。

逐渐步入晚年的桂花，知道炳元哥再也不会回来，她每天就一个劲地等炳元哥的来信。尽管一年只收到一封，话语也是重复的，她还是爱不释手，要看上千万遍。

桂花没想到，这一等，她竟然又等了10年。10年后的一天，又一个中秋节来临，桂花早早起来，准备给炳元哥做桂花饼。刚走到揉面团的面板前，突然一个趔趄跌倒了，家人赶紧把她搀扶到床上。吞下一口热水后，桂花缓过气来，对家人说："我已经不行了，我死后，你们要代替我年年给炳元哥送 360 个桂花饼，千万不能断了啊。"接着，又叫家人把她抬到家门口，她要最后看一眼炳元哥离家时走的那条路。门口的秋风，无声地吹拂起她满头的银发。一丝甜甜的微笑过后，只听桂花用力说了一声："哥，我不能送你桂花饼了！"说完，非常慢、非常慢地合上了双眼。

　　桂花走了一年后，一位和炳元一起去戍边的同乡回家了。他告诉了人们一个震惊万分的消息：桂花托老邮差带桂花饼的第二年中秋节，炳元就在一次戍边战役中阵亡了。十多年来，都是戍边将士代炳元写的回信。

莲花镇

盛世莲花　和美田园

"三衢北乡莲华寺，前临溪流，上驾石梁五虹，名胜甲东浙。右有村落，曰莲花。南宋之时，市廓殷凑，康衢十里，边埵宽广，可并驰五马。咸同乱兴，村市遂废。此岁以来，豫皖商贾徙居者众，设肆十数，少复繁盛。然跬步而外，便有幽致。清流澹泞，林木萧疏。"这是被佛家弟子尊称为一代世祖的弘一法师两次驻锡莲华寺后，为莲华寺所在古镇莲花镇写下的一段赞美词。

被弘一法师所赞美的莲花镇，是衢北的一座千年古镇。地处衢江区东北部，距衢江城区 12.5 千米，东临龙游县，南接高家镇，西连杜泽镇，北靠峡川镇、杜泽镇。境内公路交通四通八达。

如同很多江南古镇那样，莲花一名的由来也自带一种诗意的美好。传说五代时，流经莲花的十里芝溪开满了五色莲花。绚丽多彩的花景，让居住在芝溪两岸的人家喜不自胜，加上散落在田园间的村落形似朵朵莲花，于是，便给自己的家园取名莲花，并一直沿用至今。

走过莲花山水田园的人，都会赞颂莲花的风景别具一格。

▲ 和美田园

漫步衢江古镇　莲花镇

133

的确，依山傍水的莲花古镇很妩媚，妩媚在它兼具了山水景致和田园风光。源自千里岗山脉的芝溪犹如一段轻柔的白练纵贯于莲花南北，哺育着两岸生灵万物。环绕于芝溪两岸的万顷良田春来碧绿，秋来金黄，用自己的富饶托起一座江南鱼米之乡。坐落在衢江、龙游、建德三县交界处的佛教名山大乘山古木参天，梵音缭绕，护佑着山下灯火万家的安宁。

起名于五代的莲花镇，除了别具一格的山水田园风光，其人文底蕴也十分深厚。在这里，你时不时会遇见千年古寺、千年古村、千年古桥还有千年历史文化名人。

在集镇南边，坐落着一座驰名于浙西的名刹莲华寺。莲华寺，始建于宋代建隆年间（960—963），距今已有1000余年，因地处莲花溪（今芝溪）畔而得名。寺院原有总面积8000平方米，房屋占地面积1500平方米，围墙内占地面积6500平方米，属于浙西地区早期规模宏大的一座寺院，鼎盛时期僧人多达500余人。莲华寺最为高光的时刻在民国初，一代高僧弘一法师曾两次前来寺院驻锡，闭关修学，完成了其最重要的佛学著作《四分律比丘戒相表记》初稿，将中断了数百年的南山律宗发扬光大，并奠定了自己在中国佛学史上的地位，被弟子尊为南山律宗第十一代世祖。

在莲华寺西侧50米处，有座叫万安桥的石拱桥横跨芝溪。万安桥是一座有故事的古桥，其来历充满传奇。它最早是一座木桥，宋绍兴二十七年（1157）改建为石板桥。因遭遇洪水侵袭被毁，长期以来一直未能得到修复，严重影响当地村民的生产生活。直到康熙初年的一天，从灵隐寺云游四方的乾敏和尚留宿莲华寺，半夜时忽然感觉芝溪河里传来落水者的呼救声，善良的乾敏和尚便发愿要重修万安桥。于是，他结庐莲花，四处募捐，足足用了四年时间，才如愿建成"高三丈，卷石梁五虹，每虹阔四丈，桥面阔一丈六尺。五墩，共计长三十五丈。桥面砥平，两旁凿青石为栏，计一百二十槛"的石拱桥。为了感恩乾敏和尚，人们把石拱桥称为万安桥，还在桥的两侧分别刻上"万安宝桥"四字和"风调雨顺，国泰民安"八字。

从集镇往北走上五里地，就是洋溢着古色古香的涧峰村。有着千年建村史的涧峰村现有100多幢明清古建筑，2000多米长古街道，3条古水系，是衢江区古迹保存最完整的古村落。尤其是位于村庄中心的徐氏祠堂，建筑面积达527平方米，始建于明末清初，距今已有400多年历史，其整体构建依然保留着明代宗祠建筑风格，2017年荣列省级文物保护单位。徐氏宗祠最耀眼之处，是宗祠大门上方挂着的一块嘉庆帝所钦赐的"七叶衍祥"银段匾额。关于这块银段匾额的来历，背后有一个涧峰村人两百多年来引以为豪的故事：清嘉庆年间，村里有一个叫徐树槐的老人，活了95岁，亲历七代及五世同堂，为褒奖这位人瑞，弘扬尊老爱老之风，嘉庆帝特地钦赐这块散发着无限荣光的银段匾额。

莲花人杰地灵，历史上曾有多位文化名人与这片风水宝地发生过交集。其中，最具代表性的是宋代衢籍名相、人称"铁面御史"的赵抃。赵抃不仅生前多次踏足莲花，敬香礼佛于莲华寺、大乘寺，留下多篇赞颂莲花的诗篇，而且去世后还把风水宝地选在莲花,与莲花长相伴,久共存。如今,在青莲村的桐籽山坳,依然可见赵抃墓的种种遗迹,墓前的石人、石羊、石马等众多石雕构件保存完好,供后来者追思凭吊。2011年,赵抃墓被列入省级文物保护单位。

  莲花的过去,充满深沉的人文底蕴;莲花的今天,焕发浓郁的现代气息。最能体现莲花现代气息的是莲花乡村国际未来社区。创建于2019年的莲花乡村国际未来社区,站位高远,规划超前,加上上下齐心,不到一年时间,创建工作就取得了令人瞩目的成绩。2020年9月22日,在"2020莲花乡村国际未来社区开园仪式"上,SUC联合国可持续城市与社区项目执行主任李响及团队在实地考察建设成果后,宣布衢江创造了两项"全国首个",即全国首个乡村国际未来社区指标框架发布和全国首个"田园型"乡村未来社区开园。随后,2021年3月16日,全国首个乡村国际未来社区指标体系与建设指南在衢江发布。社区开园一年内,共举办30余场丰富多彩的活动,累计接待游客30余万人次。如今,走在莲花乡村国际未来社区,你可以尽情领略西山下村的荷韵,五坦村的水韵,涧峰村的古韵,饱览山水美景、田园风光。

  莲花,这座以花命名的千年古镇,正如一朵盛世莲花,在广阔的田园里恣意盛开。

一朵为"未来"开放的莲花

从衢城北门出发到莲花古镇游玩,首先遇见的定是莲花乡村国际未来社区。

莲花乡村国际未来社区位于集镇西边,芝溪西岸,由涧峰、五坦、西山下三个村,莲花现代农业园,以及芝溪"一园一溪三村"所组成,总面积约 16.8 平方千米。站在精品区西山下村铺里自然村向对岸望去,月牙儿湿地公园连片的森林郁郁葱葱,1.8 千米的栈道蜿蜒曲折,数百亩水面上成群的白鹭、野鸭们尽情嬉戏。环视四野,社区四周山、水、田、林、路、屋舍、村庄井然有序,构成一幅美丽和谐的自然及人文图景。

莲花乡村国际未来社区创建于 2019 年。当年,在城市版未来社区创建基础上,衢江区立足得天独厚的生态环境优势,聚焦高质量建设美丽大花园、实施乡村振兴战略的要求,在全省率先试点建设乡村版未来社区——莲花乡村国际未来社区。创建伊始,莲花乡村国际未来社区就立足高起点,紧紧围绕"五个三"核心要义,以《莲花,我的田园家》为主题形象,以"社区甜美、家家和畅、处处智慧、人人幸福"

▲ 一朵为"未来"开放的莲花

为目标,依托物联网、人工智能、5G场景应用,融合古村、农耕、文创、康养、研学等元素,全面实施文化、生态、交通、产业、人居、服务、数字、治理等八大工程,按照一年强基础、两年上水平、三年成社区的总体安排,深挖社区文化内涵、做优人居环境、提升产业品质、完善居民服务体系,着力推动美丽乡村向美丽社区质变,传统农业向现代农业蜕变,农村居民向社区居民转变,力争建成全国第一个田园家主题类型的乡村未来社区,为全市乃至全省提供可操作、可复制、可推广的乡村未来社区衢江样板。

走进如今的莲花乡村国际未来社区,可谓触目皆景。人们不仅可以在这里休闲度假,欣赏亲水观光带的自然美景,也可以体验农耕文化，感受当地的风土人情，品味独特的田园生活。

在盛世莲花农业观光园，遍布着休闲采摘区、风情度假区、花样村庄农家乐、渔业精品区、农事体验区、芝溪亲水观光带六大区域，实现了农业和旅游、园区和小镇的深度融合——家庭农场各显神通，开发出了"周末直通车""自助柴火灶""农事体验中心"等农业旅游产品。三月看桃花、五月品玫瑰、夏日赏荷花、秋季玩植物迷宫花海、冬季游亚热带植物风情园，一年四季风景常新。

江南莲花开，红花覆碧水。每逢盛夏，精品区内的西山下村五色荷花塘便呈现出"青荷浮绿水，芙蓉披红鲜"之景。沿着木头栈道，信步于曲曲折折的荷塘上，面临婀娜多姿如少女般艳丽的芙蕖，再木讷的你也会诗情洋溢，出口成章，赞美花中景，咏叹景中花。

如果说西山下村突出的是浪漫多情，相邻的五坦村则是做足水韵文章，向人们展示自己的时尚魅力。五坦村充分发挥临溪优势，利用芝溪草皮堰、木勺堰等水利资源，打造成集水上娱乐、沿江夜色景观带、沿江餐饮、高端民宿于一体的江滨公园。具有浓郁现代气息的水韵五坦，被人称为莲花版的"水亭门"。

而古韵盎然的洞峰村则呈现出另一种典雅之美。村庄内溪水潺潺，小径蜿蜒，古树葱郁，农房古朴。至今，村里仍保有100多幢明清时期的古建筑，2000多米长的古道，1座古堰坝，1座古戏台，2条古渠道，1座古城门，被人称为衢江区古建筑保存最完美的古村落。特别是建于明末清初的徐氏祠堂气势恢宏，结构精致，大门上方悬挂着嘉庆帝钦赐的"七叶衍祥"银段匾额，更是昭示着徐氏家族曾经的辉煌。走在涧峰村的老街古道，你会真切领略到什么才是千年古村的风韵。

以"社区甜美、家家和畅、处处智慧、人人幸福"为目标的莲花乡村国际未来社区，做到了"乡村""未来""社区"3个关键词的极致展现和深度融合，既保留最纯粹、最乡土的乡村风貌，也体现最方便、最优质的智慧服务，更实现了最幸福、最和谐的共享共荣。这是一朵为"未来"而盛开的莲花。

寻古探幽莲华寺

去莲花古镇寻古探幽,坐落在莲花老街旁的莲华寺是众多游人必去敬香礼佛的一个地方。

现如今的莲华寺外观其实很平常。走近正在逐步恢复的莲华寺,首先展现在眼前的是一扇山门,门上悬挂着写有"莲华寺"三个大字的匾额。再往里走,便是正对山门的大雄宝殿,殿内正中位置供奉着佛祖,佛祖右侧是观音菩萨,左侧是地藏菩萨。大雄宝殿两侧分别排列着斋堂、僧房和佛事用房。除此以外,莲华寺一众殿堂尚在规划建设中。

一座看似平常的寺院被信众广泛追奉,其内必有过人之处。的确,走进莲华寺的深处,你会发现,这是一座在中国佛教史上占有一席之地的古寺。

莲华寺,又名莲花寺,因地处莲花溪(今芝溪)畔而得名,距衢州古城20千米。寺院原有总面积8000平方米,房屋占地面积1500平方米,围墙内占地面积6500平方米。始建于宋代建隆年间(960—963年),距今已有1050余年,两宋时为浙东(衢州属浙东路)佛教之名刹。

据见过莲华寺旧貌的老一辈长者介绍,莲华寺正门悬挂

▲ 莲花寺

"莲华寺"金字匾,纵轴线上由外而内依次是山门、四大金刚殿、烧纸场、大雄宝殿、观音堂等。纵轴线两侧建有相对称的院落、屋宇,有方丈室、会客厅及其他僧房。金刚殿、大雄宝殿、方丈室、会客室、贮藏室均为三间,山门有两进。整座寺院"殿宇宏敞、璎珞光明"。寺院内景布置也错落有致。从寺东厨房开始,直达山门边房,围墙全部采用大卵石砌成,高度超过2米。靠东围墙有一条由北向南的小水渠,灌溉院内农田。同时,小水渠也把整个后院分成南北两部分,南边以种植樟树为主,夹杂很多古树,兼有竹林草地,可谓绿树成荫。每逢夏日,附近的村民都喜欢到此纳凉休憩。此外,还有全部用石灰浇筑而成的和尚坟。北边以农田为主,中间有一口用石板砌成六角形的水井,水质良好,带有甜味,是寺内的饮用水源。水井南边不远处,有大、中、小三块碑石组成的石碑，中间一块刻有"法乳泉"三字，当是井名。

殿宇宏敞，璎珞光明，这样的莲华寺一经问世，便自带佛光浩荡，受到广大信众的崇拜自不必说，地方志也对其格外青睐。现存最早的明代弘治《衢州府志》就把莲华寺收入其条目"莲华寺，城北二十里"。尽管着墨不多，但对于惜字如金的《衢州府志》来说，已经足够显示其重要性。

历代文人学士也竞相前来礼佛问道，并留下不少赞美诗篇。宋代著名词人、赵抃的长孙女婿毛滂（1056—约1124）一次重游莲华寺时触景生情，挥笔写下一首情景交融的《宿莲华寺顷从清献公游今十年矣》，诗云："一径通松竹，入门闻夜香。青灯孤照佛，斜月静归廊。未厌逢僧拙，终惭涉世忙。十年犹仿佛，一梦自凄凉。"清康熙西安知县、清代名宦陈鹏年曾多次巡游莲华寺，其《浮石集》中就有专门记叙巡游莲华寺的五律《出郊》，诗云："萧寺临溪岸，莲花旧法堂。花深蜂蝶喜，院静竹杉凉。厨饭分香积，龛灯借上方。夜来春梦稳，清切奉空王。"此外，康熙衢州诸生范珏，乾隆初年翰林、三衢府教授费士桂等人都曾前来徜徉于佛境，流连于佛祖。

当然，莲华寺的历史地位之高低，最终还是由其自身来筑就。莲华寺跨越千年依旧被深切纪念，除了有佛的力量，其背后应该还有一群筚路蓝缕、以启山林的名僧在竭力加持。

首先值得推崇的是莲华寺住持乾敏和尚。康熙《西安县志》这样记载当年莲华寺的败落景象：在城北四十里莲花溪上。旧址一茅庵容膝而已。康熙四年（1665）隆冬，来自灵隐寺的"云间乾敏和尚宿此，寒夜感堕水号呼声，发愿建石桥于此，四年始落成。"慈悲为怀的乾敏和尚一边辛劳操持寺院禅事，一边为地方民众募捐修桥铺路，善意卓然，声望日隆。

接着是将莲华寺发扬光大的永传和尚。嘉庆十五年（1810），永传和尚率众僧力耕，积劳苦，务勤俭，寺庙田产也渐渐富有。于是择吉鸠工，扩大规模，更新堂宇，历时寒暑九年。增建方丈室、禅堂，周十六楹，高逾四丈，广十二丈，深十六丈有奇，殿庭宏敞，焕然一新。寺庙前引流泉，筑为明堂，后圃涌泉，以石栏围之，题额"法乳"。当年常住僧众多达百人，成为衢北伽蓝之冠。

莲华寺最高光的时刻，是一代高僧大德弘一法师的两次驻锡。

民国九年（1920）初秋的一天，应莲华寺住持德渊和尚之邀，携缅甸玉佛一座的弘一法师乘船沿钱塘江逆流而上，在盈川古渡舍舟登岸，径往莲华寺缓缓而来。于是，自民国九年八月开始，至翌年正月，弘一大师移居莲华寺，开始了为期五个月的闭关修学计划。1923年，弘一法师再次来到莲华寺，并在附近的全旺三藏寺、峡口南湖寺和衢城内大中祥符寺小住。弘一法师在莲华寺闭关修学期间，完成了其最重要的佛学著作《四分律比丘戒相表记》初稿。要知道，这部《四分律比丘戒相表记》不仅将中断了数百年的南山律宗重新发扬光大，而且奠定了弘一法师在中国佛学史上的地位，被弟子尊为南山律宗第十一代世祖。莲华寺，在寺院界的历史地位也由此一跃登顶。

今天，徜徉在弘一法师驻锡过的莲华寺，尽管时过境迁，甚至往日风光不再，但眼前这些新建的殿宇，新栽的草木，依旧让人频频回望，绵绵回想。

莲花万安桥

"北有万安，南有万嵩。"说起三衢古桥，旧时的人们常常会首先想到这两座以"万"字命名的石拱桥。因为，这两座古桥来历非同寻常，都和慈爱善心有关。

万嵩桥，横跨在衢南廿里镇鱼头塘村段的白马溪上，始建于明朝末年，乾隆五十七年（1792）重建。传说由鱼头塘村一位守寡的农妇倾尽家财所建造。为了纪念她，当地的人们还把这座石拱桥以她的名字取了个别有深意的桥名：毓秀桥。

万安桥，则由莲华寺一位法名乾敏的和尚倾力所建。

万安桥，又名莲花桥，坐落在莲花镇莲东村段的芝溪上，紧依江南名刹莲华寺，出莲华寺往西步行50米即可抵达，呈东西走向。据康熙《衢州府志》记载：万安桥"高三丈，卷石梁五虹，每虹阔四丈，桥面阔一丈六尺。五墩，共计长三十五丈。桥面砥平，两旁凿青石为栏，计一百二十槛"。桥的东西两边还各铺有一段台阶，台阶各长10.5米，宽4.4米，远望古桥，恰如卧波长虹，又似临水巨龙。近观古桥，则青藤缠绕，桥下有一池清水，偶有游鱼闪现，不失为一

▲万安遗梦

道让人发思古之幽情的胜景。桥的两侧还分别有楷书阴刻"万安宝桥"四个字和"风调雨顺，国泰民安"八个字。历史上的万安桥，确是一座妥妥的网红桥。

如同它宏大突出的桥体，万安桥建造历史也十分悠久。今天的万安桥，其前身最早是木桥，接着是石板桥，最后是石拱桥，前后经历三个历史阶段。民国《衢县志》对此有较为详尽的记载："莲花桥（芝溪）水自上方过峡口（今峡川）东下，至洋村北行孔道。旧有桥，架木为之。宋绍兴间，易以石。岁久毁坏，间用筏渡，时有覆溺。康熙初，灵隐僧乾敏来此，寒夜感堕水呼声，设愿构此桥，改置桥墩于一里之下，高三丈，卷梁五虹，青石为栏。"查阅万安桥的其他相关史料得知，"宋绍兴间"实为宋绍兴二十七年（1157），由此推算，万安桥由木桥改为石板桥的时间距今已有867年。"康熙初"实为康熙九年（1670），由此推算，重修后的万安桥距今也有354年。乾敏和尚之后，万安桥还经历过一次重建。据清嘉庆《县志》记载，僧悟光因石桥倾圮，募缘重建。综观整个建桥史，万安桥以不同面目存世时间前后相加已经超过860多年，可谓悠远绵长。

乾敏和尚，俗姓王氏，名济征，字乾敏，号幻来，云间（松江）人。上述民国《衢县志》在阐述万安桥历史演变的同时，其实也记叙了乾敏和尚与万安桥之间产生的一段奇缘。清康熙四年（1665）隆冬的一个深夜，来自灵隐寺的乾敏和尚留宿莲华寺。夜半之时，平时很少做梦的他忽然梦见芝溪中有溺水之人大声呼救。第二天醒来，耿耿于怀的乾敏和尚就沿着芝溪走了一圈，看看梦境中的芝溪究竟是什么模样。当他了解到两岸民众苦于无桥可走已经多时，便动了大慈大悲之心，发愿要筹资重修一座石桥。为了实现自己的心愿，乾敏和尚便结庐莲花村，驻锡莲华寺，成为在莲华寺"栖真习静最久"的一位僧人。4年后，康熙八年（1669），经过自己的不懈努力，新桥终于动工兴建。第二年，康熙九年（1670），总投资"约四千金（康熙《衢州府志》）"之巨的新桥顺利建成。完成心愿的乾敏和尚起初将新桥命名为莲花桥，并立下规矩，划定石拱桥上下三里之内为放生池，禁止入内捕鱼。后人为了纪念他，又将莲花桥改称万安桥，以表达万年长安的美好心愿。只是世事难料，万安桥重建89年后再次遭遇自然灾害，据清嘉庆《县志》记载，僧悟光因石桥倾圮，募缘重建。

万安桥重修后，不仅使芝溪两岸的交通条件大为改善，莲花民众得以畅行东西,而且,还因其拥有这段奇缘,迅速成为衢北的一处人文胜景,被一众文人墨客所追捧。他们不惜笔墨,或吟诗,或作赋,用尽人间赞美之词。清代三衢诗人胡以诜就写有一首《莲花桥偶兴》,来盛赞万安桥及桥上呈现的美景:"莲花桥上望,风细动春衣。饮水一虹静,见人双鹭飞。看云生石涧,访竹到僧扉。昨夜潺湲雨,朝来没钓矶。"

2009年12月,历经磨难的万安桥,被列为衢州市市级文物保护单位。

大乘山上大乘寺

莲花镇的北界，矗立着一座佛教名山——大乘山。

大乘山，位于莲花镇大路口村境内，距离衢城 40 千米，与龙游县毗连，和建德市相接，山脉由西北向东南绵亘，山体由火山岩构成，海拔 650 米，因山上建有大乘禅寺（简称大乘寺），得名大乘山、观音塘山。又因秀峰环立于盘谷（俗称莲花盘）间，谷内有一亩水田，其形如台，故又得名塘台山。

上大乘山，如果步行，只须穿过大路口村中的一片竹林和桃李园，再沿着崎岖陡峭的古道拾级而上，约莫半个钟头，便可以抵达山岗。也可以驱车环绕山体的盘山公路，直接盘旋上山。无论步行还是驱车，沿途秀丽的风景都不会让你错过。特别是春暖花开时节，路边的各色山野花摇曳绽放，浓郁的花香会随着山风习习而来。攀至山岗，登高望远，则山下蜿蜒的公路、簇拥的村落、色彩斑斓的农田、碧翠如玉的山塘水库尽收眼底，犹如一幅水墨丹青展陈眼前，令人心旷神怡，思绪杳然。

山上有座闻名遐迩的千年古寺——大乘寺。

大乘寺，坐落在大乘山半山腰，海拔 410 米，三面被小山丘所围，四周被青松翠竹掩映，环境清幽怡人。大乘寺最庄严的地方，当然是它的主体建筑——大雄宝殿。大雄宝殿坐西朝东，里面供奉着佛祖、观世音菩萨。其中，佛祖居于正中，标志着所有拜佛者皆从东来。两边的罗汉形态各异，栩栩如生。如来佛祖及各位菩萨、罗汉全部贴金装饰，颇具金碧辉煌之势。寺的北侧为本寺僧尼居室，南侧建有香客、居士夜宿之所，寺后建有游方僧尼休憩之屋。

　　大凡古寺，一般都有奇树异木环侍在侧。大乘寺也不例外。距离大雄宝殿大门五步远的地方，一左一右挺立着两棵树干粗壮、枝繁叶茂的金桂树。树旁有一块立于2013年的木牌，上面告诉了我们这两棵金桂的来历及树冠等相关信息："大雄宝殿门前二株金桂为建寺伊始栽种在天井中的，树龄已达1060年，树高13米，树围2米，树冠占地200余平方米。"偌大的金桂，远远望去犹如两顶能遮天蔽日的巨伞。据林业专家介绍，这两棵金桂雌雄有别，是目前衢州市体型最大、年龄最长的桂花树王。有了这两棵奇异的金桂，大乘寺除了至尊佛祖，似乎又有了树的神灵。每到桂花飘香时节，山风拂过，一阵阵清香便会弥漫在大乘寺的四周。那些轻轻飘落的花瓣，则会若有所思地飘向宝殿殿堂、佛祖像前，直至虔诚拜佛者的心田！最令人沉醉的是，初秋的清晨，透过熹微的阳光，你可以清晰地看见隐藏在枝叶间金黄色的花蕊，仿佛繁星点缀在万绿丛中，闪烁不已。

　　金桂前方约10米远的地方，还挺立着一棵树形更为奇特的罗汉松。这棵树龄高达1071年的罗汉松，在树干2米高的部位，竟长了一个鼓鼓的硕大的"弥勒菩萨肚子"。其逼真的程度，令每个伫立在树前的俗人浮想联翩。

庄严肃穆的大乘寺历史悠久。关于它的建造时间，一直以来有多种说法。一说始建于唐朝开元年间（713—741）。奠基者为利踪禅师。利踪禅师，俗姓周，澶州（今属河南濮阳）人氏。于幽州（今北京）开元寺出家学佛，后迁居来衢。另一说始建于后汉乾祐年间（947—950）。民国《衢县志·寺观》一节这样记载："大乘寺，在塘台山。后汉建。塘台山，即大乘山。陈《志》：塘台山有后汉大乘寺。即此。"无论哪种说法，大乘寺千年古寺的地位都是稳固不移的。

大乘是以智慧和慈悲为根基的佛教流派，属于佛教中最难修的一种，因此，大乘寺建立后，前来礼佛问道的文人学士接踵而至，并留下众多诗篇。其中流传最广的，是时年已经80岁的衢州籍名相赵抃，于北宋元丰二年（1079）初冬重登大乘山写下的《己未岁十月七日登唐台山偶成》。诗云："直到巢峰最上头，旋磨崖石看诗留。重来转觉寒松老，三十六年前旧游。"

和很多千年古寺一样，同处历史大潮中的大乘寺也不免几经沉浮。大乘寺初建时正逢五代十国，"五代乱世，战争频仍，中原王朝频繁更迭，为兵源和物资供应计，梁、唐、晋、汉、周各朝统治普遍实行限佛政策，而南方吴越国历代国君则都奉佛。"因而，虽然身处乱世，大乘山佛教依然日益昌盛，至元代时达到了极盛。

元代之后，由于种种历史原因，大乘寺一度消失于佛俗两界，仅留下一处遗址供人喟叹。直至时代大潮奔流到大清王朝，大乘寺才迎来了自己的复兴。民国《衢县志·寺观》

▲ 大乘寺

对大乘寺的重建及其后来的种种遭遇均做了详尽的记载："清顺治辛丑，十八年。僧顿春来衢访厥遗址，本山檀越黄忠六公后裔延师结茅重建是寺，并扩建下院。康熙壬戌立碑，叶淑衍记。至嘉庆间，田地山场盗卖几尽，黄氏子孙又兴复之，请莲花寺僧瑞真、瑞性等住持。道光四年甲申立碑，蒋泰潮记。两碑并存，咸丰间毁。光绪间，僧佛印又募建。今存。"

到了20世纪90年代，大乘山周边又有虔诚的佛教信徒和民众陆陆续续上山烧香膜拜，一度被冷落的大乘寺香火再度开始兴旺。2004年，一位叫妙泽的年轻高僧看中这块风水宝地，决心在残基上重修寺庙，弘扬佛法。于是，开山劈石，修起一道直达山顶的公路，并陆续展开寺庙整体重修工程。2009年10月12日，大乘寺大雄宝殿开光大典如期举行。

于是，大乘山，再度重现佛教名山之神采；大乘寺，再度重现江南名刹之荣光。

千年古村落——涧峰村

出莲花集镇，北去五里，穿过一片千亩大田畈，便遇见了涧峰村。

涧峰村是一座典型的江南古村。风景秀丽是它的日常衣着。整座村庄三面山水环绕，一面阡陌纵横，长期以来，形成了平行河流的带状居住区。遵循古代建筑风水学原则，涧峰村素有"上有清潭绿水，下有贞节绕墩；东有水清杨墩，西有凤凰晒月"之美称。在4平方千米村域范围内，布满自然及人文景点，有雷鼓山、神通寺、赖公山、上摊堰、凤赖墩、涧峰大田畈、护水双峰、水中央墩等涧峰八景。

古色古香是它的内在气质。涧峰村以徐姓为主，徐姓先人于北宋末年迁入并建村，屈指算来迄今已有近千年的历史。村庄内遗存的众多古迹无不张扬出它的古色古香，走在鹅卵石和青石板交错构成的乡村小道上，时不时会遇见散落四处的100多栋明清古建筑、1座古戏台、1座古堰坝、1座古墓、3条古水系、2000米古街道、1个古院门及2幢祠堂。涧峰村可以说是衢江区古迹保存最完善的一个古村落。

▲ 涧峰古韵

  在众多保存完好的古迹里，最有代表性的是徐氏祠堂和余氏祠堂。

  位于村庄中心的徐氏祠堂，始建于明末清初，距今已有400多年，坐南朝北，呈长方形，占地面积584.6平方米，建筑面积527.4平方米。其整体构建为典型的明代风格，梁架为斗拱抬梁式，柱础带金沿，柱头呈中粗头小形态，屋面有望砖，地面为三合土兼正格子纹，配置戏台。中轴线上建有前厅、中厅、后厅，大部分保存望砖。歇山式门楼，门厅有戏台，明间抬梁式结构带后双步前单步，柱头置有斗拱，次间为穿斗式。中厅明间为抬梁式结构带前双步后单步，次间为穿斗式。后厅明间为抬梁式结构带前双步后单步。两天井连接前、中、后三厅。大门为八字形石库门，有门檐砖雕。置身徐氏祠堂，你不仅会被它的大气所震撼，还会被它的精致所折服。整座大宗祠用材讲究，雕花简洁，建筑虽经多次修缮，至今仍保留明代宗祠建筑风格。

徐氏宗祠最耀眼之处，是宗祠大门上方挂着的一块由清朝入关后的第五位皇帝嘉庆帝所钦赐的"七叶衍祥"银段匾额。

关于这块银段匾额的来历，有一个涧峰村人两百多年来引以为豪的故事。清嘉庆年间，村里有一个叫徐树槐的老人，活了95岁，亲历七代及五世同堂。当时，皇帝提倡敬老孝道，劝化人们积德扬善，追求家庭完美，乐享天伦。嘉庆七年（1802），得知消息的地方官府把徐树槐老人的事迹向朝廷上奏。接到奏折后，朝廷迅速做出回应："今浙江西安县寿民徐树槐，现年九十五岁，亲见七代五世同堂，应请行令该抚按照年岁赏给缎匹银两。其应得匾额，即给予《七叶衍祥》字样。于嘉庆七年十二月十八。"（《涧峰徐氏宗谱》）"七叶"，七代之意，即祖、父、自身、子、孙、曾孙、玄孙。如此光宗耀祖的事情，徐氏宗族自然欣喜万分，接到钦赐匾额后立即悬挂到宗祠大门上以示殊荣。

与徐氏宗祠相隔百米的余氏宗祠，建造于民国三年（1914），坐南朝北，呈长方形，占地面积483.6平方米，建筑面积252平方米。中轴线依次为前厅、天井、后厅，正门牌坊式结构，大门两边开小拱门。前厅明间为抬梁式兼前后双步，次间为穿斗式。后厅明间为抬梁式兼前后双步，次间为穿斗式。所有雀替、牛腿均雕刻有人物、花草图案，部分人物图案在"文革"中被铲除。门楼做法独特，具有一定的文物价值。

两处宗祠文物价值都比较高，在衢江区宗祠建筑中具有一定的代表性和地位，也对反映当地经济、文化和社会发展具有重要的参考价值。2017年1月，徐氏宗祠、余氏宗祠均被公布为省级文物保护单位。

　　涧峰村人还善于古为今用。今天，古老的徐氏祠堂成为村民开展文化活动的文化礼堂，近世的余氏祠堂成为书香馥郁的农家书屋和乡村振兴讲堂。村里还办有游客接待中心和农耕文化展示中心，在老街区植入手工豆腐作坊、手工麻糍作坊、手工压榨菜油作坊。

　　如今的涧峰村，因为历史文化底蕴深厚，于2018年入选全国100个特色村庄，是衢州市唯一入选的村庄，也是中国首个农民丰收节衢江区系列活动举办点。2023年，涧峰村还入选第二届"中国美丽乡村百佳范例"。

三儿媳招来四儿媳（民间故事）

从前，莲花西山下有一户富有人家，家规很严，家道兴旺。生有四个儿子，前面三房媳妇都在前后三年里陆陆续续地过了门。第四房儿媳，老两口觉得要娶个能当家的，就没接着马不停蹄地去采，而是"慢慢蹚"，暗地里访。

话说三个儿媳妇，人都很朴实，守规矩，没有公公婆婆的准许，也不敢自作主张回娘家。有一天，公公突然有了一个主意，想测测三个儿媳妇到底有多聪敏，与老婆嘀咕了一下以后，就把三个儿媳妇叫到厅堂里，对她们说："明天吃过日羹，你们三个人都回娘家去。"三个儿媳一听，像得到大赦天下的洪恩一样高兴，都说谢谢公公开恩。但还没转过身，又听到公公说，你们三个同一天去，同一日回来。老大在娘家停三五天，老二在娘家住七八日，老三在娘家待半个月。回来时，老大要插花，老二要缚带，老三要雷灰。三个媳妇听了，头上云山雾罩，心里像揣了一盆冷水。

第二日，三个儿媳在堂上告别公公婆婆，稀里糊涂地回娘家了。路上，三个人都说公公提出的"归期"做不到。老大媳妇说："插花回去难不倒俺，娘家房前屋后遍地都是花，要采一担都可以。可是，我玩三五日，怎么合得着与你们两人一起回去呢？""唉！"老二媳妇先叹了一口气，说："我家大嫂二嫂都是纺纱织布的高手，叫嫂嫂纺些线带给我，一定乐意的。可是，我在娘家待七八天，大娘回去的日子已经过了，小婶还有得玩，我夹在你们的半中央，怎么能一起回去呢？"老三媳妇思忖，自己玩的日子最长，也很确定是半个月，回去的时间好像没有瓜葛的，她愁的是，雷灰回去，多么难堪嘞，别人以为她做了什么见不得人的事呢。

三个儿媳妇，在路上左右为难，不知往哪边走：若回头，难得的回娘家机会没了；若往娘家走，告诉父母住几天呢？正在她们三个不知所措的时候，走来了一位十七八岁的姑娘。姑娘长得不瘦不胖，不高不矮，眉清目秀，红唇皓齿，看上去规矩端庄，慈善的模样，像观音菩萨。她看到三位大姐姐像三朵晒瘪的芙蓉花，就心疼地问三个姐姐需不需要帮忙。

三个儿媳妇遇到热心人，本来很涩口的事，也都像竹筒里倒豆，直接溜出口了。姑娘听三位姐姐讲完，略加思索，就胸有成竹了。她与老大分析说，三五天，就是三个五天，一共十五天；插花，就是麻花。她告诉老二，七天加八天，一共十五天；缚带，应该就是粽子。她看老三有些迫不及待的样子，就用宽心的语气对老三说："让你待半个月时间，就是十五天。雷灰，就是芝麻糖饼啊。"姑娘把自己的理解说清楚之后，又亲切地安慰说："三位姐姐难得回娘家，一定要玩得开心哦。十五天后，带着东西顺顺当当回婆家。"

果然，三个媳妇都高高兴兴地同一天回到婆家。带回去的东西，恰好是公公的"谜底"。公公捋一捋胡须，踩着三角步，心里很高兴，觉得三个儿媳妇都很聪明，就直白地夸赞说："平常之日，只看到你们做事情很发狠，煞快。没想到你们三个都能摸透我的心思。"

　　公公这话一出，三个儿媳妇自己觉得好像衣服被戳破了一样，不好意思得到这份夸奖。老大低下了头，老二用手绞布衫角，老三嘴巴憋不住了，就将路上三个人如何愁肠百结，一个姑娘如何帮忙解困，一五一十地供了出来。最后，三个媳妇都真心实意地说，她们三个人加在一起也比不上那位替自己解忧的姑娘聪慧。

　　公公为三个儿媳妇的诚实感到满意，更佩服那个解开谜底的姑娘。他根据三个儿媳妇提供的信息，到上下十里八乡去访问那位姑娘，千方百计要让那位姑娘做自己四儿媳妇。功夫不负有心人，那位姑娘终于被厚重聘礼娶进门。

　　一天，公公婆婆将四房儿媳妇叫到跟前，告诉四个儿媳妇这个大家庭的当家人要由儿媳妇来接班了。三个儿媳妇一致推荐四儿媳妇来当家，四儿媳妇大大方方地接过公公婆婆手里的钥匙，把持着一个大家庭，大家都和和气气地生活着。

高家镇

登高望远　活力高家

出衢城往东，沿风景如画的衢江顺流而下三十里，千年古镇高家便与你在衢江畔不期而遇。

位于衢江区东部的高家镇地理位置优越，东与龙游县相接，南与全旺镇、大洲镇相邻，西与樟潭街道相连，北与莲花镇、云溪乡相依，距离衢州市区仅有 18 千米。交通条件便捷，320 国道、沪昆（杭金衢）高速、杭长高铁、浙赣铁路、衢江航道穿境而过，贯通东西南北。

高家镇自然风光独特。这里，山不高，水却很长。放眼高家镇全境，唯有黄土丘陵高低起伏，以及阡陌交通的纵横交错。然而，衢州人的母亲河衢江却在这里绵延二十余里，衢江呈蜿蜒曲折之状，犹如一条长龙游走于广阔的原野间，而且，流淌到高家的衢江少了一泻千里的野性，多了一步三回头的温柔。只要你伫立在岸上望一眼脚下的衢江，就会发现这里的江风徐徐而来，这里的江水缓缓前行。假如再把视线抬高一点，更会发现江水两岸人家犹如繁星数点，散落在低丘缓坡或田畴的绿荫里，出奇的安宁，出奇的静谧。

衢江，带给高家人民安居乐业、美好生活的同时，还造

▲ 高家镇

就了两座驰名于浙西大地的自然胜景——浙西大草原、千年盈川潭。

  人们从衢城去高家看风景，第一站就是浙西大草原。浙西大草原位于高家镇的西南边，是衢江流淌千年万年所创造出来的天然杰作之一。它是衢江长年累月用泥沙冲积起来的一块沼泽地，总面积达6.6万平方米。浙西大草原形成以来，一直被人们所钟情。置身于浙西大草原，既可欣赏江南的丰美，又可领略塞北的粗犷。这里，萋萋的青草，

成林的枫杨，时时徘徊其间的成群牛羊，还有历经1700多年风雨依然枝繁叶茂的老樟树，这些景色无不令人心之神往。人们都说，浙西大草原可与呼伦贝尔大草原媲美。还有人说，浙西大草原是中国南方八大美得不可方物的大草原之一。

由浙西大草原往下走十余里，所见到的便是闻名于浙西的名潭——盈川潭。盈川潭因坐落在千年古村盈川而得名，它是衢江流经盈川时突然拐弯而形成的一座天然水潭。

说它是水潭，其实更像一座秀丽的平原湖泊。放眼盈川潭，只见江面烟波浩渺，流水波澜不惊，水天浑然一体。民国《衢县志》对它的描述更加富于诗情画意："丹霞峻峭，绿水澄鲜，月夜放舟，如游赤壁。"

高家镇人文底蕴同样别具一格。展开高家人文版图，可以阅读到建于清朝的太平桥，兴起于晋朝的盈川埠头，留在清康熙《衢州府志》里的安仁渡。当然，最醒目的一页绝对是有着千年建村史的盈川。

今天的盈川，人口不过千人，地域不过十里，可1300多年前，竟是一个上至大唐皇帝、下至平头百姓无人不知的地方。唐如意元年（692），即武则天称帝的第三年，从今天的龙游县划出部分乡村设置了一个新县城。新县城因县治设在盈川而得名盈川县，当年的县城面积宽达30平方千米。盈川因此由村变城，开始走上长达116年的县城发展之路。初唐四杰之一的诗人杨炯担任首任县令，更为盈川县后来的频频出圈赋能助力。杨炯以造福一方百姓为己任，在任三年，他关心百姓疾苦，发展地方经济，把盈川带入初步繁荣昌盛的发展轨道。后来，为了抗击旱灾，求来天雨，救百姓于水火，又不惜以身殉职，纵身跳入龙井。大义凛然的杨炯，赢得世世代代盈川人民的爱戴，矗立在盈川的杨炯祠，其内敬献杨炯的香火千年不绝便是一个明证。盈川，因为杨炯，在中华文明史上留下了精彩的一笔。

大凡人文底蕴深厚的古镇，都有一两种特色美食相伴左右。高家众多特色美食里，最有名的竟然是一只外形可爱的馒头——高家葱花馒头。顾名思义，高家葱花馒头是由葱花馅料、馒头组合而成的特色馒头。相传高家葱花馒头的出现，也和杨炯有关。杨炯以身殉职后，盈川百姓建造了杨炯祠纪念他，并把香烛和馒头长年供奉在他的神像前。一天，当地一位读书人对大家说，杨炯生前求贤若渴，喜欢肚子里有料的人，希望大家在供奉的馒头里塞进拌有葱花的馅料，以满足杨炯的喜好。读书人的建议得到了大家的一致赞同，此后供奉的馒头都包进了满满的馅料。不久，包有馅料的馒头又从杨炯祠走向民间，高家葱花馒头便成了大家日常生活里的一道特色点心。

　　以丘陵和平原为主的高家土地肥沃、物产富饶，是衢江区粮食主产区之一，也是衢江区经济作物种植面积最广的乡镇。历史上，高家出了众多名优特产，其中最有名的是黑花生和萝卜丝。作为浙西著名的传统干菜，高家萝卜丝已有1000多年历史。浙江特产网专门列出一页介绍高家萝卜丝：萝卜丝主要产于林家、洪家等衢江沿岸河滩地带，分冬丝、春丝、雨丝、雾丝，以冬丝为最佳。冬丝色白，贮久为米黄色或肉色，具有香甜、柔软、鲜嫩等特点，是做"八宝菜"的主料。1982年，高家萝卜丝开始打入国际市场，远销马来西亚、新加坡等国家，被广大消费者称为干菜中的"金丝"。

　　走进高家田园的深处，你还会发现这里私藏着一座充满异国人文风情的牧场——荷鹭牧场。坐落在划船塘村的荷鹭牧场，由衢江知名乡贤、"涌优"品牌创始人阮国宏创办于2014年。当年，阮国宏带着总投资5.7亿元的荷鹭牧场农旅综合体项目回到老家衢江，在故土上开启新的创业人生。

2016年，从澳大利亚引进第一批200头荷兰奶牛。2018年9月，集奶牛观光、挤奶体验、亲子活动、家庭聚会、田园采摘等多功能于一体的农旅综合体便正式对外营业。如今，经过十年艰苦创业，荷鹭牧场已完成一期1200亩项目建设，现存栏荷兰奶牛达800头，先后获评全国奶业休闲观光牧场、省级美丽牧场和市级科普教育基地。而游人们则更喜欢称它为"荷兰小镇"，因为每个来到这里的人们足不出户，就可以把荷兰风情一览无余。旋转的风车，碧绿的湖水，一望无垠的青青草地，一幢幢充满欧式风情的建筑，一头头毛色黑白相间的奶牛，无不让你误以为一脚踏进了遥远的"世界牧场"。

　　高家，这座有着千年人文积淀的古镇，正以昂扬的姿态不断登高望远，奋力建设自己美好的家园。

杨炯出巡，来自初唐的非遗

在盈川，最能展现其人文底蕴深厚的标志，莫过于2007年就列入省级非遗名录的"杨炯出巡"。作为浙江省乃至全国为数不多的民间城隍祭祀活动之一，杨炯出巡具有独特的人文特征。

穿行于盈川的长弄短巷，你会听到一个又一个关于杨炯和杨炯出巡的动人故事，深切感受到一方民众对杨炯的敬仰之情。

1330多年前的今天，唐如意元年（692）农历四月廿二，与王勃、卢照邻、骆宾王齐名的"初唐四杰"诗人杨炯到达盈川任首任县令。杨炯在任期间，勤政廉洁，体恤民情，深得百姓拥戴。不料，三年后，唐证圣元年（695）夏天，盈川遭遇百年一遇的旱灾。放眼衢江两岸，田地龟裂，池塘干涸，作物枯死，田间地头几近颗粒无收。各地的灾情报告更像雪片一般纷纷呈上杨炯的案头，使这位为官清正的县令心急如焚、寝食难安。于是，还未等获准，杨炯就不顾罢官获罪的风险，命令衙役在四个城门口搭起竹席棚屋，架起大锅，办起粥厂。同时，还要求当地富户出粮，与县

▲ 杨炯纪念馆

衙合办粥厂，施舍薄粥以济灾民。然而，没过三天，不顾百姓死活的州府却勒令停办粥厂，还严厉斥责杨炯擅作主张动用官府的储备粮。深感无奈的杨炯遂决定亲自参加祈雨行动，以安慰百姓。

为了祈雨，杨炯甚至沐浴斋戒，天天跪求上苍，在烈日下不知晕厥过多少次，但总不见头顶飘来一丝浮云。农历七月初九傍晚，心情沉重的杨炯再次默默来到城中的一口龙井边。望着干涸的井底，想着原先绿水盈盈的盈川潭都快要露出潭底，田野里的稻禾如烈火烧过一般，还有仓空罄悬、饿殍遍野的惨景，一时心如刀绞，悲从中来。在一声"吾无力救盈川百姓于水火，枉哉焉"。长叹后，纵身跳入龙井而身亡。或许是杨炯的纵身一跃感动了苍天，当日半夜时分忽然狂风四起,电闪雷鸣,顷刻间甘霖倾盆,盈川的大河小渠清流汩汩。第二天早上,自尽于龙井的杨炯浮上井口,居然面目栩栩如生,神情自若,芳香四溢。妇孺老幼闻讯,无不号啕恸哭,甚至数十里外的乡民也扶老携幼陆续前来焚香叩拜。

女皇武则天得知杨炯的壮举后也深受感动,不仅当即题词"其死可悯,其志可嘉",并于杨炯殉职一个月后的农历八月二十下旨敕建城隍庙,敕封杨炯为城隍神,永享四季祭祀,香火千年不衰。于是,古老的盈川土地上矗立起了一座庄严肃穆的城隍庙。望着城隍庙里威武凛然的城隍神,回想城隍神生前一桩桩为民排忧解难的往事,沐恩图报的盈川百姓缅怀之情日益强烈,纷纷以各种方式祭奠杨炯。随着时间的推移,民众自发开展的祭奠活动内容不断丰富,仪式趋于统一,最后,形成了以颂扬执政为民精神、祈求四季平安康乐为主题的杨炯出巡。

源自民间的杨炯出巡,从它出现的那天起,就自带鲜明的盈川标记。

杨炯出巡的时间为每年的农历六月初一。相传每年的这一天,杨炯不管刮风下雨,还是烈日当空,都要出巡县城附近的28都68庄,察看水利灌溉设施,了解抗旱救灾情况。杨炯出巡参与的人群基本上是盈川县内的庄户人家,因为这些庄户人家曾经受恩于杨炯,无不把杨炯视为自己家园的守护神。杨炯出巡的仪式庄重热烈。身着古装的人们先用神轿从城隍庙(杨炯祠)恭恭敬敬请出杨炯塑像,然后,沿着他当年出巡时所走的路线,将神轿抬进28都68庄。

▲ 杨炯出巡

每进出一个村庄，人们都要鸣放鞭炮，以示隆重。进入村庄后，出巡队伍在村里的祠堂前停下，把杨炯塑像请出神轿，抬上辇车，然后供百姓轮番祭拜。祭拜时，祭官双手合十，对着杨炯耳边反复念诵祝文，直到祭拜结束。第一个村的百姓祭拜结束后，第二个村的百姓就来接，如此这般轮流进行。当第二十八个村庄大田畈村的百姓祭拜完毕，全村百姓便手擎龙旗，敲锣打鼓，浩浩荡荡地把杨炯塑像重新护送回盈川城隍庙，抬回原位，并换上绿色的长龙袍。至此，整个杨炯出巡祭祀仪式才宣告结束。

今天，已传承1300多年的杨炯出巡在盈川继续散发着它灿烂的人文光辉。只是，进入新世代的杨炯出巡被赋予了更为积极的意义，让每一个参与者在颂扬和缅怀杨炯一

▲ 成功举办 2012 年杨炯文化节

心为民、祈求四季平安的高尚情操的同时，真切感受到今天的盈川社会和谐稳定、人民安居乐业、生活蒸蒸日上。

浙西第一古村——盈川

　　自浙西大草原顺流而下，约过十里，便能望见衢江北岸一处房屋粉墙黛瓦鳞次栉比的村庄。这座临江而立的江南小村，就是被人称誉为浙西第一古村的盈川。

　　盈川之古，首先在于它村落形成的久远。作为古村，盈川的身影很早就出现在多部古籍。翻开《旧唐书》，在《地理志·三江南道·江南东道》章节里有这样的记载："盈川，如意元年（692）分龙丘置县，县西有刑溪，陈时土人留异恶刑字，改名盈川，因以为县名。"而《太平寰宇记》则记载得更为详细："唐如意元年分龙邱县西梧山、玉东等乡置。按：县西有刑溪，土人陈留异恶溪有刑名，改曰盈川。盖取盈满之义。"由此可见，盈川早在1470年前的南北朝时期就已经形成一定规模，并以自己独特的地名含义被高规格的经传史书屡屡提及。这种资历上的荣耀，令同样号称千年古村的其他浙西古村望尘莫及。

　　盈川之古，在于它自然风光的古朴。盈川紧邻衢江，因而独具水乡之美。村东150米处，有座天然的"盈川潭"，这是衢江流经盈川村边时突然转弯所形成的一湾自然江段。

▲盈川城隍庙

▲盈川古码头

▲盈川

漫步衢江古镇

漫步衢江古镇　高家镇

放眼盈川潭，江面辽阔浩瀚，碧波荡漾，时有江鸥翻飞、风帆轻点、渔歌唱晚的美景迭现。倚立在盈川潭边的丹霞岩壁峻峭挺拔，壮气凌云。月夜时分，泛舟于丹霞岩壁下如游三国赤壁，因而，盈川潭又有小赤壁之称。

盈川之古，在于它人文底蕴的深厚。在盈川，有座长盛千年的古埠头——盈川埠头。古时盈川不仅紧临衢江，而且处在"上通常山、开化，下通兰溪、金华"的古驿道咽喉。由于拥有这一独特的地理优势，盈川当仁不让地充当起古代水运领头军的角色。据水利部门考证，早在晋代，盈川就成为名噪一时的商业埠头。到了唐代，由于水上交通运输业的快速发展，大批来往于衢江的运货船只都要停靠盈川。加上县城由白石里迁往盈川，龙游商帮和徽州商人等各路商贾陆续汇集而来，盈川埠头一时成为浙西规模最大的航运货物集散中心之一。公元692年，杨炯到盈川任首任县令时，就是坐船到盈川埠头，然后拾级上岸，开启他"杨盈川"的辉煌人生。后人还为欣欣向荣的盈川埠头取了一个很形象的名字，叫作"明月满川"。如今，随着陆上交通的发达，盈川埠头的作用已不再重要，但古时下埠头的台阶轮廓仍被保存下来，成为一处水文化遗迹，仿佛还在述说着曾经的繁华。

盈川人文最具浓墨重彩的一面，是它曾经做过116年盈川县城的历史，这在浙西古村里当属绝无仅有。为了巩固新政权，加强地方统治力量，唐如意元年（692），武则天从当年的龙丘（今龙游）县划出部分区域建立新县，县治设在盈川，新县也以盈川为名。"初唐四杰"之一的著名诗人杨炯，被派往盈川县担任首任县令。盈川，从此迎来了自己最高光的时刻。不想，人生无常，116年后，到了史称"元和中兴"的唐元和三年（808），唐宪宗李纯一纸诏书，把盈川县撤销，并入了信安县（即衢县）。一夜之间，盈川又回到了原先的自己。不过，令人欣慰的是，不论时势如何变幻，朝代如何更迭，"盈川"二字作为地名一直沿用至今，长达1461年。仅凭这一点，盈川也堪称浙西第一古村。

　　历史上的盈川县地域不广，人口小众，但留下的人文遗产却不但众多，而且出色。其中，最负盛名的是盈川城隍庙和城隍祭祀仪式"杨炯出巡"。盈川城隍庙，又名杨炯祠，始建于唐万岁通天元年（696），是武则天为表彰以身殉职的盈川首任县令杨炯而敕建的一座城隍庙。唐证圣元年（695）夏天，盈川境内遭遇了严重旱灾，身为一县之令的杨炯身先士卒，日夜奔赴在抗洪救灾第一线。无奈，人力不敌天意，灾情日益加重。在一声"吾无力救盈川百姓于水火，枉哉焉"长叹后，纵身跳入龙井身亡。杨炯的纵身一跃感动上苍，当夜大雨倾盆，旱情得以缓解。现存的城隍庙，属于三迁庙址后的最后一次复建，建成于1930年，坐落在村边一座赭色的山崖上。总体布局按三条纵轴线组成一个平面正方形，以中轴线四合院式杨炯祠为主体建筑，其东西横排二楹配殿，祠西为观音堂。杨炯祠和观音堂各由前殿、中殿、通道、天井、后殿组成，整个建筑一承清代营造法则，呈现出一派庄严肃穆景象。而城隍祭祀仪式"杨炯出巡"，则是盈川百姓为纪念杨炯执政为民精神、祈求四季平安所开展的民间城隍祭祀活动，具有浓重的盈川特色。

▲ 今天的盈川古码头

每年的农历六月初一，盈川百姓会自发来到杨炯祠，举行杨炯出巡祭祀仪式。人们按照杨炯当年出巡路线，抬着杨炯塑像巡游一番，以此祈求风调雨顺和四季平安。

116年县城史，杨炯为之以身殉职，这样的盈川，浙西第一古村当之无愧。

漫步衢江古镇

高家镇

衢州的"呼伦贝尔"——浙西大草原

对于出生在江南的人来说,看惯了小桥流水的风景,心中很是向往北方广袤无垠的大草原和策马扬鞭的快意人生。别急,在风景如画的高家镇,就有一片这样的天然大草原,让你不出三衢大地,也可以看到青青草场,体验大草原广袤无垠的壮美。

这座大草原就是浙西大草原。浙西大草原,坐落在衢城东部的高家镇中央徐村,距离衢城仅有20千米,驱车半个小时即可抵达,总面积达6.6万平方米。离人间烟火如此近距离的浙西大草原,可是衢州人的母亲河——衢江的杰作。千百年来,衢江在滋养两岸生灵的同时,不忘打造一处又一处自然美景供人间欣赏。浙西大草原就是它用自己的泥沙一点一点堆积成沼泽地,尔后,在人类的精心呵护下渐渐演变成水草丰美的草原。

浙西大草原,是浙江最美的大草原,在文旅界一直享有盛名。浙西大草原美在何处?没有塞北草原的粗犷,只有江南草原的柔美。在这里,有缓缓流淌的河流,有时时展翅的鹭鸟,有连成一片的枫杨,还有一座以千年古樟树为主题的神木公园。置身于这样的大草原，心旷神怡稍显肤浅，迷醉其间才算深沉。

走进神木公园，又是另一番奇景。在这里，不管你有意无意，都会注意到两棵古树，1棵香樟，1棵罗汉松。香樟高32米，周长10.5米，树干粗壮，枝繁叶茂，一派王者风范。据中央徐村吕姓人家的《中淤吕氏宗谱》记载：该村先祖之一吕思易（226—288），原籍河南洛阳，因授衢州路分佐，卜居信安中淤（今中央徐村吕家自然村）。吕公生平爱种树，于是栽育此樟，至今树龄已有1700余年。康熙二十五年（1686），吕家村发生特大洪灾，水漫楼屋，幸有群樟护佑，保村庄无恙。光绪七年（1881），吕公后人因生活困难，欲将此树判伐，祠堂大众恐伤及地脉人丁，经通族商认，以15块银洋将9株大樟作为宗祠产业保留，规定树干枝叶一律不得偷砍采摘，故诸树数百年来完好无损。可惜，抗日战争期间，有8棵被毁，仅存此株。由此推算，香樟应该栽于三国时期，距今已有1700多年历史。所以，在它面前立起"樟树王"的石碑一点也不足为奇。与樟树王相距5米远的罗汉松，距今也有1300年的历史，比目前已知的海盐县陈阁老宅中的罗汉松还大得多，可谓浙江省同类中的"巨无霸"。望着这两棵奇树，擅长联想的人类赋予它们种种美丽的象征，有人称它们为"夫妻树"，而它们的大小相当悬殊；有人称它们为"父子树"，而它们又不同品种，最后，只好称它俩为神树。

风光秀丽的浙西大草原，也是影视界备受青睐的宠儿。古朴原始的溪流，天造地设的草原，加上距离横店影视城不

▲浙西大草原

漫步衢江古镇

高家镇

185

远，一批又一批影视剧剧组无不慕名前来取景拍戏。2014年，电视剧《琅琊榜》在这里取景。此次剧组共有300多人来到浙西大草原，拍摄时间长达10天。制片主任说："浙西大草原风景优美，早有其他剧组来过此地取景，我们也是慕名而来，果然不负所望，今后有机会还会再来这里取景。"2016年5月30日，由八一电影制片厂和甘肃省委宣传部等单位共同拍摄的电影《大会师》，在全国各地进行踩点，最终选择浙西大草原作为拍摄红军过草地的主场景，再现1936年红军长征在甘肃会宁"三军会师"的历史画面。2018年9月中旬，电影《银河补习班》剧组来到浙西大草原，进行了为期6天的外景拍摄。10多年来，先后有10多家影视剧组现身浙西大草原，为浙西大草原增光添彩。

浙西大草原因为晋级浙江省省级湿地公园而身价倍增，进一步展现出它优雅的魅力。2017年，浙江省林业厅批复同意全省5处湿地建立省级湿地公园，衢江下中洲湿地（高家镇中央徐村浙西大草原周边）名列其中，并成为此次衢州市唯一新增的省级湿地公园。

林业部门对衢江下中洲湿地公园作出了高度简要的概括：以大草原为核心，依托衢江（高家段）干流和芝溪（高家段）支流及衢江江心洲——下中洲而建，为典型剥蚀堆积河谷地貌。公园规划总面积738.66公顷，其中各类湿地面积479.21公顷，湿地率为64.9%，湿地类型包括河流湿地、人工湿地和沼泽湿地。区内自然环境优良，有丰富的湿地生物资源，其中有鸟类102种、鱼类98种、维管植物502种和湿地植物151种，其间不乏国家一级、二级保护动植物十余种。接着,一向严谨有余的林业部门又对衢江下中洲湿地公园的景观作出了生动有趣的描述:该公园景观资源魅力独特,以洪泛湿地景观为特色,宽阔的草滩,清澈的河水,茂盛的枫杨林,鸟浪舞动,形成一派独特的风情。

浙西大草原,一座人与自然和谐共生的乐园。

一只肚子里有料的馒头

缓行在高家老街，稍加留意，你就会发现一个非常有趣的现象——几家早餐店门口摆着的小招牌上，都会写着"高家葱花馒头"的全名，而其余的小吃诸如油条、煎饺之类则统统用简称一笔带过。

一道地方小吃名字的前头能被特意冠上地名而成为有名有姓的美食，这道小吃除了好吃，背后肯定还有耐人寻味的原因。

的确，高家葱花馒头有太多的与众不同，尽管它的外形和别的馒头相差无几。

高家葱花馒头好吃，首先是因为高家馒头品质好。高家馒头，被人称为衢州特色小吃界的"白富美"。其用料十分地道，由纯白面粉和酒糟老面配制而成，不添加任何色素和调味剂。其制作工艺十分独特，用酒糟做酵母，发酵而成的面团酵孔细腻，面有银光，皮薄如纸。而且弹性十足，如果将一只馒头握入掌中，手一张，馒头立刻像海绵似地恢复原状。其口感也十分纯正，吃起来松爽滋润，富有咬劲，绝不粘牙，还带有一丝甜酒味。

高家馒头有据可查的历史很悠久。"衢州馒头数高家，高家馒头数盈川。"这句流传于衢江两岸的民间顺口溜，不仅道出了高家馒头的地位和品位，而且还点明了高家馒头最早的出产地——盈川。

　　千年古村盈川地处高家镇东北角，是旧时衢江边的一个水运码头和货物集散地，当年可谓游人如织，白帆点点，各地的美食也随着南来北往的人流汇聚于此。这其中就有来自江山的两个毛姓叔侄，把酒糟馒头从江山带到了盈川。清朝咸丰年间，这两个毛姓叔侄顺着江山港和衢江一路向东，最后驻足盈川。一上岸，略通文墨的叔叔毛土寿当了一家绍兴盐商的账房先生。而力大无比，又有一手好厨艺的侄儿毛德富则在码头岸边搭了个小铺子，开起卖馒头、豆腐和馄饨的小店。相比豆腐和馄饨，毛德富做的酒糟馒头更有名，与盈川相邻的龙游县团石湾、马叶，以及本县的莲花、高家等地的人们逢年过节都要跑到盈川采购毛氏馒头。凭借一手做酒糟馒头的好技艺，毛德富后来还被在盈川与太平军对峙的清军左宗棠部招募为火头军，专门负责制作面点、烧饭、做菜，做得最多的就是南北相通的馒头，受到官兵们的交口称赞。盈川毛氏馒头自咸丰年间起源，至今已在高家传承至第七代，传承史长达170多年。2015年，高价馒头还被列入衢江区非物质文化遗产名录。

　　高家葱花馒头好吃，还因为葱花馒头馅料好。馒头品质好是高家葱花馒头好吃的基础，风味独特的馅料，则是它的核心。高家葱花馒头的馅料炒制大有讲究，选用的瘦肉要去除肉上的筋和膜，选用的笋干要肉质肥嫩的毛笋干，

▲高家葱花馒头

选用的萝卜丝则要高家本地种的白萝卜丝。炒制的方法也很特别,先用菜籽油炒,然后再加猪油炒,并辅以特制的高汤。紧接着放入新鲜辣椒和葱花,搅拌均匀。这样,一份色香味俱全、带有鲜明地域特征的馒头馅就做好了。

　　高家葱花馒头的与众不同,还体现在它不同寻常的来历上。顾名思义,高家葱花馒头就是内里夹着葱花馅料的馒头。熟悉当地风土人情的人都知道,长期以来,寓意福满的馒头一般只出现在红白喜事、贺寿乔迁以及祭祀祖先的场合。如果经济条件允许,人们才会变点花样,在馒头里夹上一块红烧肉,使它高端起来。高家葱花馒头出现于日常生活中,并且成为一道带有葱花馅料的点心,应该属于一件意料之外而又情理之中的事件。关于高家葱花馒头的来历,当地流传着这样一个传说:初唐诗人杨炯曾在古盈川担任县令,为当地百姓办了不少实事。为彰显他的功德，当地百姓建立了一座杨炯祠，每年农历六月初一抬着杨炯像游行，接受各地乡民的祭拜，并将馒头与香烛一起供奉在他的神像前。后来，高家有个读书人从有关古籍里了解到杨炯的为人品性，说杨炯求贤若渴，喜欢"肚子里有料"的人，建议家乡人在供奉杨炯神像的馒头里塞些萝卜丝、碎肉和葱花，使馒头肚子里"有料"。肚子里塞满了菜料的馒头，果然比原来的实心馒头饱满有味道，而且还有很深的寓意。于是，高家一带的人家逢年过节都喜欢吃葱花馒头，并把这一风俗扩散到邻县龙游及衢州城里。

可见，有名有实的高家葱花馒头，不仅仅是作为日常生活里的一道特色小吃而存在，更蕴藏着一份浓厚的乡愁。

盈川惊现黄山松（民间故事）

据说，旧时的盈川杨炯祠有一副对联，其中"当年遗手泽，盈川城外五棵青松"一句，引发后人的无比敬仰和饶有兴味，期盼聆听那遥远而动人的故事。

那时，武则天称帝后，屡闻浙江西部某地域，贪官污吏横行霸道，地痞强盗胡作非为，根本不把朝廷皇帝放眼里。唐如意元年（692），武帝便在这里设置了一个新县，命名盈川，派杨炯当首任县令。

杨炯，初唐四杰之一。10岁被推举为神童，26岁高中进士，31岁被推荐为崇文馆学士。42岁那年，杨炯领旨任盈川县令。带着"宁为百夫长，胜作一书生"的豪气，他日夜兼程，跋山涉水，经过1300多千米，于农历四月廿二到达盈川。

杨炯始终牢记使命，勤政爱民，惩治强盗，严惩贪官污吏，发展农业，呕心沥血建设盈川这个新生的江南县城。他经常微服私访，体察民情，经常带着属下勘察盈川的地形地貌，以规划河山的治理。他看到成片黄土丘陵，山荒岭秃，杂草丛生。下雨天，没有植被保护，泥沙俱下，淹没农田；

久旱不雨，风一吹，黄沙漫天，井水浑浊。杨炯下决心要绿化荒山，保持水土，使秃岭穿上绿衣衫。

有一次，杨炯去徽州参加一年一度的诗赋会。会后，与诗友们去黄山观光旅游，看到黄山松树苍翠顽强，由满心喜欢到肃然起敬。心里想：假如盈川的荒山野岭能种上这样的松树，该多好啊！他暂停了参观，一心围绕着松树转动。他了解松树的生长习性，得知是"飞籽成林"，就去野草丛里和岩石缝隙中寻找松果。他卷起长袖，一边披荆斩棘，一边捡松果。最后用丝巾把五颗松果轻轻地包起来，放入宽袖里。在回盈川的途中，他时不时伸手摸一摸松果，生怕弄丢了。

回到盈川，杨炯迫不及待地解开行囊，小心翼翼地取出松果，用耳挖将松子一颗一颗地掏出来。他先在衙内培育，单独开出一块地，作为苗圃，培育松树苗，他像孵化蚕宝宝一样悉心细致地照料着树苗。他亲自浇水、施肥，像孕妇孕育一个新生命一样充满期待。有时，他悄悄地对树苗说："你们快些长大吧，我希望看到你们'发子旺孙'，'子子孙孙'在盈川的荒山野岭繁荣昌盛。"说也奇怪，不日后，树苗就长得非常茁壮，神气十足的，非常可人。杨炯喜不自禁，派人移栽到县城东面的山坡上。经过春风、夏雨、秋霜、冬雪的磨砺，有 5 棵松树成活下来。黄山松，落根盈川，是松树的新生，是盈川的荣幸。一转眼，3 年过去，5 棵松树苗挺拔、苍翠，长势不可挡，成为东山上一道亮眼的风景。

杨炯怀揣着美好愿景，眼前总是浮现郁郁葱葱的绿色长城。他想松树绵延不绝，种植面积继续扩大。他一边对身边人说，他要将盈川的西山也栽种黄山松树；一边又默默地对松树说："我记得'十年树木，百年树人'的古训，我懂得'不可揠苗助长'的道理。可是，我奉旨来盈川，希望这里满山皆绿。你们一定要快快长大啊！"

可是，他没有看到东山西山披绿衫的美好景象。盈川是多灾多难的地方，人祸天灾轮番来袭。3年后，盈川遭遇罕见的旱灾，老百姓为了生存有的卖儿鬻女，有的外出乞讨，用尽各种办法祈求上苍，却不能降下一滴雨。他心疼且惭愧，在一声"吾无力救盈川百姓于水火，枉哉焉"长叹后，纵身跳入龙井身亡。

杨炯的鞠躬尽瘁感动上苍，当场普降大雨，缓解旱情。之后，在盈川开启了风调雨顺、五谷丰登的年景。老百姓感念杨炯，继续精心管理5棵松，完成他未竟的绿化荒山、惠泽千秋的事业。

一棵松树结出无数颗松子。人们按照他生前的吩咐，精心培育树苗，移栽优质树苗到城西的东山和西山上。从一棵树到一片林，一年四季郁郁葱葱。为纪念杨炯，老百姓将东山的松林叫"东杨树林"，西山的称"西杨树林"，而把这两座山也相应称为"东杨树山""西杨树山"。这两片树林是盈川的绿色屏障，盈川百姓再也看不见风沙漫天的景象了。

堪称神奇的景观是，无论刮什么风，盈川城东西两山上的松针，都齐刷刷地一个方向倒向杨炯祠和他的衣冠冢。风声呼啸，松林起舞，似乎向杨炯表达知遇之恩和养育之恩。老百姓也似乎深知其意，将这现象叫"唐松悼杨"。这名副其实又诗情画意的称呼，成为盈川著名的八景之一。这两座山，山上松树绿意盎然，像两条翠绿的卧龙，守护着盈川古城。

来自黄山的松树，从唐朝一直繁衍到清朝咸丰、同治年间。林深似海的东西两山，成为人们游览消暑的胜地。千百年以来，人们睹物思人，寄情于物，感恩"前人栽树后人乘凉"的杨县令。

可是，突如其来的厄运降临了。这两片松林被一个人变作铜钱银锭，塞进了自己腰包，造下千古罪业。这个人就是黄九皋。当时，清军在金衢一带与太平军对峙，奉命到盈川监造船只的黄九皋，发现了盈川这两片古树林。深幽的林海，多么神秘。挺拔的古松，充满诱惑。他按捺不住私心蠢蠢欲动，就借口造船所需，大肆砍伐了树林，私下卖给木材商贩，获取钱财，中饱私囊。之后，他一夜暴富，富得流油。在军中，"黄发财"的绰号取代了黄九皋的大名。

盈川百姓对此心疼万分，对黄九皋恨之入骨，纷纷上书左宗棠，状告黄九皋。左宗棠查实后，深知对黄九皋"不杀不足以平民愤"。正准备重治，不料消息泄露，黄九皋闻风丧胆，畏罪自杀。

于是，"盈川城外五棵青松"只剩下一个传说了。但当年杨炯取黄山松果，培育树苗绿化盈川的事迹，不会因此而磨灭。

全旺镇

状元之乡　人文全旺

"麋鹿相依了自安,郁蒸天气绿荫团。雨中山色常无定,竹里泉声分外寒。满地野花香蜡屐,无人空谷遇幽兰。深深不尽仙源路,几度追寻兴未阑。"清代三衢诗人陈圣泽游历衢东南名涧仙源溪后触景生情,挥笔写下一组情景交融的《仙源杂兴》,上诗即选自其中一首。

让诗人为之倾倒的仙源溪位于全旺镇。全旺镇像仙源溪这般的奇山异水比比皆是,其中久负盛名的就有饭甑山和白鹭洲。饭甑山海拔 500 米,因其形似饭甑而得名。民国《衢县志》对此有专题描述:于众山之杪拔起一峰,石色正赤,四面圆净如削。山形似甑。可见,饭甑山之美形神兼备。饭甑山能闻名浙西,也跟几位历史名人有关系。南宋中书舍人毛宪结庐饭甑山下,并生状元儿子毛自知,故被后人名之状元峰。相传元末朱元璋起义兵攻打衢州失利后,曾落难于此,得神灵佑助,水饭不断,被围困三天但安然无恙。后来朱元璋成为皇帝,缅怀当年落难情景,特下旨封此山为饭甑山。因皇帝喻之为龙,饭甑山又名卧龙山。

白鹭洲,原为仙源溪流淌到红岩村地段冲积而成的一片

▲ 全旺镇集镇

漫步衢江古镇

全旺镇

▲ 全旺镇雨后饭甑山

漫步衢江古镇

全旺镇

沙洲，溪水清澈澄碧，村前枫杨婆娑，宛如世外桃源。从20世纪80年代开始，在方圆2平方千米范围内，每年都有白鹭远道而来，在此繁衍生息，故名白鹭洲。白鹭洲之美，有别于饭甑山。远望，停歇在树枝头的白鹭如繁星点点；近观，漫步在滩头的白鹭又似残雪斑斑，更有那些在牛背牛头歇着的白鹭，恰似一个个小牧童为悠闲的老牛做伴，意境优雅别致。

都说一方水土养一方人，拥有好山好水的全旺，注定是人杰地灵。在官塘村，从唐五代吴越国的徐练"宦于衢，遂家焉"开始，徐氏一族就先后出了10多位进士以上的官金紫衣。代表人物有徐泌，北宋雍熙二年（985）进士，衢州首位开科人物，官至陕西提点刑狱尚书，著有《道深文集》行世；徐徽言，北宋大观二年（1108）朝廷"求材武士"，15岁得"武举绝伦及第"（武状元），"知晋宁军"，后抗金殉国，谥"忠壮"；徐蕴行，衢州历史上第一位女书家，著有《徐夫人集》。还有徐庸、徐迈、徐量、徐昌言、徐敷言、徐慎言、徐叔昭等一众徐氏达官显贵。在毛家自然村，有毛自知，南宋开禧元年（1205）状元，在金殿对策时，以"出兵抗金，恢复中原"之论，被钦点为一甲进士，状元及第，打马御街，荣赴琼林宴，诏封"承事郎"，签书镇东军节度判官。在楼山后村，有民女王钟英，年十四选入东宫，明成化元年（1465）被明宪宗立为皇后，母仪天下；明成化二十三年（1487）八月，被明孝宗尊为"皇太后"；明弘治十八年（1505）八月，被明武宗尊为"太皇太后"；明正德十三年（1518）二月，上尊谥为"孝贞"纯皇后。一个江南小镇，宋、明两代出了文武状元各一名、皇后一名，不是奇迹，胜似奇迹，难怪世人把全旺誉为"状元之乡、皇后故里"，是有理由的。

全旺人文底蕴深厚，也有优越的地理位置和悠久的建村历史相助力。全旺地处衢江区东部，距离衢城25千米，东与龙游县相接，南与大洲镇相连，西北与高家镇相邻。全旺初为村，后为乡驻地，现为镇，相传唐代就有钱姓富户居此，宋代王姓迁入，一度被称为钱王。钱氏绝后，元末明初改名前王。清康熙年间开始杂姓集居，改名为全旺，意为全部兴旺。可见，地处浙西的全旺已有千年发展历史。

优越的地理位置，决定了全旺的交通地位。位于衢江东南的全旺镇在唐宋时期被称为"穆临街"，地处古衢州主要旱路之一的南山民路之要冲。从全旺往东，翻尚论岗，越西龙关，走灵山，过遂昌，折南而达温州至沿海。往西，经大洲，过后溪，入江山，最后旋转至闽赣。无数的山货海产，竹木油盐，在这里南来北往，东进西出，因此全旺成为当时浙西最繁华之地。

便捷的交通，不仅促进了商贸繁荣，也带动了文化的交流。全旺在唐宋时期成为江南陶瓷之乡便是明证。据考古专家考查，全旺在宋代时窑址星罗棋布，全镇现残存宋、元时期窑址就有50多处，主要分布在楼山后、官塘、尚伦岗等村庄。这些窑址的废品堆积层十分丰厚且品种繁多，以青瓷为主，也有天青、黄褐、绿等色。器型有各种大小的执壶、罐、粉盒、灯盏、烛台等。其中，尤以"彩绘"产品引人注目，其特征是在白色或略带淡青色的底色上，用氧化铁绘制成墨色或暗红色的图案，一般在器物内底部画花鸟虫鱼，内外壁和盖子上画梅兰竹菊，绘者用笔娴熟，线条流畅，宛如一幅幅写意的水墨画。而且，瓷器釉质厚而均匀，有的晶莹似玉，有的滑润如脂，还有刻花添彩的装饰，无不引人入胜。据此，考古专家认定，生产这种珍品的古窑址在浙江省应该属于首创，南方各省亦属少见。位于官塘村的两弓塘窑址，其瓷器器型和纹饰风格充分显示了南宋时期青瓷工艺的精湛。因此，1989年，两弓塘窑址群被列为浙江省重点文物保护单位。

全旺，还有着文物之乡和非遗之乡的美誉。在全旺，你会时不时遇上浙江省非物质文化遗产——传承300多年的全旺板龙；听到衢州市非物质文化遗产——流传500多年的楼山后癞痢娘娘传说；吃上浙江省"百县千碗"美食——传承200多年的全旺娘娘饺。还会望见省级文物保护单位——已有500多年建筑史的明代古建筑骏惠堂、国舅厅。

全旺，这座浙西人文重镇，以其秀丽的自然风光，荟萃的人文景观，再次印证了"看得见山，望得见水，记得住乡愁"这句至理名言。

抗金英雄徐徽言

　　自楼山后村往南再步行三里地，便可遇见全旺另一人杰地灵之地——官塘村。

　　官塘村是两宋抗金英雄徐徽言故里，建村史已有1000多年。据《官塘徐氏宗谱》记载：唐德宗建中年间（780—783），徐偃王的后裔徐资从彭城（今江苏徐州）过江，徙居丹阳（今江苏丹阳市），又迁润州（今江苏镇江市）官堂。一百多年后的吴越时期，"仕钱氏，宦于衢"的徐资裔孙徐练，从润州官堂迁到西安县清平乡（今全旺镇）衣锦里。徐练之子徐潘为不忘故地官堂，又因其家临塘，所以把居住地衣锦里根据谐音改称官塘。

　　官塘村徐氏一族被衢州地方史志列为望族，崇文尚武的列祖列宗可谓人才辈出，仅两宋时期就出过进士28人，为官121人。以徐徽言一家族为例，其高祖徐泌，北宋雍熙二年（985）梁灏榜进士，是衢州历史上第一个开科人物，官至朝请大夫，陕西提刑，著有《道深文集》传世。祖父徐迈，北宋庆历六年（1046）贾黯榜进士，官至尚书屯田郎直吏馆赠通议大夫。父亲徐量，宋仁宗年间武举及第，

▲ 徐氏故居

历任台州海内松门巡检，建州浦城尉，温州海内莆门巡检，征讨西羌时，为吕观文元帅的第二部将，封"皇城使"，第九将迁持节威州诸军事兼威州刺史。弟徐嘉言，宋宣和三年（1121）何涣榜进士，官至海盐令。

最杰出的人物当然是徐徽言（1093—1129）。《宋史·列传第二百六·忠义二》这样记载："徐徽言，字彦献，衢之西安人。少为诸生，泛涉书传。负气豪举，有奇志，喜谈功名事。大观二年（1108），诏求材武士，韩忠彦、范纯粹、刘仲武以徽言应诏，召见崇德殿，赐武举绝伦及第。"徐徽言被赐武举绝伦及第（武状元）时年仅15岁，真正应了那句"自古英雄出少年"的古话。此后，壮志满怀的徐徽言走上了讨伐西夏、抗击辽金的戎马生涯。靖康元年（1126），因屡建战功，徐徽言被提升为武经郎知晋宁军（今陕西佳县）兼岚（岚州，今山西岚县）、石（石州，今山西离石县）路沿边安抚使。

宋钦宗靖康元年（1126），北地金国为夺取宋朝江山，派出50万兵马分路进犯中原。九月初，军事重镇太原被金兵围困了8个多月后沦陷。接着，金兵前锋继续南下，渡过黄河，进逼汴京。同时，派遣使者到宋朝廷，要挟划黄河为界，河东、河北二路全部归属金国。宋钦宗屈服于金兵的淫威，城下之盟惟命是从，给河东、河西两路军民下达一道圣旨："民虽居大金，苟尔其生，犹吾民也，其勿怀顾望之意。应黄河现今流行以北州府，并仰开城门，归于大金。"宋靖康二年（1127），13万金兵攻破汴京，宋徽宗、宋钦宗成了俘虏，被押送到东北。宋建炎三年（1129），金兵又分兵两路南下，东路攻打两淮、长江，目的是活捉赵构。西路攻打甘肃、陕西，目标是夺取甘肃、陕西，然后联手西夏，一起灭亡南宋。

面对外敌入侵，陕西、山西、山东、河南、河北等地民众纷纷起义，配合留守中原的宋军将士抗击金兵。这时，身为晋宁军守将的徐徽言挺身而出，担起抵抗金兵的重任。他一边号召大伙奋起杀敌，联络陕西、山西一带的起义军归附宋军，得到数十万兵马；一边上奏朝廷，建议夺取山西，然后收复中原，表现出一身忠勇正气。

宋建炎三年（1129）初，两万女真骑兵再度南下，沿途宋军纷纷溃逃，尤其是南宋重要将领范琼不战而逃，致使失去指挥的陕西宋军乱成一团。面对来势汹汹的强敌，徐徽言没有后退半步，一直坚守着晋宁军，并派人去联络西北"折家军",希望自己的妻舅折可求一起抗金保卫陕西。谁知,折可求已经投降在先,还充当金兵的先锋大将,一起来攻打晋宁军。更可恶的是,当两军相遇时,折可求竟替金人前来劝降,说宋朝大势已去,不如投降金国,并大打亲情牌,希望徐徽言听他一劝。折可求的无耻行径遭到徐徽言严加痛斥:"尔于国家不有情,我尚于尔何情?宁惟我无情,此矢尤无情。"说完,徐徽言下令宋军向折可求射去正义之箭。一顿齐射后,徐徽言突然打开城门,亲自率兵出击。城下金兵猝不及防,在宋军密集的箭雨下纷纷溃败。徐徽言乘胜追击,连战连捷,金兵西路军主将完颜娄室的儿子孛瑾招架不住,也被宋军斩杀。

儿子被杀,完颜娄室当即率军强攻城池。徐徽言早有准备,一边登城指挥战斗,一边派人夜间渡过黄河,去山中召集起义军,让他们从背后突袭金兵,减轻晋宁军的压力。加上城内守备器械充足,宋军拼力厮杀,金兵屡次强攻城池都铩羽而归。为了快速拿下城池,完颜娄室让金兵在后面督战,驱赶宋军冲锋,将吕公车推送到城池下面,并架设云梯攻城。徐徽言指挥宋军采取火攻战术应对,致使金兵死伤惨重。这时,有探子告诉完颜娄室城内没有水井,只要断了城内的河水供应,宋军不战而败。于是,金兵就把流向城池的佳芦河用石头、树枝堵了个水泄不通。

水源切断,徐徽言自知城池守不住,便让人突围出城给兄长徐昌言送信,表示自己将决一死战,激励兄长不忘国仇家恨,坚持抗金。不幸的是,徐徽言两位部下做了叛徒,暗中联络完颜娄室,于三月十三日夜金兵攻城时突然打开城门，导致晋宁军陷落。为避免妻儿落入金兵之手而受辱，徐徽言毅然焚烧家室，之后拔剑自刎。这时，大批金兵蜂拥而至，徐徽言不幸成了俘虏。

徐徽言被俘后，金兵统帅为收买人心，常派与徐徽言亲近的降将去劝说，结果均遭到徐徽言严厉斥责：尔辈叛国投敌，不以为耻，反以为荣，竟还来我面前摇唇鼓舌，做说客，如不及时离开，看我搏杀尔等！一天，完颜娄室亲自去见徐徽言，问："二帝北去，尔其为谁守此？"徐徽言回答："吾为建炎天子守。"又问："我兵已南矣，中原事未可知，何自苦为？"又答："吾恨不尸汝辈归见天子，将以死报太祖、太宗地下，庸知其他！"见攻心无用，完颜娄室又使出利诱招数，说："能小屈，当使汝世帅延安，举陕地并有之。"徐徽言反问："吾荷国厚恩，死正吾所，此膝讵为汝辈屈耶？汝当亲刃我，不可使余人见加。"又一指自己的双膝轻蔑一笑："能向尔辈屈乎？"见状，恼羞成怒的完颜娄室举起手中的方天画戟刺向徐徽言。不料，徐徽言居然袒开衣襟，昂首挺胸迎向戟锋。完颜娄室被徐徽言的浩然正气吓得倒退数步，扔了方天画戟，转而以酒相敬。徐徽言接过酒杯，用力砸向完颜娄室的脸部。攻心、劝降、利诱、威逼，计谋用尽均不奏效的完颜娄室最后下达了用箭射杀的命令。至此，一代抗金名将徐徽言为国捐躯，时年36岁。

徐徽言为国捐躯的消息传到朝廷，宋高宗哀痛至极。《宋史·列传第二百六·忠义二》这样记载："高宗抚几震悼，顾谓宰相曰：'徐徽言报国死封疆，临难不屈，忠贯日月，过于颜真卿、段秀实远矣。不有以宠之，何以劝忠，昭示来世。'乃赠晋州观察使,谥忠壮。再赠彰化军节度。"

徐徽言,这位从全旺走出去的北宋最后一个武状元,虽然一生短暂,但其对家国的赤胆忠心却彪炳千秋。

抗金状元毛自知

据史籍记载，自唐武德五年（622）壬午科产生第一个状元孙伏伽开始，到清光绪三十年（1904）甲辰科最后一个状元刘春霖出现为止，1282年间，科举制度共产生文科状元552人。令人惊奇的是，来自浙西小山村的年轻读书人毛自知也金榜题名，荣登殿魁。

毛自知，全旺镇全旺村毛家自然村人，生于南宋淳熙四年（1177），南宋开禧元年（1205）28岁时状元及第。翻阅当地尊毛自知为始祖的《横溪毛氏宗谱》得知，毛自知祖籍广西富川，其父毛宪跟随在南宋京城临安做官的祖父毛国华宦游两浙，几经迁徙，最后定居在衢之信安东乡卧龙山下（今全旺镇毛家）。民国《衢县志》对此也有专门记叙："毛宪，结庐卧龙山下，生子毛自知。"翻开《毛自知世系简表》，更会发现出身书香门第仕宦之家的毛自知家学渊源，毛家祖孙三代个个身世非凡。祖父毛国华，宋高宗绍兴三年（1133）癸丑科进士，官宛陵、东阳通判，以文才著称，为人恃才傲物，其著作《樵隐词》入《四库全书》。父毛宪，宋孝宗淳熙二年（1175）乙未科进士，官中书舍人及长沙太守，著有《信安志》16卷。毛自知则更加不用多说，宋宁宗嘉泰四年（1204）乡试中举，宋宁宗开禧元年（1205）乙丑科状元及第，并诏封为承事郎，签书镇东军节度判官。

毛自知能出类拔萃、独占鳌头，除了学富五车、才高八斗，更与他的雄才大略分不开。当时，南宋朝廷偏安临安已经78年，宋宁宗于庆元元年（1195）登基，到开禧元年（1205），也已做了10年皇帝，很想在收复北方失土、统一中国上有所作为，因此，在决策上特别依仗于主战派、时任军国平章事的韩侂胄。在这样的时代背景下，聪明过人的毛自知在金殿对策中，以"出兵抗金、恢复中原"之论，迎合韩侂胄北伐用兵之意而受其极力举荐。于是，宋宁宗御笔一挥，钦点毛自知为一甲进士，状元及第，并诏封承事郎，签书镇东军节度判官，作为谋士配合主帅用兵。

开禧二年（1206），宋宁宗下旨，追谥岳飞"鄂王"，同时褫夺秦桧王爵，拜韩侂胄为帅，用毛自知之策，正式兴兵北征，开始了气壮山河的"开禧北伐"。为充实军需，韩侂胄甚至输出家财二十万金以资军用。出兵伊始，开禧北伐便初战告捷，主战派得以扬眉吐气，而主和派、主降派的势力暂时被压了下去。

然而，好景不长，因韩侂胄实非帅才，不通用兵之法，又好大喜功，战端一开，就急于求成，在没有做好充分准备的情况下冒进，因而连吃几个败仗。金兵乘胜分路南下，连克南宋诸多州县。这时，朝中主和派的势力重新抬头，并很快占据上风。惊慌失措的宋宁宗开始左右摇摆，举棋不定，被迫遣使求和。金人趁机提出苛刻条件，要求斩杀韩侂胄以换取议和。

宋宁宗嘉定元年（1208），主战派酝酿再度兴兵北伐。不料，正在节骨眼上，韩侂胄被里通金国的礼部侍郎史弥远、后宫干政的"恭仁"杨皇后秘密杀害，宋宁宗将他的首级匣封送往金国求和，轰轰烈烈的"开禧北伐"宣告失败。

主和派并不就此罢休，史弥远又上书宋宁宗清洗"韩党"，以绝后患，毛自知与其父毛宪俱受牵连。宋宁宗嘉定元年(1208)，毛宪被罢官解甲归田。毛自知被剥夺状元称号，从一甲进士降为五甲进士，降官"监当"，外放江东，当"干幕"小官，文章也被贬为"宏而不博、博而不宏"。以后数年，胸怀远大抱负的毛自知一直郁郁不得志，最终于宋宁宗嘉定五年（1213）辞世，年仅36岁。死后停柩25年，直到宋理宗嘉熙元年（1237）丁酉甲辰月戊寅日壬子时满六十花甲，方才入土为安，归葬毛家村回龙山。

宋末元初，毛自知后裔在毛家村建有三进二明堂的状元厅，清咸丰年间（1851—1861）毁于兵焚，现仅存部分遗址。原竖立在状元厅门前的状元坊石碑，于1966年"破四旧"时被推倒，断成二截后用作铺桥石。2006年，村人在村中经堂殿遗址上重建状元厅，状元坊这块石碑也重新竖立在状元厅门前，上面"状元坊"三字依然清晰可辨。

今天，站在砖木结构的状元厅前，遥想800多年前意气风发的青年状元毛自知，不禁引人感慨万千：毛自知在南宋政坛虽然只活跃了8年，可谓"昙花一现"，却依然浩气长存，其爱国精神更是激励着后人奋发向上。

两度舞上央视的全旺板龙

"放下锄头的村民,齐心协力舞起近200米长的'巨龙'。在全旺这个现代农业大镇,我们通过非物质文化遗产,触摸农耕文明的质朴脉络。"这是2022年2月15日元宵佳节,央视中文国际频道在全旺镇现场直播省级非遗传承项目——全旺板龙表演时,出镜记者的开场白。晚上7时,作为此次浙江省唯一登上央视国际频道的舞龙节目,央视中文国际频道《中国新闻》栏目再次播出全旺板龙闹元宵盛况。节目播出后,受到各方交口称赞,央视中文国际频道采播人员尤为兴奋:"全旺板龙有着独特的工艺和民俗传承,而且表演动作幅度大,技巧难度高,气势磅礴,直播场面令人难忘。"

其实,此次元宵直播并非全旺板龙首次"触电"央视。早在2014年8月,央视科教频道《文明秘码》节目组就来到全旺镇,专题拍摄《全旺板龙》,从全旺板龙的历史起源、制作技艺以及表演程序等各个环节进行了详细的采访和拍摄。同年9月8日中秋佳节,晚上9时,节目在央视科教频道《文明秘码》栏目播出,由108节板凳组成、长达近

▲ 全旺板龙

200 米的全旺板龙迅速名扬天下，传播五湖四海。

　　短短 8 年时间，全旺板龙两度亮相央视，这在乡村龙灯界可谓绝无仅有。那么，获得如此荣光的全旺板龙，究竟有何独特之处？

　　全旺板龙传承历史悠久。出自全旺村的全旺板龙起源于明末，至今已有 300 多年历史，是中国民间龙灯的一种，寓意着丰收、祥瑞。相传很久以前，当地遇上大旱，东海的一条水龙不顾自身安危跃出水面，降下一场及时大雨。但由于水龙违反了天条，被天帝剁成一段一段后撒向人间。人们感恩这条水龙，便把龙体放在板凳上，把它重新连接起来。然后，扛着这条由几十条板凳连接成的水龙不分昼夜地奔走相告，希望它能活下来，舞"板凳龙"的习俗就这样传承到了今天。

▲ 2月24日全旺镇举办"全旺板龙闹元宵"活动

全旺板龙制作技艺精湛。全旺板龙因以木板来固定灯节，故名"板龙"，其由龙头、龙身和龙尾三部分组成，集竹编、木工、剪纸、绘画等民间工艺于一体，极具观赏性。每当春节来临，当地的村民就开始制作板龙。龙头和龙尾，一般由村里技艺精湛的老师傅来完成。龙头非常讲究，用8根竹篾绕编做成，龙头上面有日月一对、三角蟾、凤凰、龙虾等各一只，代表着龙能上天入海，也寄托着百姓传统心目中的神圣和希望。龙身没有固定的长度，有多长全凭村民们的热情度决定。一个村几乎每家每户都要贡献出一条板凳，一条条板凳钻孔连接就组装成了龙身，板与板之间用一根木棍相连，方便舞龙的人手拿。每条板凳上都扎着花灯，画着花草树木等图案，与用彩纸装饰过的龙头、龙尾遥相呼应。有的村子还会在龙爪上装上琴棋书画四盏灯，意为龙彩气，希望本村的学子能考上好学校。一切准备完备，最后一个步骤是"画龙点睛"。"点睛"一般由龙灯队的传承人来完成，代表着新老舞龙者薪火相承。

全旺板龙传统文化内涵丰富。每年元宵佳节来临，当地村民们便开始操灯舞龙，以庆贺五谷丰登、六畜兴旺，期盼新年新气象的到来。全旺板龙最精彩的环节是舞龙表演。舞龙表演有一整套固定程序，主要有祭拜、取龙水、起灯、舞龙。正月十三晚上，首先在起龙的地方举行祭拜仪式，蒸熟猪头和鸡鸭，点香烧纸，放烟花礼炮敲锣打鼓祭拜，感恩并祈求神龙保佑。接着，进行取龙水，将龙头在村祠堂中间摆好，点燃龙头上的蜡烛，再从各个古井取来龙水，混合倒在一起，放在龙头边祭请龙头，祈求神龙带来风调雨顺。然后起灯舞龙，各家各户听到锣声，便把自己的龙节点上蜡烛，背来接成一条长龙。龙灯队伍前面是仪仗队敲锣开道，龙灯队伍后面是十番锣鼓压阵，阵仗齐整，声势浩大。

舞龙表演最精妙之处在盘龙。盘龙是舞龙表演的高潮，盘龙前，板龙会被村民们抬着在街头巷尾走上一圈，寓意神龙巡视村庄，带来好运。接着，舞龙队伍来到村庄的中心，龙头在中，龙身由左往右盘转，盘成龙尾在外围重重叠叠的大圆圈。然后，从容不迫和有节奏地撒开龙尾，龙身由右往左反转，将龙尾裹在中心，旋转成龙头在外围重重叠叠的大圆圈。或者龙头昂首挺身走成一个和多个"之"字形，再走成龙头、龙身、龙尾成一直线，称作"一字长蛇阵"，龙头左顾右盼，龙身上下蠕动，龙尾摇摇摆摆，变幻多端，目不暇接。盘龙的速度则随着鼓乐的节奏由慢到快,龙身越盘越紧,舞龙者的脚步也越来越快,到最后几乎是在狂奔了。此时此刻,从远处望去,长龙翻江倒海般地盘旋着,如出海的蛟龙穿行在夜空中,场面壮观豪迈。人们还会由龙及人,联想到全旺人民奋发向上的精气神。

全旺板龙,以其特有的人文色彩,成为一个乡村"龙腾盛世"的象征。2007年,全旺板龙被列入浙江省非物质文化遗产名录,得到进一步的传承和发扬。

皇后故里——楼山后村

去全旺寻古探幽，明孝贞纯皇后故里——楼山后村是必须到场的。

楼山后村坐落在全旺集镇南部，从集镇往南只须步行500米即可。村名也很有来历，1466年，村北一座低丘因建起一座楼台而被命名楼山，处在山南的村庄因此被称为楼山后，雅称楼峰，一直沿用至今。

楼山后村建村史很长。据村里的《楼峰王氏宗谱》记载：楼峰王氏第一世祖王言之长孙王仁裕，因"陈桥兵变"，于北宋建隆元年（960）放弃后周世宗左仆射加太子太保的官位，从大名府莘地（今河北省大名县）经江左（今江苏省江宁）而至穆临（今全旺尚论岗九仙岩）隐居。第十世王体崇于南宋淳熙年间（1174—1189）转迁前王（今全旺）。第十六世王淑裕诰封工部清吏司主事，于元至元年间（1264—1294）从前王转迁楼峰，而后发姓为村，逐渐形成了今天的楼山后村。由此可见，楼山后村有文字记载的历史就长达700多年。

楼山后村风光很美。村外，三面青山环绕，一面绿野铺陈。

▲古村楼山后

漫步衢江古镇

全旺镇

村内，一条被唤作仙泉溪的小河穿村而过，流水四季潺潺，水质清纯甘洌。关于"仙泉溪"，当地流传着一个神奇的传说。有一年大旱，一位衣衫褴褛的老人来到这里，向沿路的村民讨一口水喝却屡屡遭拒。直到来到楼山后村时，一户村民看老人可怜，因家中实在没有水，便将自家酿的米酒舀了一碗给老人解渴。品完甘洌的米酒，老人顿时化为鹤发童颜的仙人，他用拐杖轻轻捶地，一口清泉汩汩而出，流淌成一条溪水，至今不绝。村人感念这位仙人的赠予，便将这条溪水取名为仙泉溪。仙泉溪上小桥数座，紧密连接着两岸数百幢青砖黛瓦的民房。小桥中最有名的是积庆桥，积庆桥建于明弘治九年（1496），高4.3米，腰胯3.3米，弧长10.4米，14层条石砌成桥墩，13块青石板铺陈拱桥面，桥弧两头各有石磴9级，相传是明孝宗皇帝为报答孝贞纯皇后救命之恩而赐名赐建。仙泉溪两岸绿树成荫，其中不乏百年古树。最有来头的是积庆桥边的一棵香樟树，当地人把它唤作六月双樟，相传是村里人为纪念当年孝贞纯皇后回乡省亲而栽种，至今树龄已有528年。环视整个楼山后村，小桥、流水、人家，活脱脱就是一幅充满诗情画意的江南风情图再现。

当然，楼山后村最引人入胜的是561年前从仙泉溪畔走出去的明孝贞纯皇后。

明孝贞纯皇后（1450—1518），名王钟英，本是楼山后村一位普通的农家女。明天顺七年（1463），明英宗朱祁镇下旨为15岁的皇太子朱见深选美，年方十四的王钟英凭借自己的美貌过五关斩六将，最后被选入宫中。天顺八年（1464）正月，英宗皇帝驾崩，太子朱见深即位，改年号为成化，史称明宪宗。同年七月二十，与王钟英同时入宫的吴氏被立为宪宗皇帝的第一任皇后，王钟英被封为贤妃。但吴氏立为皇后仅一个月就被废了，原因是与年已35岁的万贵妃夺宠。万贵妃一心想成为母仪天下的皇后，却遭到两位皇太后的竭力反对。最后，到了十月十二，两位皇太后联合颁下懿旨"册立王氏为后，毋得延缓"，迫不得已的宪宗皇帝终于"冬十月壬辰，立王氏为皇后"（明史《卷十三·宪宗一》），后宫内乱方才告一段落。但贵为国母的王皇后日子却过得很憋屈，不仅一直都不得宠幸，还多次差点被宪宗皇帝废去皇后之位，只因自己为人恭谨善良，皇帝找不到丁点废除的理由才作罢。

成化二十三年（1487）八月，41岁的明宪宗驾崩，18岁的皇太子朱祐樘灵前即位，史称明孝宗，改元弘治。孝宗皇帝感念王皇后对他母亲和自己的救护之恩，把她尊封为"皇太后"，尊封已故生母纪氏为"孝穆皇太后"。

弘治十八年（1505）八月，36岁的明孝宗驾崩，15岁的皇太子朱厚照即位，史称明武宗，改元正德。武宗皇帝又尊恭谨善良的王皇太后为"端肃恭靖太皇太后"。正德十三年（1518）二月，王太皇太后崩，享年68岁，经内阁廷议，上尊谥曰"孝贞庄懿恭靖仁慈钦天辅圣纯皇后"，简称"孝贞纯皇后"。

纵观孝贞纯皇后的一生，可谓跌宕起伏，富于传奇。出身乡野，起步妃子，继而皇后，再继而皇太后、太皇太后，并且前后历经四位皇帝。然而，无论身份如何变化，始终为人和善，积德累仁，最终成为受人敬仰的一代国后。《明史·卷一百十三·列传第一·后妃》一节对她的一生作了极为客观的总结："孝贞皇后王氏，上元人。宪宗在东宫，英宗为择配，得十二人，选后及吴氏、柏氏留宫中。吴氏既立而废，遂册为皇后，天顺八年十月也。万贵妃宠冠后宫，后处之淡如。孝宗即位，尊为皇太后。武宗即位，尊为太皇太后。正德五年十二月上尊号曰慈圣康寿。十三年二月崩，上尊谥曰孝贞庄懿恭靖仁慈钦天辅圣纯皇后，合葬茂陵，祔太庙。"

今天，在正史上留下浓重一笔的孝贞纯皇后已经走远，但在楼山后村依然可以深切感受到她曾经的玉洁松贞。漫步在仙泉溪两岸的乡间小路，时时会遇见与她深度关联的一幢古祠、一座古厅、一座古桥、一棵古树。

其中，最为耀眼的是骏惠堂。骏惠堂俗称"娘娘厅"，为明成化二年（1466）孝贞纯皇后奉旨回乡省亲时所建，清康熙二年（1663）重修，是衢州市唯一一座由皇家建造的宗祠建筑。骏惠堂坐北朝南，占地面积413平方米。中轴线依次为门坊、门楼、前厅、天井、正厅和后厅。门楼、前厅、正厅及后厅面阔各3间，通面宽13.15米，通进深35米。厅为三进二明堂，九卯穿梁结构，四周有7门进出，圆柱粗梁，紫红油漆，堂眉正中挂着"骏惠堂"牌匾，牌匾下方是孝贞纯皇后及4个宫女的塑像。门坊为砖石结构，硬山造，叠涩檐，门坊上额有"澌水名宗"4个苍劲行书，是康熙年间进士、吏部左侍郎仇兆鳌所提，砖雕上镶成花放叶飘图案。歇山式门楼檐下有"鐘英"两字描金匾，门

▲ 老宅新生代

梁顶端印有"康、福、寿、宁"4字，相传为明宪宗手迹。大门左右置有抱鼓石，两面刻有花草图案。骏惠堂建筑规模宏大，木雕、砖雕、石雕三雕装饰艺术与建筑融为一体，被文物界尊为宗祠建筑的典型代表。2011年，被列入浙江省重点文物保护单位。

骏惠堂不远处是建于清中期（1736—1820）的国舅厅。据史料记载，孝贞纯皇后在楼山后有5位兄弟，明成化年间，他们先后建造国舅厅，后因种种原因相继被毁。现存这座国舅厅为老四王瓂子孙于清中期建造，坐北朝南，屋顶为硬山造，墙面为白灰砖墙，整体布局为二进二天井，建筑占地面积317.19平方米，总面积466.7平方米。门楼上部全部以砖雕镶嵌，有众多花草、动物图案。大门为石库门与前天井相连，天井用长条青石铺砌，天井檐牛腿、雀替雕刻为花草和动物浮雕。前厅面阔3间，明间为抬梁式，次间为穿斗式。后厅与前厅相同。匠心独运、制作精细的国舅厅被文物界尊为古代贵族建筑的代表。2017年，国舅厅被列入浙江省重点文物保护单位。

楼山后村，这座因孝贞纯皇后而闻名浙西的小山村，对其地名含义的理解，似乎也应做出新的解读了。楼山后之后，不仅指方位上的后，更指孝贞纯皇后地位上的"后"。

全旺娘娘饺

人文底蕴深厚的古镇，一般都有几样自己的特色美食，全旺也不例外。漫步在全旺老街，你不时会遇上有400多年传承史的全旺发糕、300多年传承史的全旺酥饼、铁拐李喝过的楼山后仙泉酒以及楼山后娘娘喜爱的全旺娘娘饺。其中，数全旺娘娘饺名声最响。

全旺娘娘饺，最早叫全旺山粉饺。说起它名字的变化，人们就会联想起一个流传甚广的民间故事。传说孝贞纯皇后被选入宫以后，在紫禁城里一日三餐山珍海味不离口，时间一长，居然得了厌食症。看她每天食欲不振的样子，几个御厨慌了神，这样下去，一旦皇上大老爷发觉并怪罪下来，谁都吃不了兜着走。经过一番集体讨论，他们派出一名经验丰富的老厨师前往楼山后村实地考察，看看皇后娘娘进宫前喜欢吃点啥。老厨师深入一了解，得知皇后娘娘最爱吃全旺山粉饺。这下好办了，几个御厨都是北方人，包饺子是他们的拿手好戏。于是，老厨师就拜全旺山粉饺做得最好吃的一个农妇为师，当了三天徒弟，把全旺山粉饺的制作技艺全部学到手。吃上地道全旺山粉饺的孝贞纯皇后

▲ 山粉饺

终于胃口大开，脸上挂满了笑容。皇上得知事情的原委后也心情大悦，说全旺山粉饺以后就叫全旺娘娘饺。皇帝开了金口，全旺娘娘饺一名从此就叫开了。

令孝贞纯皇后笑逐颜开的全旺娘娘饺外表很平常，形似北方饺子，又有点儿馄饨模样，不吃上一口，根本发现不了它的独特。全旺山粉饺，顾名思义，就是用山粉做皮而包出来的饺子。的确，全旺娘娘饺的皮不是面粉擀的，而是用番薯粉拌上蒸熟的芋艿混合而成。番薯粉在当地农家叫山粉，是全旺的一大特产，因为细腻润滑，长期以来人们都用它加工成粉丝或者肉丸食用。没想到心灵手巧的全旺农妇别出心裁，经过长期的摸索和实践，在模仿北方饺子的基础上，利用山粉细腻润滑的特点，发明了风味独特的山粉饺。为了增加山粉饺子皮的营养成分和嫩滑度，又把煮熟后的芋艿拌进山粉里，经过一番搓揉后使两者紧密粘连在一起。

山粉加芋艿，如此独特配方的饺子皮，加上新鲜的肉馅、美味的调料，全旺娘娘饺想不好吃都难。走进全旺老街的每一家饺子店，你只需坐下来，静观店主人麻利地操作着手中的皮和馅，不出三分钟，就能品尝到一碗有着嫩滑的皮、清香的汤、可口的馅等诸多风味的全旺娘娘饺。而且，吃过全旺娘娘饺的游客都会留下一句赞美的话："全旺娘娘饺不是一口一个吃进了肚子里，而是一口一个滑进了肚子里。"

近年来，随着全旺娘娘饺名气的扩大，喜欢吃全旺娘娘饺的人越来越多，于是，聪明的全旺人就把饺子店开到了衢城的大街小巷。有些年轻一点的店主还搭上互联网快车，做起直播，利用网络销售全旺娘娘饺，原本藏在浙西一角的全旺娘娘饺迅速走出全旺，远销到上海、杭州、宁波等地区。2021年，全省评比"百县千碗"美食时，全旺娘娘饺荣登点心类榜首。同时，其制作技艺还被列入区级非遗。

癞痢娘娘的传说（民间故事）

孝贞纯皇后一生跌宕起伏，颇多传奇。其中，最有名的是"癞痢娘娘的传说"。

传说孝贞纯皇后9岁时，生母丰氏因一场大病不治离世，远在上元（今南京江宁）军中做官的王父忙于军务，就把她托付给在老家楼山后村务农的哥嫂照看。不想，这哥嫂俩根本不把父亲的交代当回事，日常生活里对这个可怜的妹妹不管不顾，甚至还常常虐待她。由于经常日晒雨淋，加上没人给她洗头发，时间一长，她的头上就长起了癞痢疮，村里人都叫她"癞痢婆"，她的真名王钟英反倒被大家遗忘了。

"癞痢婆"一直受到嫂子的虐待，天天被逼迫着去山边田野放鹅。有一天，嫂子让她去放鹅，跟她说："好好放养，过年了，给你吃大鹅腿。"于是，"癞痢婆"不管刮风下雨，都去田边放鹅。放鹅时，"癞痢婆"就轻轻地对每只鹅说："鹅啊鹅啊，不长头不长身体，长鹅腿。"到了过年，鹅腿长得又肥又大，但是嫂子不讲信用，"癞痢婆"连鹅汤都没喝上一口。当然，"癞痢婆"也没有在意，她放的鹅都比别人家的鹅长得更肥更大，而且长得特别快，好多最终竟然成了天鹅飞走了。

鹅成天鹅飞走了，嫂子就想着法子要惩罚她。有一天，嫂子叫"瘌痢婆"去采摘悬挂在池塘水面上的丝瓜，跟她说："摘一篮丝瓜再回家吃饭。"嫂子本以为"瘌痢婆"肯定做不到，只想惩罚她，或者干脆让"瘌痢婆"掉在池塘里淹死算了。不想，"瘌痢婆"不知用了什么法术，利用两片丝瓜叶当作脚下的小船，顺顺利利划到池塘中间采回了一篮丝瓜。嫂子知道后，吓出一身冷汗，这小姑奶奶莫非有神仙助力。从此，嫂子对小姑子不仅另眼相看，对她的恶行也有所收敛。

明英宗天顺六年（1462），"瘌痢婆"13岁，王父得知女儿的遭遇，就命人把她从楼山后村接到上元自己的身边。"瘌痢婆"这一走，幸运之神就频频光顾到了她头顶。天顺七年（1463），明英宗朱祁镇下旨，为15岁的皇太子选妃，14岁的"瘌痢婆"过五关斩六将应选入宫，先成为贤妃，后成为皇后，再后成为太后皇后，人生一路开挂。

据说选妃那天，朝廷大臣在现场搭起了一个很高的砖台，想试试参选女孩们的胆量，要求参选的女孩一个个爬梯子上去，谁爬到最高，谁就有希望进入后宫。别的女孩才爬到砖台的半腰，就个个头晕眼花，两脚发软，败下阵来。轮到"瘌痢婆"，她朝砖台望了望，说："我也来试试。"旁边的女孩都纷纷取笑她："你这模样，爬到天上皇帝也不会选你。""瘌痢婆"说："那我总要试试啊。"于是，只见"瘌痢婆"一步步地往梯子上爬，越爬越高，一眨眼的工夫就爬上了砖台。爬到砖台顶，她朝下一望，看到人们都仰着头看她，就向下面的人群深深地鞠了一躬。这一鞠躬不得了，头刚往下一点，一头癞痢壳突然间变成了七尺青丝，浓密得像瀑布一样披散下来，整个人犹如天仙下凡。于是，太子妃的人选在这一刻基本有了答案，来自乡野的"癞痢婆"变成了太子妃。

世事难料。第二年正月，刚过完春节，英宗皇帝驾崩，皇太子朱见深即位，成了明宪宗。按照遗诏，册立吴氏为皇后，立王氏、柏氏为"贤妃"。没想到，吴皇后缺乏皇后命，当了一个月的皇后，就因斗不过深得宪宗皇帝宠幸的万贵妃而被拉下了马。谁来继任？在两位皇太后的坚持下，贤淑善良的王贤妃得以转正，成了新一任皇后娘娘。

成了一国之母，王皇后的日子过得并不安泰。那个把吴皇后斗倒的万贵妃依仗皇威，依然在宫中横行霸道，作威作福，处处同王皇后过不去。王皇后本着与人为善的原则，不同她发生正面冲突，遇事都来个冷处理。因此，无论万贵妃怎样折腾，始终撼动不了王皇后半点。

都说善有善报，恶有恶报。明宪宗成化二十三年（1487）春，59岁的万贵妃得病死了。同年八月，做了23年皇帝的明宪宗也追随爱妃去了天国。38岁的王皇后，从此有了真正的出头之日，并在皇后之路上顺风顺水，从皇后到皇太后，又从皇太后到太皇太后，直至圆满走完自己传奇的一生，成为善良的化身。

大洲镇

大美之洲　悠游福地

"松径凉生暑已收，山泉闲共白云流。个中可惜无人住，冷落苹花雨弄秋。曳杖寻诗岭上亭，白云遮断几峰青。仆夫催我登程急，不管松风正好听。"这是清代三衢诗人汪致高游历衢南山水美景时写下的山水诗《过沧洲即事》。

沧洲，即今天的大洲。古时候，因大洲地处罗樟源、小丘源汇流处大片冲积洲而得名沧洲，民国初年开始出现大洲地名。

被诗人高度赞美的大洲镇，位于衢江区东南部，距衢城12千米。北连高家镇，东邻全旺镇，西接黄坛口乡和柯城区石室乡，南与龙游县、遂昌县交界，衢州智造新城与大洲镇紧邻环拥，石安线、大杨线等交通要道穿镇而过，是一个集工、农、商、林、粮、橘业于一体的衢南重镇。

大洲山清水秀，自然资源十分丰富。境内山多地少，全域土地面积146平方千米，山林面积达9.3万亩，森林覆盖率达82%，是浙江省首批确认的毛竹之乡。南部山区高山连云，千米以上山峰多达23座，其中最高峰桃源尖海拔1438米，为仙霞余脉。水资源也极为丰富，起源于石屏村

▲ 大洲全景

　　深凹源的上山溪（罗樟源），流经镇内5个村，是衢江的重要支流。其他水体还包括罗樟源水库、泉水塘水库、上塘水库以及较大面积的湿地。

　　大洲自然风光最美的地方，莫过于绿春湖风景区。六春湖风景区地处龙游县、遂昌县、衢江区三县区交界地带，海拔1390多米。景区内拥有两大核心景点，浙江省第一批

大洲镇

省级湿地——绿葱湖省级湿地公园，江南规模最大的杜鹃花观赏地——十里杜鹃长廊。十里杜鹃长廊的核心区就在大洲境内，从大路自然村可以徒步上山，沿途古木、翠竹、古道风光旖旎，引人入胜。最令人难忘的是十里杜鹃长廊在春夏之交时节，上万亩红的、紫的、黄的、白的杜鹃花，开满山脊两侧的十里长坡上，置身其中，犹如沉浸在花的海洋。

　　大洲历史悠久，人文底蕴深厚。无论过去还是今天，大洲都堪称衢南宗教圣地。境内有遐迩闻名的1500多年的古刹西山寺和870多年道佛并存的东岳庙。坐落在大尖山的西山寺始建于南北朝时期，距今已有1500多年，是衢州最早建立的寺庙之一。山中风景优美，峰回路转，古木参天。寺后有相对而立的柳杉、香榧各一株，直径均达一米以上，枝叶茂盛，高入云霄，甚为壮观，是难得一见的杉、榧大树。西山寺最鼎盛的时期是在北宋，曾有殿宇数百间，被时人称为佛教圣地。

　　东岳庙始建于宋徽宗时期，距今已有870多年。东岳庙庙宇宏伟，古树参天，风景壮丽无比。现有东岳殿、三清殿、文昌殿、天王殿、大雄宝殿、十殿阎君殿、钟楼、鼓楼、念佛堂、居士楼、斋堂等殿堂及辅助建筑，是衢州地区道教建筑最多的庙宇。东岳庙的东西有两口泉水，东清西浊，颇为神奇。东岳庙还有盛大庙会，分别于每年农历三月二十八和九月十八举行，是衢南地区最为隆重的民俗文化活动。东岳庙现已成为大洲镇境内有佛儒道三教合一的代表性名胜。

　　民国《衢县志·商市》载："大洲为小南乡第一市镇，百货骈集，纸为大宗。"丰富的自然资源，加上便捷的交通条件，使大洲古镇成为衢南商贸重镇。最有代表性的是大洲老街。大洲老街兴起于明初，距今已有600多年历史。全长500多米的老街商铺林立，手工业发达，店内摆满富于大洲地方特色的铁具、篾具、木具等各色生活生产用品。

名气最响亮的是"同"字号大洲厨刀。"同"字号大洲厨刀起源于1890年，由创始人胡同兴发明创造，至今已传承130多年。由于具有独门打造技艺，与一般厨刀相比，"同"字号大洲厨刀具有不崩口、不卷刃、口薄、锋利、耐用等特点。其中，"同"字7号大洲厨刀被认证为浙江老字号，大洲厨刀被列入浙江省第三批非物质文化遗产名录。

大洲老街上的美食，同样让众多食货念念不忘。最有名的当属传统糕点大洲桂花麻酥糖。很多游人到大洲游玩，除了爬东岳山、六春湖，就是奔着大洲桂花麻酥糖去的。大洲桂花麻酥糖可谓大洲一绝，其出现的年代已经无从查考，当地人说绝对早于大洲老街，是大洲先人聪明才智的又一现实体现。它的原材料十分简单，只有面粉、芝麻、白糖加饴糖，做工却格外精细。就说它最后一道工序压麻酥条，要将拌好的麻酥糖料铺一层，压一层，前后要经过8次铺压。这样铺压出来的大洲桂花麻酥糖独具风味，有桂花的香，芝麻的酥，白糖的甜，饴糖的绵。大洲桂花麻酥糖还被列入区级非物质文化遗产名录。

离老街不远，还有一座气宇轩昂的徽州会馆。据考证，大洲徽州会馆（又名"文公书院"）始建于乾隆二十一年（1756），距今已有268年，清光绪初得以大修。徽州会馆由在大洲经商创业的安徽客商集资建造，可见当年大洲商贸有多么繁荣。历代以来，徽州会馆就是举办群贤聚会、联络乡谊、交涉商业、延师教习等重要活动的场所，往来人流络绎不绝，人气十分鼎盛，徽州会馆已成为大洲一处具有深度人文内涵的地标。

▲徽州会馆

　　大洲古镇还洋溢着浓郁的畲族风情。这里有一处被广大游客称为浙江"西双版纳"、衢州"香格里拉"的畲族村——大路自然村。大路村位于大洲的东南部，距集镇约12千米，生态呈原始型，青山、秀水、古树、飞瀑、流云，是个让人流连忘返的地方。走进大路畲族村寨，与百鸟为伴、闻野花芬芳，品畲家盛宴、听笙曲畲歌，观畲族风情表演，体验那份浓浓乡情，可谓"寄情于山林之中，忘身于形骸之外"。村寨内畲家农家乐开发的畲家乌饭、畲家土鸡、畲家豆腐、清水鱼等畲家特色菜，会让游客深深沉浸在畲家风味里不能自拔。

　　行走大洲，就是行走在"大美之洲　悠游福地"。

六春湖，开满杜鹃花的山梁

　　从大洲集镇往东南方向走上二十五里，到达外焦村大路自然村，近年来走红大江南北的六春湖景区便近在眼前了。

　　六春湖景区位于衢江区、龙游县、遂昌县交界处，其核心区——十里杜鹃古道的主要组成部分则坐落在衢江区境内。因三地毗邻，所以上山有多条路可走。东面，可以走龙游庙下乡毛连里村；西面，可以走衢江大洲镇大路自然村；南面，可以走遂昌高坪乡茶树坪村。三条山道各有优势，论快捷，坐龙游庙下乡的索道可直接上山；论意趣，则走大路古道曲曲弯弯更有盎然诗意。追求山野之趣的游人大多喜欢选择从大路自然村的大路古道上山，因为，在一个半小时的行程中，一路上可与竹海共波涛，可与苍松同肃穆。还可看山、看水、看云、看人间。

　　不管从哪条山道上山，六春湖的地质风貌都是独特的。六春湖名为湖，实为山，海拔1390米，山势雄伟壮观。其又名绿葱湖，位于景区内的绿葱湖省级湿地公园，是罕见的沼泽化草甸型天然湿地，山顶多草甸，湿如沼泽，也是浙江省第一批省级重要湿地，面积2188亩。六春湖湿地是

▲六春湖

漫步衢江古镇

大洲镇

在火山地质地貌条件下形成的，在我国湿地资源中非常独特，具有很高的科学研究价值。六春湖火山口——龙井方圆百米之内杂草丛生，柔软的草地每走一步就有相互震动之感，龙井更是深不可测。

坐落在山顶的这座"湖"，还隐藏着许多难解之谜。旧时，人们把六春湖视为藏龙潜蛟的神地，称其"满地绿葱任人采，一池碧水任人看"。也是从前衢龙两地农民"祷龙水"的重要场所，传说每逢大旱之年，两地农民就会抬着祭品上山，一阵拜天拜地拜神过后，一场甘霖便会从天而降。有时只须根据六春湖顶峰云层变换，就能卜测晴雨，如果山顶乌云笼罩，就会卜来雨水，十分灵验。这些神乎其神的习俗，一直流传到中华人民共和国成立前夕才消除。

六春湖的气候条件十分优异。年平均气温徘徊于10℃～11℃，年均降雨量处于2400毫米高位，是夏季避暑的最佳理想地。山上终年云雾飘渺，雨时一山雾，晴时一天云，恍若人间仙境。六春湖属国家一级生态保护区，区内林木繁茂，植被覆盖率在95％以上，海拔800米以下是茂林修竹，一望无际；海拔800米以上是木荷、苦丁茶、高山云雾茶、毛栗、杜鹃等乔木，国家一类保护植物南方红豆杉也有分布。

六春湖的四季景色更是如诗如画。春天，万亩杜鹃红成花海；夏天，万顷竹木绿成林海；秋天，万方山岚汇成云海；冬天，万重冰雪凝成雪海。一年四季，几道山梁，让你尽情体验花海、林海、云海、雪海"四海"奇景。

六春湖"四海"当中，最激情洋溢的是花海。

如同六春湖独特的地质风貌，六春湖万亩杜鹃花红成的花海也别具一格。六春湖的杜鹃花是开在春夏之交的。每年的4月底、5月初，当别处的杜鹃花收拾行囊开始踏上归途的时候，这里的杜鹃花却满山遍地的怒放，构成了江南最为壮观、最为热烈的一片春光。在海拔1400多米的桃源尖至海拔1300多米的六春湖山脊两侧之间，杜鹃花南北连绵长达10余里，被游人们称为十里杜鹃古道。在这些开着的高山杜鹃中，品种最多的是云顶杜鹃和猴头杜鹃，有深红、淡红、玫瑰红，也有紫色、白色、黄色，芸芸众众，把六春湖染成了一片彩色海洋。

　　六春湖的杜鹃花是最有格局的。置身于这座高山花海里，放缓脚步，用心感受，你一定会发现，不管开在何处，六春湖的高山杜鹃从不孤芳自赏，每棵花树都尽力伸展花枝，向外界展示自己最纯朴的自然之美。六春湖的高山杜鹃从不矫揉造作，每朵鲜花都尽力展开花瓣，向外界展示自己最迷人的优雅之美。六春湖高山杜鹃最令人钦佩的地方，是它们对待生命的态度。尽管花期只有十天半月，它们也要尽自己生命的全部，来浪漫江南的整个暮春。

　　六春湖，世间美景再多，都不如拥有六个春天的你。

▲桃源尖

漫步衢江古镇

漫步衢江古镇

大洲镇

道佛胜地东岳山

东岳山,位于大洲集镇北面 1 千米处,距离衢城 18 千米,总面积 1.4 平方千米,山脉由西向东绵亘,因形状如同一条长龙卧伏,故又名"伏龙山"。历史上,还曾有过"玄天山""玉玺山"之称,宋朝时因建有东岳庙而改为现名。

都说山不在高,有仙则名。主峰海拔仅 226.1 米的东岳山,因山上有座道佛并存的宗教圣地——东岳庙而闻名遐迩,被四方香客所追从。东岳庙,又名东岳禅寺。据民国《衢县志》载:"在城东三十五里,接沧洲(今大洲),山上有东岳庙,有泉池二口,东清西浊,最高处将台遗址。西望衢城历历在目。"又据相关文献考证,早在唐末宋初,玄天山就建有玄武庙,塑有玄天大帝神像,后毁于兵燹。宋徽宗时又建东岳庙,祀东岳大帝,于是,玄天山改称仙气飘然的东岳山。

关于东岳庙的来历,民间则有一段生动的故事予以阐释。传说当时一位来自山东泰山庙的道丈沿钱塘江溯流而上,准备在江南寻找一处宝地建祠立庙。宋理宗淳祐四年(1244)甲辰科状元、西安(今衢州)人留梦炎陪同道丈四处寻访,最后来到了衢南的东岳山。站在山顶俯瞰脚下，两人被东岳山"形若伏龙，景似泰山"的奇状所震撼，连连惊呼"小泰山也"。于是，便根据泰山壁画，按图索骥，在东岳山创建东岳大殿，塑造东岳大帝神像。

但凡神山、神庙，历史变迁都会充满波折。建成870多年来，东岳庙历经多次重修兴建。元至正（1341—1360）、清道光（1851—1860）年间两次扩建，民国四年（1915）又修建起东岳行宫，东岳庙一度达到了鼎盛。20世纪60年代，东岳庙遭到毁灭性破坏，庙宇建筑除子孙堂尚存残垣残壁被用作牛棚外，其余均被夷为平地，参天古木也被砍伐殆尽，几成废墟。20世纪80年代中期，在社会各界的共同努力下，东岳庙再度获得重修。前后仅用了15年时间，就新建起东岳殿、三清殿、文昌殿、天王殿、大雄宝殿等8幢殿堂，总面积达2600多平方米。东岳庙现有东岳殿、三清殿、文昌殿、天王殿、大雄宝殿、十殿阎君殿、钟楼、鼓楼、念佛堂、居士楼、斋堂等殿堂及辅助建筑，供奉佛教、道教、儒家三教圣贤法相，成为三教合一的礼拜圣地，也是目前衢州地区最大的一处道教建筑群，香火最旺的寺庙，每年前去烧香跪拜的香客成千上万。

浙西地区首屈一指的东岳庙庄严肃穆。整座庙宇依山而建，一众参天古树笼罩四周。庙宇正门被左右两尊麒麟捍卫着，正殿门口被相对而立的鼓楼、钟楼守护着安宁。东岳庙的主体建筑为三重，供奉着道佛和民间崇信的各种神祇。大殿（居中）至尊供奉东岳大帝；东殿（观赏堂）进大门至尊供奉大肚弥勒佛，两侧为四大天王，背后为护法

▲东岳山

漫步衢江古镇 | 大洲镇

天神韦驮，最后为观世音菩萨；西殿（子孙堂）至尊供奉周文王，两侧分别为文昌帝君、魁星和关圣帝君。

说起东岳庙，就不能不提这里一年两度的庙会。东岳山庙会分春祀之日（农历三月二十八）和秋祭之日（农历九月十八），都在东岳大殿内举行。东岳山庙会由来已久，是自宋代至民国逐渐形成起来的，现已成为当地一项重要的民俗文化活动。庙会期间，众多香客从四面八方汇聚而来。两次庙会中，以农历九月十八的秋季庙会人气最盛。从这一天开始，连着三天，东岳山上香烟缭绕，集镇大街小巷人头攒动，最多时赶庙会的民众超过两万人，可谓盛况空前。2008年，东岳山庙会被列入衢江区第二批非物质文化遗产名录。

东岳山不仅是宗教圣地，历史上还曾是兵家必争的战略要地，具有较为重大的军事意义。据传，唐末黄巢农民起义军某支孤军进军浙西时与主力部队失去联系，南下时途经大洲。看东岳山进可攻，退可守，便将指挥部设在当年的玄武庙，山岗上连营数里，经数月休整后悄然遁去，留下庙墙题书及弃物。明朝开国皇帝朱元璋与元军大战失利，在浮石潭投河遇救，率残兵败将经过马凉亭（大洲西面半千米处）时遇到胡大海所部，于是一度寄居东岳庙。不久，又进入大洲境内的深塘源休整，后率部奔赴杭州，直抵南京，最后夺得了天下。太平天国侍王李世贤也曾在东岳山设将台，发号施令，调兵遣将与清军浴血奋战。现将台遗址还留在东岳山的最高处，似乎见证世间的风云变幻。

千年佛寺——西山寺

　　从大洲集镇往南走上十里地，便可遇见"信安精蓝第一山"的乌巨山。攀上乌巨山（今大尖山）半山岙，浙西佛教圣地——西山寺与你不期而遇。

　　掩映在竹林深处的西山寺，寺域总面积约3平方千米，殿宇建筑占地675平方米。整座殿宇坐北朝南，为四合寺观，由山门、寺院、前殿、正殿、附属屋5个部分组成。其中，大雄宝殿面阔三间，通面宽12.5米，通进深9米，悬山顶，七架前后双步，五花山墙，鼓形柱础。西山寺殿宇建筑规整有范，在寺院建筑中具有一定代表性。

　　从南门步入前殿，可见一尊弥勒居中间，四大金刚侍两边。弥勒挺肚憨笑，让人禁不住想起那副名联："大肚能容，容天下难容之事；开口便笑，笑世间可笑之人。"抬头仰望，横梁上还有重修该殿年份的时间表述"民国二十四年"，即1935年，让人禁不住联想起西山寺起起落落的千年过往。

　　出前殿，上十八步台阶后，再到正殿。前殿、正殿之间相隔大约一丈之远，石径左右各置放着一只康熙年间的花缸，靠左边有一株老金桂，靠右厢有一棵罗汉松，都是有

▲西山寺

漫步衢江古镇

漫步衢江古镇

大洲镇

着千年之身的老树。罗汉松下还有不知年份的石槽、石缸，厚重质朴，所贮之水明净澄澈。

步入正殿，即大雄宝殿，迎面便是一尊佛教创始人释迦牟尼的佛像。只见佛祖盘坐于莲花之上，法相无比庄严。佛祖的背面是观音菩萨，慈眉善目，力主救苦救难普度众生。该殿重建于光绪年间，原存古磬一口，每逢初一、十五，钟声敲响，十里八乡，闻之肃穆。

西山寺的内在佛界超然，西山寺的周围同样佛风满目。北向，两棵人称通天柱、神仙树的大树前后排列，一为香榧，一为柳杉，不离左右地陪伴了西山寺350多年。西侧，是宋代以后西山寺历代住持、和尚的冥息之地，7座古僧墓沉静其间，古僧墓葬群周围还发现了石碑、石柱、和尚缸。不远处，还有始建于宋端拱元年（988）、明永乐六年（1468）重修的普洞塔。

西山寺的历史非常悠久。西山寺，全名西山乾明禅寺。据有关史料记载，西山寺始建于南梁天监三年（504），距今已有1520年，属于浙西地区最早的一座佛寺。和所有的千年古寺一样，西山寺在历史的长河中历经波涛沉浮。曾经六易其名，九徙其址，先后题名过开山禅院、乾明禅院、乌巨山寺、乌巨山西寺、巨峰庵、西山乾明禅寺。北宋时达到鼎盛，建有殿宇9座、15幢。元代时毁于兵荒马乱，明初时才获得重建。到了清同治元年（1862），当时的住持开藏法师扩建"园通宝殿"，光绪三十年（1904），开藏禅师历经5年努力，又重建了园通宝殿、天山殿、甘斋殿。民国四年（1915），西山寺第二十世禅师洪莲法师住持西山寺，又全力维修大雄宝殿、园通殿，重建披罗殿，并新建了地藏阁、藏经楼（藏经书数万卷），千年西山寺最终得以完整呈现。今天所看到的西山寺，就是民国的版本。

历史上的西山寺地位极其崇高。西山寺自创立以来，一直以佛教圣地存在于世。洪莲法师所编的《西山寺寺志》中这样记载："东晋太元二年（377），道安法师门徒慧持，初来乌巨山宣扬佛法，筹建乌巨东寺、乌巨山西寺、巨峰寺。"此记载说明，乌巨山早在东晋时期便有了佛教活动。据民国《衢县志》这样记载："宋瑞拱元年，僧开明禅师义宴召赴阙，赐对便殿。未几，乞还山，诏开明院改为乾明禅院。"地处偏远的西山寺，竟然被大宋朝廷格外垂青，上召禅师，下诏改名。不少大宋文人也在西山寺驻足停留，接受佛的指引。中国科举史上最年轻的状元、宋太宗端拱元年（988）戊子科状元、开化人程宿，曾多次在西山寺过夜，和道行禅师一同念经合唱。宋徽宗宣和二年（1120）进士、北宋文学家、程宿曾孙程俱在西山寺隐居多年，修身养性之余，还专为西山寺写过碑记和寺志。

但凡千年古寺，背后定有得道高僧；得道高僧的背后，定有传奇故事。有着1500年历史的西山寺，自然也不例外。西山寺最有名的一个故事是古井运木。传说南宋时，有一位法号妙僧的得道和尚，选中乌巨山修建新的西山寺。造寺首先要用到木头。妙僧请来木匠，问他要多少木头。木匠计算一下，说要大木头360根。妙僧法师和济公一样，很有法术，他到杭州钱塘江边的木行里，向木行老板化缘，得到一批木头，用法术把木头沉入江底，自己却随一阵清凤回到乌巨山。寺庙旁有一口井，妙僧法师叫来木匠师傅，教他到井边取木。木匠师傅到了井边，井底便有一根根木头鱼贯而上。木匠师傅接一根，数一根，第360根木头露出半截时，木匠师傅叫了一声"够了！"结果，那后半截木头就搁在井底，死也拖不上来。没办法，木匠师傅只好把那上半截锯了下来，下半截永远留在了井底。

　　西山寺，就是这般传奇，这般神秘。

大洲厨刀，一炉铁火旺百年

去大洲镇游山玩水，爬完东岳山，逛遍6080老街，不少游客还会前往老街南首的"大洲7号刀具店"流连打卡，之后再从店里买上一把百年老品牌"同"字号大洲厨刀，兴高采烈地带回家。

外观和普通厨刀并没有什么两样的"同"字号大洲厨刀，为什么如此深受游客喜爱？究其缘由有二，一在它悠久的品牌，二在它优良的品质。

"同"字号大洲厨刀拥有悠久的品牌史。"同"字号大洲厨刀，当地人习惯叫它大洲厨刀，起源于清朝光绪十六年（1890），创始人为当地铁匠胡同兴。胡同兴生于1876年，江山人。1890年，14岁的胡同兴学成打铁技艺后便开启了自己的打铁生涯，挑着打铁担子闯荡四方。41岁那年，流动于闽、浙、赣边陲数县的胡同兴辗转来到大洲，见这里街市繁华，山货云集，铁器需求量大，就放下打铁担子定居下来，在大洲开起了自己的第一家铁铺，以打制厨刀、柴刀、茅草刀、小肉斧等各种家用、农用刀具为主，结束了多年居无定所的漂泊生活。两年后，即1919年，在大洲

▲大洲厨刀制作

▲"同"字号大洲厨刀被浙江省商务厅认证为"浙江老字号"

站稳脚跟的胡同兴经媒人牵线，与当地一位郑氏遗孀结亲。成家后的胡同兴随即对自己的事业制定新的规划，他先是将打铁铺取名为"胡同兴铁店"，以厨刀为主打产品，然后又给自家铁器取了个"同"字号的牌子。"同"字号品牌创立后，胡同兴和他的三代传承人精心呵护，不管传承途中遇到多大的风浪，都坚守初心，矢志不渝。创立100多年来，被人称为浙西"第一厨刀"的"同"字号大洲厨刀一直没有改名换姓。2009年，"同"字7号大洲厨刀还被浙江省商务厅认证为"浙江老字号"，跻身省级名牌行列。

"同"字号大洲厨刀拥有稳固的传承史。从胡同兴算起，到今天的郑秋和，"同"字号大洲厨刀制作技艺在郑氏家族已经传承到第四代，传承史足有130多年之长。当年，精明过人的胡同兴明白，创立"同"字号，仅是胡同兴铁店立足长远的第一步，要想胡同兴铁店延续十年、百年，必须培养传承人，做好传宗接代工作。于是，他打破传统，把继子郑忠祥收为徒弟，毫无保留地把自己的独门技艺传授给郑忠祥。郑忠祥出师后，顺理成章地把独门技艺传给了自己的独子郑金高。全面掌握独门技艺后，郑金高又义无反顾地把儿子郑秋和培养成"同"字号厨刀的第四代传承人。就这样，130多年里，"同"字号大洲厨刀的传承接力棒代代相传，环环相扣，从没有在四代人手中被掉过一棒，错过一环。

其中，传承最为出色的是第三代传承人郑金高和他的儿子——第四代传承人郑秋和。

翻开今年88岁的郑金高的履历表，一项接一项的荣誉称号填满格子：12岁时，开始跟随父亲郑忠祥学打铁；19岁时，因技艺过人，当上集体企业大洲刀具厂厂长；25岁时，参加浙江省二轻系统举办的民间手工艺技术大比武，击败全省60多位打制刀具高手，一举夺得打制菜刀、草刀和柴刀项目冠军；27岁时，因表现突出，被评为浙江省工业交通运输基本建设手工业"先进生产（工作）者"；72岁时，大洲厨刀被列入浙江省第三批非物质文化遗产名录，郑金高理所当然成了代表性传承人。14岁时就开始跟随父亲学打铁的郑秋和，如今已是大洲厨刀制作技艺区级非遗传承人，成为大洲厨刀制作技艺新一代优秀传承者。

"同"字号大洲厨刀四代相传而不衰，也与老匠人郑金高和儿子郑秋和对传统手工艺执着传承的坚定分不开。老话说人生有三苦，撑船、打铁、磨豆腐。对于一个打铁匠而言，烫伤、砸伤、挫伤都是家常便饭，看郑金高老人和他儿子郑秋和的满手伤疤，就知道打铁匠谋生的艰辛，但他们从没有过放下铁锤的念头。即使在人生处于低谷的时候，父子俩也没有放弃这门祖传手艺。1996年，大洲刀具厂解散，60岁的郑金高携同儿子郑秋和，毅然重回大洲老街，开办"大洲7号刀具店"，扛起重振"同"字号大洲厨刀的大旗。打铁70多年，郑金高心中最放不下的依然是铁锤。即便今天步履蹒跚，还是天天拄着拐杖，踱步到铁店，看儿子抡锤，看炉火升腾，陪伴儿子守住这片祖传的铁匠铺。

"同"字号大洲厨刀更拥有优良的品质。一把厨刀能传承130多年，背后必有它优良品质的支撑。"我们打的厨刀一般要经过打坯、加钢、熔炼、热处理、打磨等十几道工序，尽管工序繁多,但每一道我们都严把质量关,坚决做到一丝不苟。"每每说到这里,郑金高总是一脸郑重。他握着厨刀继续说道,除了工序一一到位,"同"字号大洲厨刀的打制工艺还保留了全手工操作。通过独特的手工刀刃淬火技术和打制工艺做出来的"同"字号大洲厨刀,具有不崩口、不卷刃、口薄、锋利等特点。"我们打的厨刀,一般用上十几年都不会发生卷刃、崩口等质量问题。"优良的品质,赢得了广大消费者的高度信任,赢得了市场的高度认可。"同"字号大洲厨刀最风光的时候,是郑金高担任大洲刀具厂厂长那几年,一年要生产厨刀5万多把,产品远销北京、上海、广州等20多个城市,成为国内同行中的佼佼者。

大洲厨刀,一炉铁火烧就,百年技艺铸成。

舌尖上的大洲

　　大洲有两道美食，让人想起来就垂涎三尺。一道是方英饭店的黄鳝酱，一道是老詹馄饨店的薄纱馄饨。

　　两道美食里，最撩人食欲的首推大洲方英饭店的黄鳝酱。

　　浙西食货圈流传着这样一句顺口溜"一盘黄鳝酱，可下三碗饭"，说的就是方英饭店已经开发了十多年的黄鳝酱。每天午餐时光，不少大洲本地或者来自巨化、廿里、沈家等周边地区的食货们做的第一件事，就是踩紧油门，直奔大洲桥头西侧的方英饭店，然后纷纷围住店主人，迫不及待地点上一盘黄鳝酱，来款待自己欲壑难填的口腹。

　　方英饭店黄鳝酱为什么具有如此大的能量？答案有二：一是食材精美。黄鳝酱食材配方极其简单，只需黄鳝、豆酱和青红辣椒即可，但货源十分地道。黄鳝来自本地山塘水库，加上水质好，保证了食材的品质和鲜活度；豆酱由店主人亲手研磨豆粉、米粉酿制而成，保证了食材的正宗和原生态；辣椒除了常用的青辣椒，还采用品级最高的泰椒，保证了食材的品位和鲜美度。二是制作精细。都说配方越简单，制作要求越高。"黄鳝酱好吃不好吃最关键的地方是豆酱的用量，放多了味道过咸，放少了味道又不足，非常考验一个厨师的掌勺功夫。"因此，方英饭店每一盘出锅的黄鳝酱，都由女店主自己小心翼翼地来掌勺。十多年的掌勺经历，使她对上述三种食材的配比和火候的把控，都能了然于心且恰到好处，并最终形成自家的独门烹调技艺。

精美的食材，精细的制作，这样烹调出来的黄鳝酱营养丰富，味道鲜美，食货们为它趋之若鹜便不足为奇了。据店主人介绍，每年店里光用于制作黄鳝酱的豆酱就要消耗掉 200 多公斤。食客来自四面八方，甚至有些上班族常常下班后驱车十几千米，来店里就点一盘黄鳝酱，用满头大汗，来给筋疲力尽的自己减负释压。

在大洲长长窄窄的老街，有一家要排队叫号的馄饨店。每天，都有从各地慕名而来的食客等在店铺前，就为了享用那一碗浮着嫩绿色小葱和晶亮油花的馄饨。

一碗小小的馄饨，为什么会如此火爆？"大概就是从 2015 年农历九月十八的东岳山庙会开始，店里的生意突然一下子变得非常好。"至今，这家名为"老詹馄饨"的店主——年已古稀的詹银泉都没能习惯这份突如其来的奇遇。他的馄饨店已经在老街上开了 40 年，以往都是些本镇的街坊邻居光顾，生意不好不坏，每天多是几个熟面孔。但在 2015 年的农历九月间，几个年轻人的来访、一条微信公众号的转发，让这家馄饨老店几乎天翻地覆。

"当时，他们来店里点了几碗馄饨，也不急着吃，咔嚓咔嚓先拍了好多照片。我不懂他们在做什么，只说不吃该凉了，他们笑着告诉我那个叫微信。他们走后没几天，店

▲ 大洲馄饨

里突然客人就多了起来，还有从金华、杭州赶过来的，我下馄饨都来不及。"面对突然兴旺起来的生意，詹银泉和老伴一开始都有些无所适从："这半年多来客人太多了，哪里来得及做？最忙的时候，一天卖100多碗，我们半夜就要起来擀馄饨皮，觉都睡不好。"为此，他们还特地定了条店规："雨天不卖，客人多的时候每人最多一碗，过数不卖。"尽管如此，每天依然还是有不少慕名而来的食客特地赶来，就为吃上一碗在朋友圈里盛传的"薄纱馄饨"。

　　老詹混沌突然火爆，有人认为这是老詹馄饨在对的时间、对的地点偶遇了互联网。其实，这不全是互联网的功劳。你看一眼老詹馄饨，就知道它的火爆不是偶然，而是必然。老詹馄饨的皮全是老两口亲手擀的，薄薄的皮放在太阳底下能够透光。用料也是上好的猪肉和自家熬制的猪油，猪油里混着油渣。老詹馄饨煮法也和旁人不同，他家的馄饨，从来都是一碗一碗下的，滚烫的热水里一焯，10秒钟就能出锅。薄如蝉翼的馄饨皮透出里面粉红色的肉馅，再配上细细的葱花。滑腻的皮子，若隐若现的肉馅，外加清鲜的汤，光卖相就已经足够诱人了。人们都说老詹馄饨不是一个一个吃下肚里，而是一口一口喝到肚里。2017年，大洲馄饨制作技艺还被列入衢江区第七批非物质文化遗产名录。

方英饭店黄鳝酱，老詹薄纱馄饨，拥有这两样绝世美食的大洲足以称雄浙西美食界。

顺子挖冬笋（民间故事）

很久以前，大洲石屏村杨梅岙山脚下，住了一户姓孟人家。家境虽然一直清苦，却维持了十来年安居乐业、其乐融融的美好时光。

孟老汉与妻子年过半百才生了一个儿子，取名顺子，给孟老汉老两口带来了很多的欢乐。孟老汉主外，到山上砍柴，采药材，隔三岔五地挑到大洲镇去卖，买回一些大米等食物；妻子主内，烧饭、洗衣服、养牲畜；顺子从小懂事、乖巧，帮助父母做一些力所能及的事情。一家三口，活成天底下最幸福的模样。

可是，有一天，孟老汉在山上砍柴，突然雷雨交加，雨水连下几个时辰，一条山涧水突然暴涨，孟老汉不小心脚下一滑，跌倒在山涧里，他拼命挣扎，连声呼救，但叫天天不应叫地地不灵，最后被山涧水冲走了。孟老汉的妻子儿子一直在家等候，几天都不见孟老汉的身影。过了一些日子，有人劝说孟老汉的妻子、儿子节哀，并推测孟老汉十有八九被山洪冲走了，有好心人沿着山涧水一直到上山溪河畔寻找孟老汉的尸体，果然在黄连坑一个溪滩上找到了他的尸体。

孟老汉去世那年，顺子才十岁，而孟老汉妻子已六十挂零，一老一幼，一对孤儿寡母，不知往后日子该怎么过。于是，孟老汉妻子从孟老汉没回家那时候起，就不分白天黑夜地流眼泪，把眼睛哭瞎了。多日不吃不喝，终于病倒了，常年卧床不起，一个家的担子就压在顺子一个人的肩头上了。

小顺子也许一直以来被父母关爱，内心特别强大。他一面劝慰母亲，一面像父亲生前那样到外面砍一些枯枝，捡一些蘑菇，三天两头肩挑手拎地到大洲镇去卖，再买回母子生活需要的物品。

老母亲一直卧床，想吃什么，只要能办到的，顺子都要千方百计地去办。有一年，隆冬季节，顺子却被母亲要吃笋为难到了。但顺子还是要去山上试一试、找一找。那天，漫天雪花飞舞，顺子扛着锄头，背着竹篓，深一脚浅一脚，往毛竹山上走去。走到毛竹跟前，发现毛竹被积雪覆盖一尺多深，他没有气馁，先用一双手扒，接着用锄头挖。不停地挖，已挖到硬石骨了，也没看到笋的踪影。一开始，他感觉很憋屈，默默地哭了。不一会儿，他想起床上母亲焦枯的样子，十分心疼，就擦干泪水，切切地祈求："毛竹啊，你就出一根笋吧，我宁可你明年春天少给我出一根。我娘想吃笋，像血痨病发作，看得我比她还难受啊！"顺子又扒又挖、又哭又求地折腾了大半天，又饿又困，不知不觉坐在雪窠子里打起盹儿。

话说顺子的哭诉，吵醒了土地神。土地神看到顺子虔诚的模样，认定他是一个孝子贤孙，土地神完全被感动了，就提早了一个季节，拱破土皮，"啪啪"两下，在顺子挖开的毛竹根边上，长出一根又粗又长的笋，金黄的壳衣，玉白的笋肉。

顺子在朦胧中听到"啪啪"的声音，一个激灵醒了，看到眼前长出的一根笋，以为自己是在做梦，他揉揉眼睛，仔细一看，果然是笋。

他兴奋地把笋挖上来，三步并作两步走，背到家里，洗干净煮起来让母亲吃。母亲吃了一口，又嫩又鲜，又喝了一些汤。她咂巴着嘴巴，觉得口感细腻软嫩，带有一点鲜甜，是每年春天吃过的笋的味道，但肉质更细腻，没有一点青涩味。

孟母自从吃了那根笋之后，心肺里慢慢滋润起来，肠胃也通畅起来，脾气也温和起来，夜间睡觉也安稳起来了。更神奇的是，眼窝渐渐湿润了，眼睛复明了。孟母一直回味着笋的味道，她不怀疑儿子会欺骗她。可是，她活了六十多岁了，从来不敢相信自己在隆冬季节能吃到美味的鲜笋。她希望眼见为实，她让儿子带她去看笋出生的地方。当看到毛竹根部新鲜的泥土，孟母确信，冬天里有笋，就叫它冬笋。

冬笋埋藏在地下，外形较粗短，颜色为淡黄色或偏黄的白色。适合烧、炒、焖、煮、炖等多种烹饪方式。与春笋一样含有丰富的营养成分，冬笋中含有较多的膳食纤维，有助于促进胃肠蠕动，改善便秘症状，但过量食用可能加重胃肠道负担。然而，冬笋味道鲜美，数量稀少，食而不厌。

孟母及顺子没有独享鲜美的冬笋，他们母子把这一发现告知更多的人。于是，山里人冬天挖冬笋卖，得到了卖春笋以外的另一笔收入。冬笋成为一种受人喜爱的山珍，馈赠亲朋的佳品。过年有冬笋吃，也是小孩子的期盼。

　　冬笋传说是土地神因感动于顺子的孝心而提早一个季节长出，事实上，无论是冬笋还是春笋，都是大自然赐予我们的美味佳肴。

廿里镇

活力廿里　古镇新城

出衢城南门，驱车10分钟，便可到达浙西重镇——廿里镇。

廿里镇，因距离衢城20里而得名，也因商贸业较为发达而得名廿里街。

地处衢江区西南部的廿里镇有着良好的地理位置。东邻柯城区黄家街道、石室乡，南连黄坛口乡、湖南镇、后溪镇，西接柯城区华墅乡、航埠镇，北靠柯城区双港街道。不仅如此，更为优越的是，它的北面紧靠衢城核心区智慧新城，东面紧邻产业高度集聚的智造新城，南面紧接风光秀丽的乌溪江国家湿地公园。廿里镇交通也十分便捷。江山港从它的西边开始纵贯南北，46省道、浙赣铁路自东往西横贯全境，是浙、闽、赣三省省际水、陆、空交通要冲，被人称为三省交通"咽喉之地"。

和所有江南小镇一样，廿里古镇历史悠久，人文底蕴深厚。穿行于全镇20来个村庄和社区，你会发现这里人杰地灵。坐落在鱼头塘村的万嵩古桥（也叫毓秀桥），长33.4米，宽4.6米，是一座三孔四墩半圆形的石拱桥；桥墩用长条青石砌叠，桥正中的2座桥墩是破水墩，正看为尖锥形，

▲廿里

漫步衢江古镇 廿里镇

每年汛期，起着迎头破解洪峰的作用，原来破水墩上面各有一个栩栩如生的石雕水鸟头。"大清乾隆五十七年重修毓秀桥碑"，立在桥头的这块碑文，告诉我们历经风吹雨打的万嵩古桥，重修后也已经屹立在白马溪上200多年。

距廿里集镇3千米远的文化古村六都杨村，全村总面积仅有1.04平方千米，却是明朝针灸大师杨继洲的故里。杨继洲（1522—1620），又名济时，字以行，出身医官世家，家藏丰富的秘方、验方与医学典籍。祖父任太医院御医，声望很高，著有《集验医方》，刊行于世。杨继洲科举失意后，潜心攻读医书，钻研医术，行医40多年，经明嘉靖、隆庆、万历三朝，历任楚王府良医和太医院御医。晚年时期编著完成针灸学巨著《针灸大成》，终成一代大师。在杨继洲原祖宅所在地，至今仍可见一堵10米宽、3米高照壁大小的古墙，距今已有400余年，依然坚固如旧，墙体上方可见当初留下的狮子八卦砖雕及青砖斗栱等。村内还曾有过翰林府邸遗址、明代古窑址及翰林墓大寺蛇殿、杨拥清妻贞节牌坊、天宁寺和尚仓等人文遗迹。

有着200多年历史的廿里剪纸，则是廿里镇所独有的一道民俗风景。2009年，廿里剪纸被列入衢州市第三批非物质文化遗产代表名录，现有市级传承人2人，区级传承人4人。2022年，廿里镇中心小学被列为衢江区非物质文化遗产传承基地，衢州市非物质文化遗产教学传承保护基地。全镇18个行政村、1个社区分别建起剪纸社团，现有剪纸社团成员800多人。廿里镇中心小学自2005年启动廿里剪纸教学活动，至今20来年，先后已有2100多名学生接受廿里剪纸教学。廿里剪纸进农家、入校园，已成为当地群众参与度最高的一项民间艺术创作活动，犹如一朵盛开在黄土地上的艺术之花，为传承和发扬优秀传统文化增添光彩。

2024年2月28日，第九届浙江省民间文艺"映山红奖"颁奖典礼在宁海县隆重举行，衢江区选送的牛角工艺作品《鱼趣》，以其寓意美好、形象生动、技艺精湛荣获本届映山红奖"优秀民间工艺美术作品"。这是市级非遗根角雕刻制作技艺代表性传承人、高级工艺美术师柴春福获得的又一项殊荣。走进坐落在廿里杨继洲公园内的牛角雕展示馆，你会被这里50多件栩栩如生的牛角雕作品深深吸引。今年41岁的柴春福，15岁时开始拜师学习雕刻技艺，31岁时发明独门技艺牛角雕刻，成为雕刻行业的一颗新星。他众多的角雕作品因具有高度的艺术性和收藏价值被各级博物馆所收藏。2018年5月，作品《清趣》被国家一级博物馆浙江省博物馆永久收藏；2020年9月，抗疫作品《中国加油！武汉加油！》被国家一级博物馆湖北博物馆收藏。柴春福的角雕技艺和作品，已成为廿里人文的一张金名片。

廿里是一座人文荟萃的古镇，廿里更是一座充满活力的新城。

特别是2020年以来，廿里镇锚定"衢江城市副中心、智造新城配套中心"两个中心定位，紧抓省级特色生态产业平台创建和省级小城市培育试点两大契机，以"集镇整治、工业功能区整治和全域土地综合整治"三大整治提升为抓手，推动廿里实现全面高质量发展，一座产城融合发展的新廿里正在这片热土上奋力崛起。

▲廿里

漫步衢江古镇

廿里镇

走进廿里，你会发现他们坚持产城融合发展，发挥紧邻智造新城的区位优势，做强功能配套，推动城镇赋能，有序推进工业功能区产业从传统的纺织、家具、塑胶向有机高分子材料等产业转型。目前，辖区内有企业356家，其中规限上企业21家。走在工业功能区宽阔的厂区大道上，林立的厂房，穿梭的车辆，共同构成一幅富有现代工业文化气息的壮美图画，不时映入你的眼帘。

走进廿里，你会发现他们发挥中心镇的区位优势，奋力推进集镇商贸繁荣，正促使廿里逐步成为衢南商贸集散中心。辖区内现有个体工商户1288家，集镇范围内现有常住人口18499人，流动人口5789人。作为衢南商贸集散中心，辐射至湖南、后溪、黄家等乡镇（街道）近10万人，已成为三乡两镇人口流入地。漫步在集镇中心的大街小巷，鳞次栉比的店铺，熙熙攘攘的人群，无不汇成一道道展现商贸繁荣的人流物流，不时涌动在你的眼前。

走进廿里，你会发现他们聚焦江山港沿线风光带建设，以富里万亩水田垦造和"Y"型美丽经济走廊建设为重点，有序推进世界食品安全示范区、衢州有礼诗化风光带、吾村大桥、汇金时代广场、圣效总部、浙江时代锂电产业园等一批大项目落地实施，一幅"远可望、近可游、居可养"的美丽画卷，正在这片古老而又年轻的大地上徐徐展开。

走进廿里，你还会发现他们在各级表彰会上频现的身影。"十三五"期间，廿里镇先后荣获全国重点镇、全国卫生镇、全国文明村镇3个国家级荣誉称号；省级中心镇、省级生态镇、省级森林镇、省级小城镇环境综合整治样板镇、省级小城市培育试点、省级美丽城镇样板镇、省级化工园区7个省级荣誉称号。

廿里,正在脱胎换骨,从江南古镇启程,意气风发走向现代化新城。正所谓:春风十里,不如廿里。

针圣杨继洲

自廿里集镇往西南走上3千米,便是明代针灸学家杨继洲的故里六都杨村。

六都杨村是一座典型的现代江南小村,村内小洋楼鳞次栉比,村外田畴环绕四周,在蓝天白云的映衬下显得格外安宁和平静。六都杨村也是一座文化古村,不仅建村史悠久,人文底蕴也非常深厚。仅以村中杨氏为例,据民国《衢县志·族望表》这样记载:"六都杨氏,南乡十八庄,元季,杨以德由金钟巷(今杨家巷)分支六都鹏塸。"由此推算,杨氏迁入史至今已有650多年。村内至今仍保存着5处清末古宅,尤其是在杨继洲祖宅所在地,还保存着一堵距今已有400多年的明代照壁,墙体宽10米,高3米,墙上狮子八卦砖雕和青砖斗拱清晰可见。当然,六都杨村人文底蕴最深厚之处,是出了一个世界级的医学人物——明代针灸学家杨继洲。

杨继洲(1522—1620),出生于世医家庭。据《中国医籍考》载,杨继洲家学渊源,其祖父杨益、父亲杨阉都曾任职于太医院,担任朝廷御医,医名蜚声在外。杨家数代从医，家藏秘方、验方与医学典籍极为丰富。出生于如此显赫的世医家庭，加上自身潜心钻研，杨继洲想不成为医界巨擘都难。

杨继洲少时专注功名，无奈时运不济，屡试不第。于是，对科举没了兴趣的杨继洲抛下四书五经，转而一头钻进了家藏的医学典籍堆里。半路转向的杨继洲一方面博览医学典籍，汲取前人医学智慧；另一方面，在父辈指点下注重理论与实践相结合，在实践中总结经验，医术日臻精湛，尤其精擅针灸技法，终成晚明一代名医。在他46年的御医生涯中，历经嘉靖、隆庆、万历三朝，历任楚王府良医和太医院御医，用一根小小银针治愈无数疑难杂症，为无数患者解除了无名病痛。

杨继洲用针灸给人们治病有据可查的事例最早发生在1555年。当时，33岁的杨继洲受邀来到福建建宁，给当地一位官绅老母治病。老人家得了一种怪病，手不能举，又困倦怕冷，即使在盛夏也要穿着一件大棉袄，延请了很多医生都没办法。杨继洲上门帮她做了针灸治疗，当天老人家就感到身体变轻松，手能举而且不怕冷了。随后，杨继洲又给她开了祛湿化痰的几味中药，缠身多时的怪病便没了影踪。杨继洲最著名的一个治病案例，是给山西御史赵文炳治"痿痹之症"。"巡按山西御史赵文炳得痿痹之症，身体疼痛，四肢屈伸不便，变形萎缩，百医不治，继洲三针而愈。"要知道，这时候的杨继洲已年届78岁高龄，其事迹简直是神话一则。

杨继洲医术高超，名扬朝野，他的医疗作风也相当严谨

▲举办"祭拜大典"

漫步衢江古镇

廿里镇

认真。在碰到一些特殊穴位时，更是小心翼翼。比如，为了拔除白内障针扎病人睛中穴前，他除了拿羊眼来做试验外，还要选择无风无雨的天气，清戒三天，安心定志后方才进行。他说："凡学针人眼者，先试针内障羊眼，能针内障羊眼复明，方针人眼，不可造次。"

杨继洲非常重视医学基础理论，运用选经与得气的观点，在临床治疗时首先进行辩证，然后根据辩证选取有关经络，最后才循经取穴。用他自己的话来说，"宁失其次，勿失其经，宁失其时，勿失其气，取穴少而精。"

杨继洲又善于总结经验，他将祖传秘方与自己的经验结合起来，编成了3卷《卫生针灸玄机秘要》，希望为更多的人解除病痛，但未能刻版发行。恰好给赵文炳百医不治的痿痹症"三针而愈"时，被赵文炳看到了《卫生针灸玄机秘要》这本书。为了答谢杨继洲，赵文炳决定帮助杨继洲将这本书付梓出版，并委托晋阳人靳贤进行选集校正。于是，杨继洲趁热打铁，以《卫生针灸玄机秘要》为基础，以《素问》《难经》为宗主，汇集了《神应经》《古今医统》《医学入门》《针灸节要》等针灸论著，又搜集了民间流传的疗法，编成了10卷20余万字的《针灸大成》，并由赵文炳作序，于公元1601年正式刊行。

《针灸大成》自刊行以来，平均不到十年就出现一种版本，至今已有日、法、德、拉丁等7种语言、46种版本，传播到140多个国家和地区，其流传之广、影响之大、声誉之著，在针灸著作中独一无二。《针灸大成》还被收入《四库全书总目》，被历代医家尊为针灸经典，杨继洲也由此奠定了中国医学史"针圣"地位。

值得一提的还有第十卷所附的"四明陈氏小儿按摩经"，里面专门介绍了用于防治小儿病症的特定推拿手法，为针灸医籍中所罕见。

杨继洲为人类医学作出了巨大贡献，他的后人也将他铭记于心。2009年6月，"衢州杨继洲针灸"项目列入第三批浙江省非物质文化遗产名录，成为衢州市首个传统医药类省级非物质文化遗产。2013年，六都杨村建成杨继洲针灸文化馆。2014年12月3日，国务院发布《国务院关于公布第四批国家级非物质文化遗产代表性项目名录的通知》，"杨继洲针灸"名列其中。由此，"杨继洲针灸"创造了国家级非物质文化遗产传统医药类唯一针灸项目，成为衢州地区首个传统医药类国家级非物质文化遗产。为纪念杨继洲，弘扬中华医学文化，自2017年开始，至今已连续三届"世界针灸康养大会"在衢江区举行。

廿里剪纸，开在田园上的艺术之花

2024 年新年伊始，廿里剪纸再度传来鼓舞人心的好消息，在浙江省文化馆公布的"2023 年度浙江省'百姓百艺'全民艺术普及工作坊名单"中，地处浙西乡村的廿里剪纸非遗馆名列其中。这是廿里剪纸获得的又一殊荣。

作为一项群众参与度最高的地方民间文化艺术创作活动，近年来，廿里剪纸取得的成绩可圈可点。全镇 18 个行政村、1 个社区分别建起剪纸社团，现有剪纸社员 800 多人。2009 年，廿里剪纸被列入衢州市第三批非物质文化遗产代表名录，现有市级传承人 2 人，区级传承人 4 人。2022 年，廿里镇中心小学被列为衢江区非物质文化遗产传承基地，衢州市非物质文化遗产教学传承保护基地。市级非遗传承人彭鸭英家庭被评为衢州市第四届文化艺术之家，市级非遗传承人王金娣被吸收为中华文化促进会剪纸委员会会员，区级非遗传承人李芬被吸收为浙江省民间文艺家协会会员。2019 年 10 月，廿里剪纸还被中央电视台采访报道。2022 年 8 月，廿里剪纸社团三位成员的作品成功入选浙江省剪纸作品邀请展。

廿里剪纸为什么能在廿里这片土地上扎下根来并且繁花似锦？让我们走进廿里剪纸非遗馆，深入廿里镇中心小学的"青藤剪吧"，去探寻藏在其中的一个又一个答案。

剪纸是我国普及的民间传统装饰艺术之一，因其材料易得、成本低廉、效果立见、适应面广的特点而受到大众欢迎，尤其是剪纸更适合农村妇女闲暇时制作，既可作实用物，又可美化生活。因此，早在数百年前，廿里剪纸就开始在廿里民间盛行。每当逢年过节，当地的农家女就会通过一把剪刀、一张红纸，剪出生动有趣的戏曲人物、家禽牲畜以及大小福字，张贴在自家的堂前和门窗上，以此表现节日的喜庆和寄托自己的美好心愿。市级非遗传承人、廿里剪纸领军人物、塘湖村的彭鸭英老人就是出生于剪纸世家，她7岁时跟随外祖母和母亲学习剪纸，此后70多年来从未间断过，现为自己家族的第五代剪纸传人。2009年，廿里剪纸被列入衢州市非物质文化遗产代表名录时，时年60多岁的彭鸭英理所当然成为代表性传承人。由此，仅以彭鸭英家族为例，廿里剪纸发展史至今也有200多年。可见，廿里剪纸的发展由来已久。

廿里剪纸的健康发展，得力于地方党委政府的正确引导。在一代接一代彭鸭英式传承人的努力下，廿里剪纸不断继承发扬，在当地逐渐形成了一道独特的民俗风景。中国特色社会主义进入新时代以来，为了进一步传承和发扬廿里剪纸这一优秀传统文化艺术，丰富群众文化艺术生活，当地党委、政府因势利导，一边积极创办镇级剪纸培训学校，聘请彭鸭英、李芬等本土剪纸传承人开设剪纸培训课程，每年都要举办数十次剪纸培训；一边送教上门，分别在18个行政村举办流动剪纸培训班，并建立村级剪纸社团，为剪纸爱好者提供活动场所。

在地方党委政府的正确引导下，众多农村群众参与其中，廿里剪纸一时蔚然成风。集镇所在村廿里村近两年来就开展各类剪纸教学辅导交流活动10次，参与人数达150多人次。至今，全镇已举办培训100多场，培训学员800多人。新一代传承人也在不断涌现。廿里村王金娣于2015年开始参加培训学习，在彭鸭英的手把手传授下，剪纸技艺获得长足进步。2016年，被选入中国非物质文化遗产传承人群研修研习培训班学习；2019年，获得中华促进会"善行天下、击鼓传花"剪纸大赛优胜奖；2021年，被列为衢州市第四批非遗传承人。2016年，王玉美、洪炳香、杨月芝等新一代传承人还被推荐到省里，参加国家级剪纸非遗传承人培训班学习。

廿里剪纸的健康发展，更得到于传承人的传承有方。走进廿里镇中心小学校园，你一定会被这里浓厚的剪纸文化艺术氛围所感染。学校的走廊过道、教室内外，时不时会让你遇见"剪纸文明文化道"、"会说话的地"、"剪纸智慧墙"、"剪纸文艺廊"以及"青藤剪吧"。廿里镇中心小学剪纸艺术教学教育开始于2006年，围绕"非遗文化进校园"主题，以传统剪纸与小学美育整合为切入点，实施"人人会剪纸，生生会创作，个个有梦想"剪纸特色项目。2009年，学校精心打造了一间面积80多平方米的"青藤剪吧"剪纸工作坊，工作坊内配备展示柜、展示墙、多媒体

▲廿里剪纸

影音设备、荣耀墙、剪纸教学全套设备，为学生和教师提供专业化、系统化的教学活动场地。廿里剪纸区级非遗传承人、学校美术老师李芬在亲自传授廿里剪纸技艺的同时，带头开发适合本校学生的剪纸校本课程，先后主编6本适合不同年级的《我喜欢剪纸》教材。学校还进一步优化师资资源，邀请彭鸭英等当地民间资深剪纸艺人担任课外指导老师，进校开展现场教学，让学生不断吸收本地传统剪纸技艺精华。

汲取传统典藏精髓，结合现代美术设计理念，经过多年的努力和探索，学校形成了以剪纸为主的农村艺术特色实践课程，培养出一批廿里剪纸的后备军，为廿里剪纸这一非物质文化遗产的传承和发展作出了积极贡献。截至目前，全校已有2100多名学生接受廿里剪纸教育教学，原创剪纸作品800多幅。其中，《童心向党 剪纸传情》《背影》《悠悠剪纸心 暖暖递恩情》《剪纸迎春》《剪出精彩生活》等23件作品登上学习强国。特别值得一提的是，2024年春节期间，李芬老师组织136名师生历时6天，共同创作并完成了长50米、宽5米且是目前全省最长的巨幅剪纸《圆梦之龙》，为廿里剪纸奉献上了一件倾注师生心血的精品之作。

廿里剪纸，这朵盛开在田园上艺术之花，它的昨天，历史悠久；它的今天，绚丽多彩；它的明天，前景广阔！

柴春福和他的牛角雕

都说高手在民间，此话不假。2024年初，第九届浙江省民间文艺"映山红奖"颁奖典礼在宁海县隆重举行，衢江区非遗项目牛角雕刻制作技艺市级非遗代表性传承人柴春福创作的牛角工艺作品《鱼趣》，以其寓意美好、形象生动、技艺精湛荣获本届"映山红奖"优秀民间工艺美术作品。

令人想不到的是，折桂"映山红奖"的《鱼趣》竟是以废弃的牛角为原材料，经高温软化，通过圆雕、镶嵌等独特技法，充分发挥角质本身的特点，利用明角的自然色泽与黑角和谐搭配，再经过反复抛光，最后实现了变废为宝。

化平常为神奇的柴春福，今年41岁，是甘里镇白马新村人，父亲是一位乡村木匠。都说有些人的兴趣爱好是天生的，加上父亲的耳濡目染，生自农家、长在山野的柴春福从小就喜欢涂涂写写，虽然从未经过专业的艺术教育，却画得一手好画。上小学时，柴春福就开始用铅笔刀在橡皮上刻刻画画。到了初中，每次周末上山砍柴，都要收集一些形状奇异的树根、木头回来，凭自己的想象雕刻一些宝塔、人物等小物件。

▲柴春福创作的牛角工艺饰品

初中毕业后，因家庭条件比较艰苦，年仅 15 岁的柴春福便告别父母，外出拜师学艺，去圆自己的雕刻梦。他先拜当地一位木雕师傅为师。他深知雕刻工艺对美术功底的要求很高，因此一边学习木雕，一边自学画画。半年下来，柴春福的手艺突飞猛进，让师傅很是意外，认为他是块学雕刻的好料子。师傅的鼓励，更坚定了他从事雕刻这一行的决心。之后，他又到福建、安徽等地拜师学习根雕。"起初，安徽师傅并不收徒。多次造访后，师傅要我的手给他看一下。"柴春福说，"师傅一看我的手，密密麻麻的都是之前学雕刻时留下的刀疤，师傅颇为感慨，让我做一个星期看看。一个星期试用下来，师傅就点了头。"于是，柴春福转向技艺更精微的根雕。

2005 年，有着 7 年木雕、根雕经历的柴春福被香港一家企业相中，邀请他前往非洲的尼日利亚联邦共和国学习并从事角雕、木雕等雕刻工作，一直到 2011 年他自己主动要求回国。"尼日利亚雕刻素材以牛角、乌木等为主，雕刻技艺与风格和国内有所不同，尼日利亚的雕刻作品比较抽象，不同于国内的写实。而且，公司对雕刻技艺要求很高，不允许作品中有明显的刻痕。在尼日利亚学习工作 6 年，很苦，但学到的东西也很多。"在尼日利亚的这段经历，让柴春福受益匪浅，不仅提升了他的技能水平，而且拓宽了他的创作思维。

2011 年，柴春福携妻回到阔别 6 年的家乡廿里镇，开办起个人工作室，专业从事树根、玉石加工和雕刻。2014 年的一天，望着眼前一堆等待雕刻的树根和玉石，柴春福突然萌生了一个拓宽创作领域的念头：从事牛角雕创作。于是，他手握精巧的雕刻刀具，开始了对牛角雕新技艺的探索。首先，将原有的圆雕、浮雕、镂空等传统技艺进行改进和深化，突破牛角造型的限制。然后，将角雕与根雕结合起来，以树根为底座，使植物的木质纤维与动物的角质巧妙融合。几番努力后，柴春福最终创造出了富有个人特色的牛角雕独门技艺。

"国内主流的牛角雕是对整根牛角进行雕刻，我是通过高温软化等技艺，把牛角制成片或小块材料再进行雕刻。"柴春福这样解释着自己的独门技艺。他指着牛角雕展示馆里一件名为《兰竹二君子》的作品继续阐述，"这件作品上的竹叶，假如不做说明，一般人很难看出它是用牛角通过专门的工艺制成的。"

当然，牛角雕对艺术创作的要求更高，付出的辛苦更多。一件名为《九龙》的作品，雕刻的是9只形态各异的龙虾，活灵活现几乎跟真的一样。创作该作品前，他买来活虾研究，详细记录下龙虾的关节弯度，然后才选择了6个黑色的牛角、3个透明的羊角进行打磨。仅仅是打磨一根龙虾的须就花了个把小时，整件作品完工耗费2个多月。2019年4月，这件作品荣获第14届中国义乌文化产品交易博览会工业美术金奖。

独特的雕刻工艺，外加作品的写实风格，使柴春福的牛角雕迅速获得业内的一致认可，成为各级博物馆的收藏品。2016年创作的角雕作品《君子之风》，由于雕刻细致入微，连蝈蝈腿上的细毛都被刻画了出来，被国家二级博物馆金华市博物馆永久收藏。2017年9月,作品《灶妈子过中秋》被国家一级博物馆杭州工艺美术博物馆收藏。2018年5月,作品《清趣》被国家一级博物馆浙江省博物馆永久收藏。2020年9月,抗疫作品《中国加油!武汉加油!》被国家一级博物馆湖北博物馆收藏。

柴春福的艺术成就由此登上了更高的巅峰。2017年11月,作品《清趣》获得第六届中国创意林业产品大赛金奖;2021年9月,作品《鱼乐》荣获文化和旅游部举办的第16届中国义乌文化和旅游产品交易博览会工艺美术金奖;2022年3月,作品《骨雕—鱼乐》荣获2021年中国工艺美术协会"百花杯"评选活动银奖;2023年11月,作品《清荷》获得中国工艺美术学会举办的"中工杯"银奖;2023年11月,作品《映日荷花》荣获第16届中国义乌国际森林产品博览会优质产品金奖。

与此同时,各种荣誉称号也纷至沓来。目前,41岁的柴春福已成为高级工艺美术师、国家职业资格一级高级技师,浙江省级乡村工匠名师工作室领办人、浙江省乡村文化能人、浙江省优秀技能人才、中国民间文艺家协会会员等,并入选浙江省造型艺术青年人才培养"新峰计划"。

走进位于廿里镇杨继洲公园内的牛角雕工艺展示馆,里面摆满琳琅满目的牛角雕作品。这些在柴春福刀笔下被刻画得栩栩如生的竹和兰、鱼和虾,组成了一个美妙绝伦的艺术世界。

万嵩桥的传说

廿里集镇西去三里地,有个古村鱼头塘村。鱼头塘村有一座保存完好的百年古桥——万嵩石拱桥。

万嵩桥始建于明朝末年,乾隆五十七年(1792)重修,横跨在环绕鱼头塘村的白马溪上。桥形属3孔4墩半圆形石拱桥,全长24米,桥面宽5米,拱矢高4.5米,跨径5.5米。整座桥全部由青石条砌成,桥面由青石板铺设,桥墩用长条青石砌叠。桥中间有两个船形桥墩,桥墩的迎水面还置有两个栩栩如生的石雕水鸟头像,桥的中孔龙门石上有"万嵩桥"三字行书石刻。桥头立有一块石碑,上面镌刻着"大清乾隆五十七年重修毓秀桥碑"十几个大字,以及百余位捐款人的姓名和捐款金额。

造型精巧、规模宏大的万嵩桥有两大特别之处值得今人回味。一是建造万嵩桥的千辛万苦。为了进一步打通衢南商道,促进当地商贸繁荣,400多年前,当地人决定在地处衢南商道要冲上的鱼头塘村建造一座石拱桥,连接起白马溪两岸。只是人们没想到,建桥过程会历经千辛万苦。整座万嵩桥需要青石条数百立方米,而鱼头塘村附近数十里内都是平原和丘陵，没有青石可采。要青石条，只有到数十里外的湖南镇大山里开采或采购。在没有现代机械设备的古代，开采或运输这么多的青石条该耗费多少人力物力，其间的万般艰辛令人难以想象。二是万嵩桥集中体现了古代廿里劳动人民团结互助的精神。从桥头竖立的这块石碑可知，230多年前重修此桥时的捐助者分别来自白马溪两岸、商道沿线及整个衢南的塘坞、赤河山、社屋边、坑西、门塘、堂村、后溪等60个村庄、270多名村民。其中，有的还以祠堂宗族的名义捐助。他们有的捐二十两银，有的捐六千文银、五千文银，少的也有四百文银，真可谓人不分老幼，地不分东西。石拱桥建成后，又起名"万嵩桥"，寓含万事如山高道长之意。

　　大凡古桥，背后都有故事。在鱼头塘村也流传着一个"二两八钱银子卖桥"的动人故事，彰显"好男不端祖宗碗"的传统美德。传说村里有一名寡妇名叫"毓秀"，丈夫死后留给她一笔遗产。为了方便村民进出，她几乎花光家财修了这座万嵩桥，而自己则以刺绣为生，和儿子相依为命。一次，儿子对她说："我们往桥头一坐，只要向每个过桥人收一枚铜钱，就有享不尽的财富啊！"听了这话，毓秀心想："我建桥本是造福乡亲的一件好事，没想到儿子竟然想以桥敛财，敲诈百姓。我活着也许他还不敢这样做，等我死了之后，他要是这样做怎么办？我得想法子断了他这个念头。"第二天，毓秀便差人给知县送去一张请帖，请他到家里来商量卖桥之事。经过一番商谈，最终毓秀只是象征性地以二两八钱银子将桥卖给了官府，并立字据为证。儿子知道后十分着急："我们造这座桥，已经倾尽了家产，人家当官的家中都有钱有地，您看看我们家有什么啊！"毓秀语重心长地对儿子说："我出钱造桥是为了家乡的父老们，现在卖桥却是为了你！你要自强自立，依靠自己的双手劳动致富，这才是我最大的愿望！"为娘的一席话，终于让儿子明白了做人的道理。他点点头，从此再也不提造桥收费一事。万嵩桥因此又有了一个意蕴颇深的美名——毓秀桥。

　　站在万嵩桥上，回望古人搬运青石条时辛劳的身影，回想"三两银子卖桥"的动人故事，万千感慨油然而生。万嵩桥，这是一座凝聚着古代廿里劳动人民团结互助和无私奉献精神的桥梁。

杨翰林治官痞（民间故事）

出衢州府大南门，走上 15 千米，便有个村坊叫六都杨。明朝时，六都杨的杨氏家族先后出了两个大才子。一个是杨继洲，他先是攻读经书，后来嫌科举这条路不好走，转身跟随父辈学医，最终做了太医院医生，专门给皇上看病。另一个是杨嗣敬，他和杨继洲一样从小攻读经书，长大后考上功名，走通了科举这条阳关道，45 岁那年就被皇上封为翰林院大学士。

封为翰林院大学士的第二年，皇上恩赐杨嗣敬回乡省亲并筹建翰林府。

这杨嗣敬为人十分低调，虽官至翰林院大学士，却一点官架子都没有，回乡省亲时不带一个随从不说，依旧穿戴着青衣小帽。回到老家后，又天天躲在自家二楼，只管自己读书写字，连楼都不下一步，茶饭都是由翰林娘送上楼的，造翰林府一事也抛到了脑后跟。隔壁邻居只听说他在京城当了大官，具体什么官职不知道，看看他的派头还是读书人一个。所以，他在老家待了很长一段时间，隔壁邻居谁也没有见过他一面，也没人去他家串过一次门，以为他早回京城去了。

　　杨嗣敬如此低调，让每天服侍他三餐的翰林娘也开始不耐烦起来："都说京官不是金官就是银官，哪像我家这书呆子，没沾到他的一点光不说，家里反倒多了一个百事不管的老祖宗。看来，为娘的还得再教育教育他。"

　　这天，人称烂脚太爷的衢州府太爷带着一大帮小喽啰又来乡下巡察，中途经过六都杨。这烂脚太爷平日里无所作为，官气倒是十足，每次出巡时除了前呼后拥，所到之处一要清场开道，二要悬挂欢迎标语，三要有人高呼口号。今天经过六都杨时照旧来这一套，要村长组织了数十人一边挥着小彩旗，一边喊着"欢迎、欢迎"。看烂脚太爷这副威风凛凛的样子，翰林娘似乎找到了好教材，上楼对儿子说："你看看人家府太爷，出个门前头有人背着高脚牌，敲锣鸣炮，后面跟着高大威猛的马弁一路护随，还有人在路边举旗欢迎。哪像你，做了什么京官，还要为娘的当丫头，一天到晚伺候你。"杨嗣敬听了哈哈大笑，说："母亲大人息怒。他一个太守也敢这么铺张，错把自己当皇上，看我怎么煞他的威风。"说完，杨嗣敬操起一把铜炮，往窗门外就是"嘭！嘭！嘭！"三炮。

　　刚才还躺在轿子上晃悠晃悠的烂脚太爷听见这三声铜炮响，一个激灵坐起来，问："刚才哪里放了三响铜炮？""报告太爷，六都杨杨嗣敬家。""快去，快去，翰林老爷不高兴了。"原来，当年朝廷有规定，只有翰林院大学士等级的才可以放铜炮，铜炮三响表示翰林老爷发威了。烂脚太爷连忙跳下轿，找了个村民把自己带到杨嗣敬家门口，"扑通"

一声就跪下了，然后嘴里不停地说着："请翰林老爷恕罪，请翰林老爷恕罪！"翰林娘被眼前一幕吓了一跳，刚才还是威风凛凛的府太爷怎么说跪就跪呢？看来儿子的官真的当大了。

可是，任凭烂脚太爷在门口如何磕头拜揖，杨嗣敬待在楼上就是纹丝不动，弄得烂脚太爷从巳时跪到了午时，膝盖都跪出了血。翰林娘看他跪了这么多时过意不去，便去叫他站起来。"翰林老爷不发话，我等不敢起身。"烂脚太爷眼眶里分明有了泪珠儿。翰林娘急了，忙到楼上同儿子说："你用三响铜炮把人家叫过来，人家已经在门口跪了两个时辰了。"杨嗣敬笑着说："这种人不用心疼的，我这是要他长点记性，少在老百姓面前作威作福。"说完，叫翰林娘把手伸过来，在她手心里写了一个"退"字，"你把手心举给他看就可以了。"

翰林娘来到门口，把写着"退"字的这只手举给烂脚太爷看。烂脚太爷看到"退"字，立马对着翰林娘连叩三个响头，说了三声"谢谢"，然后站了起来，一步步倒着往村外走。

"这小子葫芦里买的什么药？"翰林娘看烂脚太爷一边盯着她的手心，一边一步步倒退着走，对翰林大学士的做法百思不得其解。烂脚太爷自然懂得翰林老爷的意图，这是对自己的狂妄行为进行惩罚，要自己在众人面前倒着走出村庄。因此，翰林娘一直举着手，他只好一直往后退。退呀退，退到一口池塘边，一脚踏空，"扑通"一声，仰面朝天跌进了塘里，引来围观人群的一阵哄堂大笑。众随从急忙把他捞起来。

一身湿淋淋的烂脚太爷这时才如梦初醒,到了村外,赶紧脱下身上的太爷帽服,换上了一身便服,对众随从说道:"今天大家走路回府。"

后溪镇

文化重镇　通达后溪

东风朝日破轻岚，仙棹初移酒未酣。
玉笛闲吹折杨柳，春风无事傍鱼潭。
雨余芳草净沙尘，水绿滩平一带春。
唯有啼鹃似留客，桃花深处更无人。

这是1200多年前，在越州为官的中唐诗人羊士谔一次巡察辖地衢州后溪时写下的《泛舟入后溪》。全诗借景抒情，寓情于景，写出后溪江岸静美之景的同时，又借景抒发诗人内心深处淡淡的惆怅之情。

羊士谔之后，历代还有不少文人墨客为后溪的山水风光和风土人情留下抒情感怀的长篇短章。的确，一次次拨动诗人心弦的后溪镇自古以来就是衢南的一座底蕴深厚的文化重镇。

作为千年古镇，后溪镇拥有其他镇不可比拟的长处和优势。

首先，有着优越的地理环境，是衢州西南的鱼米之乡。出衢城南门，只需往西南走上20千米，即可抵达依山傍水的后溪古镇。举目其上下，可以看到它的地利，面朝清波

▲ 后溪镇

漫步衢江古镇

漫步衢江古镇

后溪镇

荡漾的江山港，背靠绿意盎然的龙王山，平依稻菽遍地的沃土良田。环顾其左右，可以看到它的人和，东与廿里镇相接，南与湖南镇为邻，西与江山市上余镇一衣带水，北与柯城区华墅乡隔江相望。战略地位也十分重要，是浙西通往闽赣的必经之地。

其次，有着发达的交通条件，是衢州西南重要的交通枢纽。发源于浙闽交界地苏州岭的百里江山港纵贯南北，兴起于大唐皇朝时的古驿道横跨东西；近现代以来，更是公路、铁路迭起，黄衢南高速公路接线、46省道、浙赣铁路在这里相互交织，构成了一张四通八达的交通网络。因此，后溪素有"水陆码头"之称。

后溪还有着衢南商贸重镇的辉煌历史。优越的地理环境，发达的交通条件，为后溪成为衢南商贸重镇带来了最大可能。江山港航道是古代海上丝绸之路陆上地段的重要组成部分，在航运发达的年代，处在江山港航道中游的后溪自然而然成为人流、物流最为繁忙的中转地。一段时期，无数南来北往的商船在这里装卸山货海鲜，无数走南闯北的商贾在这里畅叙生意得失。人流、物流的频繁交往，迅速催生出了一个商贸气息浓郁的新后溪。浣洗衣裳的埠头变成了停泊商船的码头，曲里拐弯的小巷变成了店铺林立的老街，连后溪村的村名也改成了后溪街。据说，后溪街最为繁华的晚清时期，街长近千米，两旁有药铺、茶馆、布行、杂货等各类店铺50多家，立在老街入口处的一座门楼，上面写着"通江达衢"四个豪气冲天的大字。与后溪街相隔不远的百灵街，有官方开办的专门用来传递国家军情要务兼驿站的急递铺。1902年，后溪老街还办起了属于乡镇最早的后溪邮政局。今天，漫步在后溪老街，透过那些厚实的店门板，还能依稀看到这里曾经有过的高光时刻。

与后溪老街商贸繁荣相映生辉的，是后溪荟萃的人文。在后溪，你会遇见东汉古墓、元代古民窑、明初吾平堰、清初东华寺以及元代文学大家吾丘衍。

早在1972年，文物专家就在后溪村前山北坡发掘出一座东汉古墓，其墓室为东汉"十"字形砖墓室。6年后，文物专家在后溪村灰山水库边发掘出一座南朝古墓，其墓室为砖室券顶"凸"字形。专家评价两座古墓均具有一定的历史、艺术和科学价值。

1982年，原衢县文物部门开展文物普查时，在管家塘村发现一座规模较大的古窑。古窑遗址上保留着一些残缺瓷器，经鉴定确认该窑址为元代所有，并且是生产民间生活用品的民窑。古民窑的发现，说明700多年前的后溪陶瓷生产已经十分发达。

后溪最具人文光辉的，是上棠村吾氏13世裔孙——元代金石大师吾丘衍。吾丘衍自小身体残疾，却凭自己的顽强意志和刻苦努力，在其父亲的精心指点下，钻研于印学、书法、诗词、音律诸学，在短暂的39年人生中，先后完成书法、诗词、音律、印学著作17部，终成一代文学大家。尤其在印学领域取得的成就最为不凡。28岁那年撰成的印学著作《学古编》，不仅集古代圣贤篆刻艺术之大成，而且成功创立起了中国印学，学界称之为中国印学奠基人。

同在上棠村，还流传着一个感人的故事。早在640年前，吾氏后裔吾用广个人捐出银圆 500 两,用于修建大型水利设施吾平堰。吾平堰建成后,可灌溉良田 4 万亩,彻底改善了后溪境内农田灌溉条件,为当地农业生产丰收作出了巨大贡献。吾用广的善举一直被后世所传颂,他捐巨资修堰坝的事迹,连同吾平堰一道被载入地方史册。

  进入中国特色社会主义新时代,优秀人文精神在后溪得到进一步传扬,崇尚人文精神蔚然成风。在后溪村,村党支部书记郑国标把自己 30 多年来精心收集的 300 多件民俗老物件无偿奉献出来,办起一座民俗展示馆,免费提供给广大村民和外来游客参观、考察、研学,助力乡村振兴,传承传统民俗文化。2022 年,民俗展示馆入选浙江省乡村博物馆。在棠村,自 1977 年恢复高考以来,深受耕读传家学风熏陶的棠村学子勤奋读书,用功学习,取得一连串的骄人成绩。至今,仅有 2000 来人口的棠村已有 6 个青年才俊先后取得博士学位,被人称为"浙西博士村"。

  后溪不后。通江达衢的后溪镇,正以承前启后的豪迈姿态奋力走在时代的前列。

一代印学宗师吾丘衍

从后溪集镇河岸出发，沿江山港顺流而下，走上2.5千米，就到了元代处士吾丘衍的故里——后溪镇上棠村。

上棠村坐落在江山港南岸，村庄不大，全村400多户人家挤挤挨挨地住在一起；村里以吾姓为主，约占总人口的80%；村里村外既不见青砖黛瓦的老屋，也不见虬枝缠绕的古树；村庄周围，除了河滩，就是田畈，以及村貌相近的邻近村落。谁都想不到，就是这样一个看去似乎没有多少人文底蕴的平原小村，700多年前竟然出了文化奇人吾丘衍。

吾丘衍（1272—1311），根据上棠村吾姓人家《三衢吾氏宗谱》所记载，是上棠吾氏一世祖吾渭的第十三世孙。吾渭是北宋开宝年间的衢州太守，可见吾丘衍的家族背景还是胜人一筹的。但吾丘衍生不逢时，他来到人世间的时候正处于气数将尽的南宋末年。幼年时候又不幸得了一场重病，导致左目失明，右足瘸跛。生不逢时与身体残疾相叠加，不可避免地给他此后的人生造成了万般不顺。其中，最大的不幸，就是不管吾丘衍怎样努力，在那个视汉人为低等族群的朝代，身体残疾的他都将与科举、仕途绝缘。但吾丘衍没有自暴自弃，而是身残志不残，带着自己过人的聪明才智，一头扎进了古书堆。他一心好读古书，精研经史百家，并刻苦钻研书法音律，终成一代集印学家、音乐家、诗人词家于一身的文化大师。

吾丘衍的绝世才华，首先表现在诗歌创作上。他所著的《竹素山房诗集》，内容丰富又深意幽幽。比如《丁未岁哀越民》一诗"越壤吴江左，州民泰伯余。田莱空草芥，井色共萧疏。相食能无忍，传闻信不虚。寒沙满骸骨，掩骼意何如！"短短的一首五律，真实地揭示了元大德十一年（1307）两浙饥荒，越民死者殆尽，尸横越野，掩埋不及，甚至出现为图苟存，父食其子的惨绝人寰场面，使人读之毛骨悚然。

吾丘衍平生敬慕唐代诗人李贺，他写的乐府诗大都仿效李体，诗的气韵和李诗也很相似，鲜明体现诗人傲岸不羁的性格和隐世不仕之气节。比如《制羽服成有作》一诗："我爱王子晋，飘然恣天游，碧桃舞吹笙，花落曾城秋。"开篇就用了《列仙传》中，道人浮丘公接周灵王太子晋成仙的故事，反映诗人对修仙学道的向往。在其诗集中，还有不少反映诗人惜时光之易逝，叹壮志之难酬的无奈，诸如"昼眠方叹息，好景易蹉跎""道在非弹瑟，途穷岂折腰"等著名诗句。清乾隆《四库全书》总纂官纪昀，在《竹素山房诗集》提要中，对吾丘衍作了高度评价："其诗不屑谨守绳墨，而逸气流荡清新，独辟尘客俗骨划扫殆尽，可称一时作手。"

吾丘衍在治学上取得的最大成就，当推创立了印学。吾丘衍之前，篆刻治印仅仅是一门实用性的技艺。吾丘衍之后，篆刻治印被升格到艺术的高度。他一生著书颇丰，先后有《尚书要略》《晋文春秋》《楚史梼杌》《说文续释》《周秦石刻释音》《印式》《听玄集》《造玄集》《九歌谱》《十二月乐词》《闲居录》《竹素山房诗集》《学古篇·卷一、三十五举》等17本存世，其中《学古篇·卷一、三十五举》对当时及后世影响最大。专为篆刻、印章而作的《学古篇·卷一、三十五举》是我国最早研究印学理论的著述，在理论上首次提出了以《说文》为正宗、印章法秦汉的审美观。具体说来，《三十五举》详细论述了书体正变及篆写摹刻之法。前十七举论篆法，十八举后均论镌刻，并对汉印之风格特征作了非常透彻的分析。《四库全书提要》称《学古篇》"采他家之说，而附以己意。剖析颇精，所列小学诸书各为评述亦殊有考核"。天台人徐一夔在《跋吾子行墨足迹后》中则评价："先生篆隶得周秦石刻之妙，前辈论其字画，殆千百年而一见，此诚不刊之论。其法今具于所著三十五举，学古之家苟得其法于言意之表，可以脱去俗习而趋于古。"鲁迅先生也在《蜕龛印存》序中给予高度肯定："元吾丘子行力主汉法，世称景附，乃复见尔雅之见，至今不绝。"凡此种种，足见吾丘衍承前启后之功，在中国印学史上堪称一代宗师。

《学古编》成书于元大德四年（1300），时年吾丘衍刚跨过而立之年不久。凭借自己的聪明才智和深厚学养，年轻有为的吾丘衍日后本该在印学领域进一步开疆拓土，写出更为深邃的鸿篇巨制，无奈命运多舛，《学古编》成书11年后，又一场大厄运光顾于他。元至大四年（1311），年近四十才娶妻成家的吾丘衍，没想到自己晚婚的妻子竟然隐瞒了自己早为人妇的事实，害自己莫名其妙地犯了重婚罪。

老丈人又鬼迷心窍，悄悄干上了伪造铜币的勾当，东窗事发后，不由分说就把他一同带进了大牢。都说士可杀不可辱，经此公私两罪的折磨和羞辱，一介书生吾丘衍不禁心灰意冷，遂生死念。一天，在探访知心朋友仇仁近未果之后，留下一首满含诀别之意的七绝，便毅然决然地与印学、与人世间长辞而去，再也没有回来。

从此，世间再无吾丘衍。

浙西第一甘蔗村——泉井边

提起浙西第一甘蔗村——后溪镇泉井边村,话题的中心自然离不开这里出产的甘蔗,因为泉井边村的甘蔗历史有点长,名气有点大,故事有点多。

先说历史吧。泉井边村种甘蔗,有据可查的历史少说也有400年。泉井边村民以吴姓、吕姓为主,其中吴姓始祖吴仲明初时便从邻县江山迁居于此。翻开《泉井边吴氏宗谱》,里面就有吴氏先祖迁居泉井边后种植甘蔗的记载。而且,此后400多年来,甘蔗种植的传统被一代又一代的泉井边人延续下来。

泉井边人为什么如此热衷于甘蔗种植?这和泉井边村的地理条件和甘蔗的功用分不开。离集镇三里地远的泉井边村地处江山港中下游,地势平坦。历史上江山港多次改道,在泉井边村一带自然形成了多处荒滩。荒滩泥沙居多,水分难以保留,不宜开发种植水稻之类的粮食作物,却适合开发种植经济作物,比如甘蔗。再者,甘蔗既可以用来榨糖,也可以用来鲜食,不管哪一种用法,都能为庄稼人增加一点额外的收入。因而,拥有独特自然条件的泉井边村,家家户户种甘蔗便成了一种传统。

爱上甘蔗种植的泉井边村人，就像他们的先人用功读书最终考取功名一样，用心种甘蔗最终也种出了成就。通过长期的种植实践，他们先后种出了两种专属于泉井边村的优良甘蔗品种，一种是出糖率高的糖蔗"状元红"，另一种是脆嫩味甜的果蔗"贡品1号"。"状元红"这个名字是泉井边人自己取的。村里吴氏一族在明初时出过江浙两省乡试的解元，泉井边人希望自己村里的读书人都能像这种甘蔗一样节节高升，最终登科及第。于是，就有了寓意十分美好的"状元红"。"贡品1号"这个名称是皇帝封的。传说有一年，在朝廷做官的吴氏先人把泉井边种的果蔗带回京城贡奉给大明皇上，大明皇上咬了一口，就被这种来自泉井边沙滩地上的甘蔗甜"翻"了，说这甘蔗是天下第一甜。于是，泉井边这根果蔗毫无疑问就成了"贡品1号"。

有了身份和地位的泉井边甘蔗400年来一路风光。转眼到了400年后的今天，勤劳智慧的泉井边人又赋予它更多的灵气、更高的身份、更浓的人文色彩。

自2021年初开始，村集体一班人紧紧抓住发展"一村一品"的良好机遇，动员村民把江山港沿岸300亩几近抛荒的沙滩地重新收归村里，建起浙西种植规模最大的甘蔗种植基地，实行统一连片种植，以实现规模化、集约化经营。村里的行动，还带动了一大批村民的积极参与。至今，全村村民个人种植甘蔗面积达400多亩。接着，与义乌甘蔗研究机构建立合作关系，引进甘蔗种植和甘蔗制糖新技术，优化种植结构，提升制糖品质，前后共引进16个甘蔗新品种。同时，新建成一个占地1000多平方米的电热式制糖作坊，仅2021年，全村就烧制红糖60000千克。引进一位酿酒技艺传承人、国家一级酿酒师驻村创业，利用熬制红糖过程中产生的泡沫开发新型蔗酒"糖发烧"。

与此同时，村里注重品牌打造，于2022年注册"甜蜜蔗礼"商标，实行品牌化经营。引进相关文创、旅游团队，实施儿童游乐、水上运动以及观光塔台等文旅项目建设，以打造融农、文、旅为一体的发展模式。

今天的泉井边甘蔗无论身份还是地位，都已经是今非昔比。泉井边人也不再是纯粹种植甘蔗，而是围绕甘蔗产业"种"起了文化，"种"起了风景。自从甘蔗成林以后，来泉井边观赏甘蔗林"绿浪翻腾"的人多了起来，来泉井边甘蔗林体验和研学的人多起来了。每当果蔗成熟或开始熬制红糖的时候，泉井边村绝对是游人如织。2022年10月1日，前往观赏泉井边甘蔗林的游客达到5000多人次。据了解，2021年一季甘蔗，就给泉井边村集体带来了80万元的经营性收入，全村村民人均增收1200余元。2023年，村集体经营性收入实现100多万元。

泉井边一根甘蔗带来的巨大变化，引来了各级媒体的高度关注。2021年11月18日，新华社以"甘蔗林边话丰年——记浙江衢江泉井边村产业富民探索"为题，推广泉井边村发展甘蔗产业致富一方百姓的经验做法；2022年1月22日，《人民日报》第4版以"泉井边村甘蔗真甜（点赞新时代）"为题，点赞泉井边村发展甘蔗产业带来的巨大变化。2022年10月7日，《衢州日报》头版头条以"一根'发烧'的甘蔗"为题，对泉井边村甘蔗产业发展进行全面调查，深刻挖掘泉井边村甘蔗产业发展的内在逻辑和深远意义。

一根小小甘蔗，成就了泉井边村的甜蜜事业。

吾平堰传奇

后溪镇地处江山港中下游的冲积平原,有良田万亩,自古以来就是衢江区的主要产粮区,素有"衢南粮仓"之称。大凡产粮区,无论古今,都会建有大大小小的水利灌溉设施,以保障粮田的灌溉之需。后溪镇也不例外,在广袤的田野上,先后出现过坊门堰、吾平堰等多条具有一定规模的古堰渠。其中,建于明代的吾平堰因投资规模大、灌溉粮田多而最为知名。

康熙《衢州府志·西安县水利图》一节专门把吾平堰列为单独一行,写道:"吾平堰,在二都。"民国《衢县志·水利·南乡诸堰》一节专门把吾平堰列为两个段落,第一段落写道:"吾平堰,二都。灌田四百顷零。东溪五大堰之一。"紧接着,第二段落专门附上一段两百来字的按语,对吾平堰的名称由来、灌溉范围、历史演变等作了简要说明和补充。

一向惜墨如金的地方志舍得花费如此篇幅对一座古堰大书特书,这座古堰必定与众不同。

果不其然,吾平堰有着众多的不平常。

首先,吾平堰的首创者是两位非同寻常的乡人。翻开后溪镇上棠村吾姓人家的《三衢吾氏宗谱·创修吾平大堰由来记》一文，一座比地方志记载更为具体和详尽的吾平堰横陈在我们面前。由上棠村明代乡绅吾达、吾标共同撰写于明代万历二十三年（1595）的《创修吾平大堰由来记》这样写道："西邑南乡有吾平大堰河畔小坝，灌溉田亩三十余里，承水业户三十余村。先太祖吾用广公思体国经野之谟，为一劳永逸之计，于洪武十六年（1383）首倡捐赀五百两，会同六都杨璿一公捐赀三百两，创筑此圳，因名圳为吾平。"这段叙述生动地告诉我们一个令人感佩的历史事实：最初建造吾平堰的人，不是太守县令，而是两位分别来自上棠村和邻村六都的乡绅——吾用广、杨璿一，是这两位胸襟博大的乡绅慷慨解囊，捐出巨资修建起这座造福于后溪百姓的大型水利灌溉工程。

197年后，这个感人的故事再度被他们的后人所延续。明代万历八年（1580），因年久失修，"吾平堰内水分南北两河，未免有阻塞之处，堰水不大通流，且堰坝修筑以来为日已久，不无废坏之所。"于是，吾达、吾标这两位吾用广的后人，继承先祖遗志，"于万历八年五月，会同六都大户杨綎、杨瑞，每人出银二百五十两，凑成一千，将堰坝废坏处修筑之，将河内阻塞处开通之。"面对吾平堰失修现状，吾、杨两族后人再度携手，并慷慨解囊，毅然承担起重修吾平堰的重任。

其次，吾平堰拥有一整套非同寻常的管理制度。经过15年的艰苦努力，明万历二十三年，浩大繁杂的重修工程宣告完成。面对焕然一新的吾平堰，吾达等人又进一步思考起如何科学管理吾平堰的重大问题。他们总结前人经验，结合现实情况，研究出台了一整套科学有效的管理办法。依旧是《三衢吾氏宗谱》的存在，为我们今天深度了解吾平堰提供了帮助。收录进《三衢吾氏宗谱》的《三衢吾平堰册》，为我们完整、全面地展示了这套存在于400多年前的古代民间堰坝管理办法。首先，议定管理人员，从堰长、总甲、小甲，到常夫、半伙夫船夫，将管理人员分为四个层级。接着，明确四个层级管理人员职责。其次，列明具体堰务条例，规定用水细则。毫不夸张地说，这套管理办法集中体现了古代后溪人民的聪明才智。

吾平堰的历史演变也非同寻常。清光绪十七年（1891），年久失修的吾平堰迫切需要再度重新修筑，无奈当地民众财力不济，只能望堰兴叹。这时，恰逢金衢严道道台邹仁溥下乡视察，"察知此堰关系农田甚巨，邀当地耆绅吴嘉祥父子董其役，拨款修筑。"以民堰身份存在了500多年的吾平堰，终于获得了来自官府的援手。"清末复湮，民国十年（1921），知事王浣委农会长叶惠康与保卫团总洪谐集赀重筑。"吾平堰第二次获得了来自官府的援手。转眼到了新中国成立，吾平堰的命运发生了翻天覆地的变化。据2005年出版的《衢县水利志》记载：1957年，将原临时堰改建为固定堰，改建后堰坝全长407米，高2.5米。溢流段混凝土浆砌。总渠长4千米，干渠3条，总长10千米，灌溉面积1万亩。总投资15.34万元，其中国家投资13万元。

饱经沧桑的吾平堰，终于获得了新生。

唤醒乡愁记忆的民俗展示馆

到后溪老街旅游的人，走完老街的青石板路，十有八九都会再去街上的衢江区民俗展示馆转一转，去看一看里面那些年代久远的老物件。

展示馆位于老街西头的一座老房子内。迈进半圆形的大门，写着"红妆展示厅""农耕展示厅""民俗展示厅""文房展示厅"字样的4个主题各异的展示厅，便依次一一呈现在游人们面前，仿佛走进了一部民俗大全。4个展示厅共展示乡村生活、生产等各类民俗物品382件（套），分别代表着明、清、民国以及新中国初期等不同时期的民俗文化特色，承载着不同时期的生活、生产场景，为每个前来观赏的游人讲述着一段段如梭岁月。首先吸引游人的是红妆展示厅，里面摆满来自明清时期富裕家庭日常生活、婚庆嫁娶等习俗的物品，有精美的梳妆箱、绣花架、小姐床、织布机，可谓琳琅满目。最具特色的则是农耕展示厅，里面摆满了民国初期的农耕工具、浇灌工具、收割脱粒工具、晾晒工具、运输工具、储存工具、编制工具、捕捞工具，可谓应有尽有。

"没想到在后溪这个远离城市的小镇，居然能看到这么多的老物件，真不可思议。"很多游人在展示馆转完一圈之后，都会留下这样一句感叹或称赞。其实，更让游人们没想到的是，这座唤醒人们民俗文化记忆的展示馆，竟然是由一个名叫郑国标的当地农民一手创办，这些摆放的老物件也全都出自他一人之手。

今年53岁的郑国标，后溪村人，初中文化，年轻时学过几门手艺，进过军营，做过面点，当过物业公司经理，2013年开始担任村民主任，2019年开始"一肩挑"，担任村党支部书记和村民主任。

其实，郑国标身上还有一个外人不大知道的头衔——老物件收藏迷。

人的兴趣爱好，有的是与生俱来的，有的是后天培养的。郑国标迷上收藏老物件，促成因素很大部分来自前者。"小时候，我就和别的孩子有所不同，喜欢在外婆的老房子里翻箱倒柜，去寻找一些细小的老物件玩。外婆家从前是富裕人家，家里有很多银手镯、银戒指之类的老物件，每次翻到它们，我都会爱不释手，把玩半天，心想长大后要做个专门收藏老物件的人，外婆为此还专门送我一个清代银戒指。"郑国标这样解释自己痴迷老物件收藏的缘由。

小时候就扎根于心的对老物件的喜好，成年以后的郑国标一旦条件具备，就把它付诸行动。1993年，22岁的郑国标光荣退伍。从军营回乡后，便一边投身创业，一边利用业余时间到四乡八邻收集老物件。此后30年间，无论创业如何艰难，职业如何变换，郑国标收藏老物件的初心始终不变。今天，看到郑国标家里收藏的1000多件大大小小老物件，就足以说明他对老物件收藏的坚守。

郑国标收藏老物件用心至真，用情至深。"起初，看到什么老物件，我都喜欢，都收。后来逐渐发现，收藏老物件也要讲究系统性，专业性，这样收藏才会有特定意义。"于是，经历过一段盲目收藏以后，郑国标开始系统收藏农村生产生活用具，把目光专注于犁耙、锄头、箩筐、扁担以及手推车们。"这原本是收藏业的一个冷门，郑国标却用心把它做成了热门，让那些即将失传的乡间老物件重新回到现实生活中来，很有文化价值和意义。"收藏界同行对此给予了高度评价。

郑国标时常听行家评论，农村民俗器物经济价值不高，不值钱，也有人劝他改行，收藏那些经济价值高的老物件。对此，他不以为然。"收藏农村老物件，不能光讲经济价值，要讲文化价值，对我来说，还有一份浓浓的乡情在里面。"郑国标这样说，也是这样做的。2015年，一个偶然的机会，郑国标听说绍兴上虞有一件清代的"竹夫人"，就赶紧从家里出发，驱车300千米，费尽周折找到"竹夫人"的主人，以一口价600元成交，买下这件古代用于消暑的普通老物件。同行的朋友笑他花高价"娶"回了一个"竹夫人"。郑国标笑着回答："你们不知道这件老物件的文物价值，它可是900多年前就频频出现在苏东坡诗词里的宝贝。"在郑国标收藏农村老物件的30多年里，像这样被人笑错了的故事还有不少。

收藏的老物件渐成规模后，对这些老物件充满感情的郑国标有了更高的追求。他想建一座专门的民俗展示馆，免费供人们参观考察，通过集中展示逐渐远离人们视线的农村生活、生产旧物，唤醒人们的乡愁记忆，进一步传承传统民俗文化。与此同时，吸引各地游客学者前来参观、考察、研学，为乡村振兴建设注入民俗文化元素，进一步提升文旅后溪品质。于是，2016年8月，在镇、村的大力支持下，郑国标开始实施民俗展示馆建设。经过将近一年时间的打磨，一座以农耕文化为核心的民俗展示馆终于隆重登场。

民俗展示馆建成后，以其鲜明的民俗文化特色迅速在浙西走红，并被各界盛赞有加。一批批来自四面八方的外地游客前来观赏打卡，一批批中小学生前来研学求知。2022年，衢江区民俗展示馆入选浙江省乡村博物馆，登上乡村博物馆的崇高殿堂。

▲ 乡村博物馆

吾头师作法（民间故事）

自从北宋衢州府太守吾渭在江山港边的一片滩涂上建村以后，这个被后人叫作棠村的地方就接二连三地出奇人。前有元代文学大家吾丘衍，以残缺之躯开创中国一代印学；后有明初著名乡绅吾用广，个人出巨资建起大型水利设施吾平堰。这不，不知哪个年代，村里又冒出了个会作法的毛头小子吾头师。

吾头师第一次被人发现会作法，是一次割早稻的时候。吾头师家有一片稻田在一个叫里秋垄的地方，到里秋垄干活要过江山港。这天，吾头师和他的哥哥在里秋垄割早稻，割到太阳搁在了西山的山梁上。哥哥说："我们好收工了，反正割不完。"吾头师说："路程这么远，来去麻烦，今天把它割完算了。"哥哥又说："割完也挑不回家呀。"吾头师说："哥，你认挑一担就是了，其余的我来包。"于是，两人继续割。

稻谷全部割完了，哥哥就挑了一担顾自先回家，临走时还丢下一句气话："除非你会作法，否则今天这些稻谷别想挑回家。"这时，稻桶里还有两担稻谷，稻桶边只有两只箩筐。吾头师等哥哥走远了，朝稻桶喊了一声"船"，稻桶立刻变成了一艘船。接着，朝天上喊了一声"水"，天上的白云立刻飘到地面变成了一片波涛。然后，吾头师跳进稻桶里，用扁担作船桨，一划两划很快便划过江山港，直接划到了家门口。"你哥呢？"老母亲见他一个人回来，担心起大儿子来。"哥在后面。"果然，不一会儿，哥哥"嗨呦、嗨呦"挑着一担稻谷回家来。

"你小子真会作法啊！"望着门前放着的两担稻谷，哥哥吃惊地瞪大了眼睛。

稻谷割回家，老母亲又犯愁了，对吾头师说："老二，我们家没晒场，隔壁邻居又不肯把晒场借给我们用，这么多湿谷不晒要发芽的，快想个办法吧。"吾头师说："娘，你别急，江山港水面平平整整，不是很好的晒谷场吗？"老母亲说："傻小子，水面上怎么好晒谷的。"吾头师说："娘，你放心，我自有办法。"只见他拿了一把破扫帚，来到江山港边，朝江面上左边一扫帚，右边一扫帚，很快就在江面上扫出一块平地来。然后，母子三人把三担稻谷全部倒了上去。这情形把个棠村种田的人全给看得目瞪口呆。

不想，稻谷晒干了，却把河神冒犯了。这河神本来就对棠村人一肚子的不满，想当初吾用广造吾平堰，事先连个招呼也不打，就把它硬生生拦腰一截，还在河岸上开了一道口子，至今腰部还隐隐作痛。今天你个毛头小子欺人更甚，居然用破扫帚在本神身上扫来扫去，把本神当成了什么人？无奈河神尽管神通广大，和人斗还是欠点火候，于是，就去找拜把兄弟雨神，要雨神和自己联手，一起治治棠村人和吾头师。

没有领教过棠村人厉害的雨神一脸不屑，说："吾头师那小子算什么东西，刚学了点作法的皮毛，就到处显摆，看我怎么治他。"雨神和河神窃窃私语一番后，两个大神就回到了各自管辖的领地上。

一会儿，原本晴空万里的棠村上空突然间狂风大作，电闪雷鸣，倾盆大雨铺天盖地而来。紧接着，更为魔幻的一幕出现了，落到地面的暴雨迅速汇聚成一条条急流，全部灌注到棠村所在的江山港地段，江山港瞬间洪水暴涨，淹没了岸边大片的水稻田。

"吾头师啊吾头师，今儿个看你还有啥能耐？"看着棠村人在稻田旁跺脚，站在天上看热闹的两个大神得意忘形极了。

"吾头师，赶紧想办法，不然我们一年的收成就没有了。"村民们围着吾头师团团转。

"大家放心，让他俩先逞能一下，这一点洪水吓不了我。"吾头师飞速跑回家，拿来一把晒稻谷时用来收稻谷的谷耙，说了声"大"，谷耙立刻变成一块大到天上的拦水板。吾头师先用拦水板把灌进稻田的洪水一点一点排出去。接着，再把拦水板用力往岸上一插，说声"坝"，一堵高高的堤坝立刻拦在江山港面前。最后，朝天上喊了声"停"，狂风暴雨立刻没了踪影。

雨停了，洪水也退了。两个大神眼睁睁地看着吾头师不费吹灰之力，就把他俩修炼了大半辈子的神功抹杀了。天外有天，山外有山，看来神仙也斗不过凡人啊。两位大神感慨万千，老老实实地过起安分守己的神仙生活。

湖南镇

烟雨湖南　诗意小镇

　　来过湖南，你才知道湖光山色；
　　来过湖南，你才知道人文荟萃；
　　来过湖南，你才知道鬼斧神工；
　　来过湖南，你才知道人间至味。

　　这是一位抒情诗人走遍千年古镇——湖南镇的山川和村落后留下的赞美诗句。

　　被诗人高度赞美的湖南镇，坐落于衢江区西南部，乌溪江中游，集镇所在地距离衢州市区41.5千米；东临黄坛口乡、举村乡，南接岭洋乡，西连江山市，北靠廿里镇、后溪镇。气候温暖湿润，森林覆盖率达87.9%，空气负氧离子每立方厘米含量高达15000个。

　　正如上述诗句开篇所写的那样，湖南镇的美好最早是从独特的湖光山色开启的，而独特的湖光山色又得益于这里得天独厚的自然风貌。在这里，有绵延百里的长河——乌溪江，犹如一条长龙穿行于仙霞山脉的崇山峻岭，然后纵贯湖南镇全境。在这里，有分别建成于20世纪50年代

▲湖南集镇

漫步衢江古镇

湖南镇

▲乌溪江景

漫步衢江古镇

漫步衢江古镇

湖南镇

的黄坛口水库、20世纪80年代的湖南镇水库,两座大中型水库又在江上自然形成两个人工天湖——九龙湖和仙霞湖。一江两湖,带上两岸青山,携手造就了湖南镇独特的湖光山色。

湖南镇的湖光山色有多美,只要你选一个晴朗无风的日子,爬上集镇南边的拦路山顶,望一眼脚下辽阔的湖面,那么,范仲淹所描绘的"至若春和景明,波澜不惊,上下天光,一碧万顷"的山川胜景便会扑面而来;只要你选一个细雨霏霏的日子,站在乌溪江西岸的滨江埠头,望一眼对岸忽隐忽现的村舍人家,那么,秦观所描写的"雾失楼台,月迷津渡"的山乡雾景便会徘徊不去。因为雾,湖南镇还被人在"山乡""水乡之外"冠以"雾乡"的美名。

湖南镇的湖光山色别具一格,湖南镇的人文景观更胜人一筹。

湖南镇地名的来历和演变充满了意趣,且有故事可铺陈。据清《西安县志》记载,三国时期,湖南湘潭人郑平,授吴国征房将军,奉命镇守衢州城。后其子孙集聚于衢南乌溪江畔,因怀念祖先和思念故乡,取村名为湘思、湖南,以此寄托思"湘"之情。这是"湖南"一名最初的来历。到了20世纪80年代建造湖南镇水库时,镇上来了很多湖南省籍的工人。为了区别两个湖南,湖南镇的湖南就改成了小湖南。再后来,开展乡镇区划调整时,又把小湖南改成了湖南。然而,不论地名如何演变,其中的乡愁始终都在。

在集镇的对岸,坐落着人文底蕴深厚的破石村。破石村是个千年古村,800多年前,村里余姓人家的先祖武举人余智远率家族从今天的柯城区石梁镇大俱源迁入。之后，他们围湖造田，繁衍生息，发姓为村。余姓人家特别注重耕读传家，倡导崇学风尚，因此后代出了很多贤士达人。仅明清两代，村里就先后走出了 7 名进士，15 名举人，26 名贡士，七品以上官员有 75 人，被人尊称为浙西"进士村"。村里至今还保留着以明清两代为主的古建筑 25 处，包括古巷道、小姐楼、余氏祠堂、文昌阁、千年迎喜桥等。富于地域特色的破石婺剧也传承百年至今。2014 年，破石村荣登浙江省第二批历史文化村落保护利用重点村榜单。

湖南村项家自然村对面山前峦上的湖南银矿遗址，是浙江省开采年代较早的银矿遗址之一。据《嘉庆一统志》记载："南山银矿，所出银矿，唐元和四年（809）废，五代吴越钱氏复开仍闭。"南山即今天的湖南镇一带。因时开时禁，湖南银矿分别开采于唐、宋、元、明、清各个时期，分布面积约 400 万平方米。湖南银矿遗址和炼银场遗址的发现，对研究我国银矿开采与冶炼技术发展史具有重要历史研究与考古价值。2011 年 1 月，湖南银矿遗址被公布为省级文物保护单位。

湖南镇还坐落着有国家级历史文化保护村落——山尖岙村大丘田古村落，清代乾隆年间始建的悬空于河岸两端的小湖南廊桥，群山怀抱中的仙姑丹宫，真可谓人文荟萃。

漫步于湖南镇的乡间公路，稍加留神，就可以看见分布在公路两边的世界地质奇观——湖南节理石柱群。这些来自 1 亿 4000 万年前的湖南节理石柱群，其规模、形态以及研究价值可与著称于世的英国北爱尔兰玄武岩柱状节理"巨

▲ 湖南镇俯瞰

漫步衢江古镇

漫步衢江古镇

湖南镇

▲ 湖南镇

漫步衢江古镇

漫步衢江古镇

湖南镇

人之路"和美国响岩体柱状节理"魔鬼塔"相媲美,甚至远远超过它们。湖南节理石柱不但数量多,地质专家测算湖南镇境内至少分布着5000万根节理石柱,而且形态奇异,有的排列整齐像巨大的灯芯糕,有的凌空而起似集束火箭,有的千奇百怪如婀娜的舞者。更为巧夺天工的是,六边形柱体断裂处的平面不但六边形规整有序,而且平整光滑,仿佛是一片片人造地砖。

湖南镇的一系列土特产也是行业的佼佼者。

最早产自蛟垄村的小黄姜,至今已有700多年的种植历史,早在明朝初年就誉满天下,成为进贡朝廷的贡品。2016年,蛟垄小黄姜更是以其优良的品质成为G20杭州峰会餐桌上的指定用姜,小小的生姜直接惊艳了世界。小黄姜的崛起,离不开科技生产、科学管理和现代营销理念的加持。2018年开始,湖南镇对小黄姜从品质规格、产品安全检测、设计包装、仓储保鲜和物流管理等方面进行全面升级,打造了"蛟垄小皇姜"商标品牌。2019年以来,以小黄姜为主角的衢州市姜文化节已经连续举办了三届。每届文化节上评选出来的姜王,都成为大家追捧的明星。目前,全镇种植面积达2000余亩,种植农户达500余户,成为浙西地区最大的小黄姜种植基地,产品畅销衢州乃至全国各地。

近年来,衢州土特产界冒出了一匹黑马,它就是湖南镇的小湖南年糕。小湖南年糕的代表是轩阁祝记年糕,轩阁祝记年糕的主理人是湖南村妇女主席余志娟。余志娟做年糕已有18年,也许因为这一点,她所做出来的年糕味道跟其他人做的就是不一样。吃过轩阁祝记年糕的消费者都说她家的年糕好吃，买年糕就认准她家的，以至于每年春节前几天的衢州城里，不少超市老板把轩阁祝记年糕作为当家商品，贴上手写的"小湖南年糕"标签后摆在门口招徕顾客，成为衢城一道独特的风景。

　　湖南镇还有一众一提起就有兴趣的土特产，比如小湖南鱼干、小湖南笋干、小湖南茶叶。

　　在旅游界，流行着这样一句顺口溜"游在乌溪江，吃在小湖南"，来褒扬湖南镇的美食。湖南镇的美食主要代表有三样，一样是大坝炭火鱼头，一样是腊肉熏鱼干，一样是小湖南芋荷粿。听菜名就知道，这三样美食烹调和食材都自带湖南镇特征。大坝炭火鱼头是用木炭做燃料，用乌溪江里的清水鲢鱼头做主材。腊肉熏鱼干是用烘烤而成的乌溪江小鱼干做主材，搭配上自家腌制的老腊肉。小湖南芋荷粿是用乌溪江土地里种出的芋梗，搭配上乌溪江田里种出的水稻米。三样美食烹调的方法很简单，但因为水好，地好，鱼好，人心好，最后都把食客们的舌尖一一征服。

　　天赋的山水，悠久的文明，勤劳的坚守，让湖南镇这座烟雨迷蒙、诗意盎然的千年古镇风采灿然、魅力长存。

世界地质奇观——湖南节理石柱群

细数湖南镇秀丽的山川风光，人们提及最多的是乌溪江上如梦如幻的晨雾，清澈如镜的湖面，连绵不绝的青山。其实，在湖南镇还珍藏着一处世界地质奇观——湖南节理石柱群。

湖南节理石柱群的分布面积广大。穿行在湖南镇的乡间公路间，只须稍稍留点神，就能发现路两边山上忽隐忽现的节理石柱。湖南镇内的节理石柱总面积有30多平方千米，是目前全球已经发现的规模最大的节理石柱群，相对集中的区域坐落在湖南镇南部的华家村一带。在通往华家村的公路上，你只要放慢车速，就能看清公路两边节理石柱群的身影。它们有的埋在地底，有的外露于岩壁；有的排列整齐像巨大的"灯芯糕"，有的凌空而起似集束火箭，有的又如婀娜多姿的舞者，形态奇异，令人叹为观止。

湖南节理石柱群的形态千奇百怪。只要你靠近观察，就会发现更多奇特的细节。这些节理石柱大多呈现为直立状，小部分为倾斜状，少许是平卧的。柱体通常呈非常规则的六边形，也有少许五边、八边等多边形的。柱体直径一般为

35厘米至80厘米，最大的柱体直径达140厘米。柱体高度不等，从几十厘米到数十米都有。颜色大多为赭红，也有青黛的。特别是扭曲型节理在全世界称得上独一无二。最令人称奇的是，石柱齐齐折断之处形成的一个个平面，平整光滑，就像泥水匠铺设的地砖那样平整和有立体感，可谓鬼斧神工，因而被人称之为东方奇柱。

湖南节理石柱群的发现意义重大。湖南节理石柱群被发现的时间较晚，可谓藏在深闺人未识，长期以来默默无闻于乌溪江畔，但一经发现后，就以迅雷不及掩耳之势闻名于世。2003年6月12日，《浙江日报》以"5000万根节理石柱惊现衢州"为题，率先对湖南节理石柱群展开报道，才撩去了披在它身上的神秘面纱。接着，新华社又全文转发《浙江日报》的消息稿，湖南节理石柱群随之快步"出山"，迅速走向全国。

湖南节理石柱群赫然面世，立即以其数量之众多、分布之密集、保存之完好、规模之宏大、形状之奇异惊艳天下，一时间，众多的参观者和专家学者纷纷从四面八方前来观赏和科学考察。面对大自然一手造就的这一神奇景象，人们纷纷凭借自己的想象猜测它的各种成因。有人说它是地上的神造的，有人说它是天上的神放下来的。地质学家说，湖南节理石柱群起于地壳运动，发育于晚侏罗世至早白垩世，距今约有1亿3700万年。当时，我国东部为一广阔的陆地，有含煤的陆地相沉积，且有火山喷发和岩浆活动。在地壳运动剧烈、火山活跃时，一股股岩石熔流从裂隙的地壳涌出，并随着灼热的熔岩逐渐冷却、收缩、结晶。当

▲湖南镇节理石柱

漫步衢江古镇　湖南镇

各种条件具备时,岩浆的结晶体便会爆裂成有规则的柱状石。大量的柱状石排列、捆扎、堆叠在一起,形成壮观的石柱群。在这些石柱之间,仅有极细小的缝隙将其一一分开,地质学上把这些裂缝称为"节理"。地质学家根据面积推算,湖南镇内有大约5000万根这样的节理石柱。湖南节理石柱群为地球科学研究提供了一个重要的标本。一言以蔽之,湖南节理石柱群的发现,既具有重大的科学研究价值,又具有极高的旅游观光价值。

湖南节理石柱群的出现,还使远在大西洋东岸的英国"巨人之路"黯然失色。"巨人之路"位于英国北爱尔兰贝尔法斯特西北约80千米处的大西洋海岸,形成于4000多万年前,由40000多根大小均匀的玄武岩石柱聚集成一条绵延数千米的堤道,被视为世界自然奇迹。1986年,"巨人之路"被列为世界自然遗产。在世界地质奇观界地位如此显赫的"巨人之路",在湖南节理石柱群面前顶多算一个"小巫"。湖南节理石柱群发育时间早它将近1亿年不说,规模还大它一千多倍,种类齐全,是包括"巨人之路"在内的其他节理石柱群无法比拟的。

最后,湖南节理石柱群还有一个节理石柱界唯一的存在。除了直线型的节理,这里还发现了一种全世界独一无二的扭曲型节理。这一奇特现象,令无数地质学家百思不得其解,留下难以破解之谜。

"进士村"——破石

出湖南集镇，往东跨过架在乌溪江上的湖南镇大桥，再走上三里地，山川秀美、人文荟萃的浙西名村——破石村便迎面而至了。

初见破石村，你就会被它秀丽的水光山色所吸引。

破石村坐落在乌溪江的东岸，一面临水，三面环山。浩浩汤汤的乌溪江就从它的脚下自南向北奔腾而去。乌溪江所蒸腾起来的水烟云雾，缭绕在粉墙黛瓦间，如梦如幻，美如人间仙境。它的东、南、北三面，尽是青山连绵，重峦相叠，青松、翠柏、修竹长满山坡谷地。还有形象逼真的双砚池、双蝶峰、笔架山、牡丹台"破石四景"穿插其间。江南山村该有的山水美貌，破石村可以说一样都没有落下。

再见破石村，你又会被它深藏的人文底蕴所折服。

先来看破石村村庄的规模。破石村现有自然村39个，人口2870余人，村域面积高达38.8平方千米，几乎占了衢江区区域面积的五十分之一，是目前衢江区村域面积最大的行政村。作为地处乌溪江腹地的一个山区村，能有这样的村庄规模，绝不是一个大字就可以概括得了的。

▲文昌阁

　　破石村的建村史非常悠久。如果从村里的主姓余氏家族迁居破石村算起，建村史至少在 800 年以上。据村里的《圆

湖南镇

石余氏家谱》记载，破石余氏第一代始祖余智远，早在南宋乾道年间（1165—1173），就从百里之外的柯城区石梁镇

大俱源率家族迁入破石。之后，发姓为村，繁衍生息，终于形成今天蔚为大观的浙西大村。称破石村是浙西最古老的村，应该没有人有异议。

很多人对破石村产生兴趣，起因肯定是出于它那耐人寻味的地名。每个初次听到破石村这个地名的外来游客，都会对破石村三个字产生好奇。方块字里有那么多好听的字词，破石村人为什么偏偏选了它们。对此，村中的老人们给出了两个不同版本的解释，一个真实的，一个传说的。

真实的版本这样说：破石村这地方，最早叫玻石里，因为村里有块石头像玻璃一样透明。武举人出身的余智远率家族来到这里后，觉得这个老地名寓意太浅，还不如祖籍地石梁大俱源圆石坑有意味，就和族人商量，把玻石里改成了圆石，既好听，又念祖。第一次修家谱，就取名《圆石余氏家谱》，把圆石这个地名给固定了起来。谁知，圆石这个地名叫了500年，到了清朝又被他人给改成了破石。破石一名最早出现在官方文献里的是清代《衢州府志》，里面有这样一段话："廿里庄，在城南六十至一百一十里，交遂昌界，下辖破石等六十六村。"之后，民国《衢县志》"各庄村名"里再次出现破石两字的身影："二十四庄，城南六十里至百里，交遂昌界。破石、东仓、天井山。"《衢州府志》《衢县志》是官方文献，白纸黑字，谁也没办法再改。于是，圆石这个地名便与破石人渐行渐远，直至完全消失。

传说的版本又这样说：相传很久很久以前，一块圆如球状的巨石不知何故，硬是堵在破石人日常进出的山口，人员车马进出都要绕一个大圈子，给当地人们的生活、生产造成了极大困惑，圆石一名就是这样得来的。这个窘境，一直持续到洛阳牡丹仙子来破石游玩的那一天。这天，从洛阳来的牡丹仙子慕名来到破石村，看见村口这块蛮横无理的圆石，心里很不服气，就奏请玉皇大帝派雷神爷来劈它，还给村里人一条平坦大道。受命而来的雷神爷走到圆石跟前，二话不说，扬起巨臂用力往下一劈，圆石瞬间就成了两半，受阻的山口豁然打开。为了感恩和纪念这位为村里人带来福音的牡丹仙子，当地人不但在村里建起一座牡丹台祭拜她，还把村名改成了破石。

家谱上说也好，传说里传也好，无不表明破石村这个地名来历非同寻常，破石村这个地方也来历非同寻常。

秀丽的山水引人入胜，有趣的地名引人好奇，这些无一不是作为第四批中国传统村落破石村的标配。而作为浙江省第五批历史文化名村的破石村，还有更厉害的一面让你惊诧不已，那就是戴在它头上的浙西"第一进士村"的桂冠。

破石村余氏始祖余智远，虽是武举人出身，却重文崇理，倡导耕读传家，为破石人树起了良好的家风家规。受其影响，余氏后人们无不尊崇文理，勤奋好学，先后涌现出一大批学养深厚、品格高尚的文人学士。翻开《圆石余氏家谱》，一行行散发着浓郁墨香的文字扑面而来：明永乐元年（1403年），余贞、余能兄弟同中举人；永乐二年（1404），余贞高中进士；永乐九年（1411），余敬高中进士；明成化二年（1466年）余英高中进士；明万历二年（1574年）余国宾高中进士；明万历八年（1580）余懋中高中进士。清嘉庆四年（1799）余本敦高中进士；清嘉庆甲戌年（1814）余凤嗐高中进士。仅明清两代，破石村就先后走出了7名进士，15名举人，26名贡士，七品以上官员有75人。而且，还出现了进士"父子兵"，余本敦高中进士15年后，他的长子余凤嗐紧步后尘一跃龙门。地处深山老林的破石村，一时风头无两，名震朝野。

而且，这些读书致仕的余氏后人大多为官清廉，为人孝贤。其中，最有名的就是永乐九年高中进士、官至监察御史的余敬。相传少年丧母的余敬对他的继母非常孝顺，像亲生母亲一样侍奉她，虽为官在外，也时刻把她记挂在心上。他52岁那年，得知继母生病，就不顾路途遥远，从贵州赶回探望，不幸途中染病，回家见过继母后不久就病逝了。在破石村的余氏祠堂内，还陈列着十二位先祖的画像和他们的孝贤事迹，让后代学习和敬仰。

破石，不愧为一颗镶嵌在浙西大地文化版图上的璀璨明珠。

小湖南廊桥

提起享誉世界桥梁界的中国木拱廊桥，很多人都会自然而然地联想起地处浙西南的泰顺廊桥。但令你想不到的是，在浙西的湖南镇，居然也有一座这样的桥梁，它就是小湖南廊桥。

小湖南廊桥位于湖南集镇所在地湖南村。沿着湖南村中心大道由北往南走上 500 多米，到了乌溪江支流湖南溪畔，再抬头朝湖南溪上游的不远处一望，就可以见着架在湖南溪上的小湖南廊桥了。

远处所望见的小湖南廊桥静如处子。整座桥没有卷拱的弯折，桥梁呈"一"字形横跨在湖南溪上，十分简练的造型，给人一种十足的安稳感和安静美。桥上搭着一排长条形的廊屋，像是停放在湖南溪上的一顶大花轿。桥体呈红褐色，相比于周围的绿水青山似乎显得有点耀眼，但正是这种色泽上的另类，充分表明它的过去曾经历尽沧桑。

近处所看见的小湖南廊桥，却又生动活泼。廊桥以湖南溪两边的河岸做桥墩，桥墩采用当地的河卵石砌筑而成。在桥墩上用纵四横三排列的圆木呈二层向湖南溪的中心悬挑，再在第二层三根横排的圆木上架上五根圆木桥平梁，平梁上

▲ 古廊桥

铺设木板桥面。在桥面上搭建起七间五檩四柱廊屋，梁架为抬梁穿斗混合式结构。廊屋两边各设立一排长条形坐板，供来往行人休息之用。两侧各檐柱间又设有直棂栏杆，栏杆上安装着工字纹花格窗。廊屋正中间东面设有神龛二座，西面栏杆上装

饰成三连壶门。桥廊南端建有一座坐北朝南的桥门屋,桥门屋的墙面上安着一块简介牌,上面写着"该桥始建于清乾隆年间,清咸丰八年(1858)重建,木结构廊屋桥,南北走向,横跨湖南溪,全长25.5米,宽2.85米,分布面积72.68平方米"等

字样。门洞上方墨书"固吾圉"三个大字。

　　都说字少事大,简介牌上的文字虽然只有寥寥几行,却让人隐约感觉到小湖南廊桥背后有故事。向村里的老人一打听,还真有这么一回事。

　　湖南村是个古村落,村里一直住着和睦相处的祝姓、余姓两大家族。当年,小湖南廊桥所在的这段湖南溪筑有一道堰坝,供村人往来两岸。地处江南的湖南村雨季比较多,湖南溪洪水频发,堰坝受淹,两岸人家出行常常受阻。面对这种情况,村里祝姓、余姓两大家族就坐下来商量,决定在湖南溪上造一座桥。造座什么样的桥?村里的读书人说要造就造一座廊桥,既实用,又美观。于是,祝姓、余姓两大家族有钱出钱,有力出力,他们从山上砍来巨木,从溪里搬上块石,又请来经验丰富的造桥师傅,共同建起了这座美观实用的廊桥。廊桥建成的那天,全村老少齐聚廊桥,张灯结彩,欢庆廊桥建成。村里人为了纪念大家齐心协力建造廊桥的举动,还把廊桥称为祝姓、余姓两大家族的"同心桥"。

　　村里读书人多,小湖南廊桥建起来了,他们认为还需要给它增添一点雅趣,就请当地的武状元祝根寿在廊桥门洞上方题写几个字。毕竟是武状元出身,豪情满怀的祝根寿专门从《左传·隐公十一年》"寡人之使吾子处此,不惟许国之为,亦聊以固吾圉也"一段话中,精心挑选了"固吾圉"一语,表达自己和乡亲们保卫乡土的决心和志向。

　　建造小湖南廊桥是村里的一件大事,所以,当年祝姓、余姓两家都把它记入了各自的家谱。今天我们能知道廊桥的建造时间,就得益于他们的家谱记载。家谱上说小湖南廊桥始建于清乾隆年间，此后，又分别于清咸丰八年（1858）第一次重建、清同治十二年（1873）第一次重修。可见，小湖南廊桥的建桥史悠久。家谱还给我们提供了一个信息，小湖南廊桥建成后，尽管它地处深山、远离是非，还是没有躲过多场兵祸以致被毁，所以，才会有后来的两次重建重修。可见，它的过往也历经了多重曲折和沧桑。

小湖南廊桥桥南为通往乌溪江山区腹地和江山市、遂昌县等地的古驿道，廊桥的建成，使这条古驿道如虎添翼，运力倍增，因而，受到官府和民众的推崇和肯定。更因它优美别致的景观，引来当地一众文人学士的咏诗赞颂。

世居湖南村、被人称为清代三衢鸿儒的南孔后裔孔传曾，一生写下众多诗词，在他留下的诗作中有组诗《湖南八咏》，其中一首《板桥》诗，就是称赞小湖南廊桥的。诗云："来往劳劳折柳忙，板桥一片不封霜。东风满地飘晴絮，欲送行人到栝苍。"与孔传曾交往甚笃、时常酬和的清代名士郑文琅看见孔传曾的《板桥》诗后诗兴大发，也作了《湖南八咏》《板桥》酬和。郑诗云："人家两岸接炊烟，溪水回还树影圆。忽忆板桥遗迹在，早霜曾踏五更天。"

新时代的小湖南廊桥，更被今天的人们所怜惜和珍爱。1996年，小湖南廊桥被列为县级文物保护单位。近年来，镇里、村里先后多次筹资重修。

站在小湖南廊桥工字纹花格窗前，瞭望远处的青山，近观脚下的绿水，一声赞叹脱口而出：小湖南廊桥是一首诗，一首写在湖南溪上的诗。

藏在大山里的两道美食

也许是得了好山好水的滋养吧,近年来,乌溪江畔小巧玲珑的湖南村出了两道大名鼎鼎的美食,一道是轩阁祝记年糕,一道是小湖南芋荷粿。

这两道典藏在大山深处的美食名气有多大,说出来一般人都有点不相信。2019年一年时间里,小湖南芋荷粿从湖南村出发,一路向北,先后走进浙江卫视、中国蓝新闻、学习强国,最后上了央视的《原味中国》栏目;轩阁祝记年糕则乘着互联网的东风一路往南,过福建,到广东,最后竟然上了香港市民的餐桌。

这两道美食的出圈,离不开湖南村被人称为山乡厨娘的余志娟。

说起余志娟和她这两道美食的故事,当地人会用两句话来概括,一句说余志娟做年糕和包芋荷粿是有故事的,另一句说余志娟做年糕和包芋荷粿是用了心的。

22年前寒冬腊月的某一天,余志娟的公公为了买过年用的年糕,在村里的年糕坊里排了两天两夜的队还没有排到头。平日里就心疼公公婆婆的余志娟说不如我们自己办家年糕坊，除了方便自家吃，还可以卖给大家，为家里增加一点经济收入。于是，做事干脆利落的余志娟就和丈夫立即行动起来，搭厂棚，买机器，开起了年糕坊，并给自己的年糕取了个轩阁祝记年糕的好名字。

　　成功，有的时候来得猝不及防。采用本地出产的稻米为主材料的轩阁祝记年糕一上市，就因食材的优质、工艺的精细、口味的纯正获得了广大消费者的青睐，从湖南村阔步走向外面的大市场。办起年糕坊的第一年，两个月时间里余志娟就生产和销售了10万斤年糕。为了进一步提升品质，丰富品种，余志娟向广大消费者征集年糕改良的金点子，然后根据消费者的建议，利用本地农特产品，先后推出南瓜年糕、紫薯年糕、火龙果年糕等品种齐全的"七彩年糕"。"七彩年糕"一经推出，不但丰富了年糕品种，而且有效扩大了年糕市场，带动年糕产量和销量的直线飙升。2023年最后两个月，余志娟生产和销售轩阁祝记年糕达40万斤，销售额突破120万元，成为广大城乡居民争相采购的年货。衢城的部分超市甚至把轩阁祝记年糕当作自家的当家商品，贴上写着"小湖南年糕"字样的标签后摆在店门口招徕顾客，一度成为衢城一道独特的风景。

　　小湖南芋荷粿本是流行于湖南村及周边村庄的一道点心小吃，至今已有200多年历史，其原材料以晒干的芋梗和米粉为主。李时珍在《本草纲目》中写道："芋梗，辛、冷、滑、无毒。除烦止泻。疗妊妇以烦闷、胎动不安。民间多用作暖胃、止痛之食疗。"当地人也认为它能祛湿、健脾、补充体能，特别对夜里盗汗等虚症有独特功效，所以用芋梗为主材料

▲ 芋荷粿

的芋荷粿又被称为"养生粿"。每逢谷雨季节来临,男劳力们开始下田春耕了,家里的主妇就要做一些芋荷粿作为补品给他们食用,以此来强身健体。

  然而,有补身功能的小湖南芋荷粿因为芋梗的原因略微带点苦涩味,不太受山外面的人待见。"这么好的一道点心小吃,只有山里人自己食用,多可惜。"在年糕改良上尝到甜头的余志娟,开始把注意力转移到芋荷粿上,她决定做出一个美味可口的芋荷粿。她认真揣摩母亲传承下来的芋荷粿制作技艺,大胆地对配方进行改良,加进猪肉等一些能消除涩味的食材。经过三番五次的实践,终于如愿以偿做出一个没有涩味的小湖南芋荷粿。

  改良版的小湖南芋荷粿以其美味可口的特点迅速走红,很多外地游客到湖南镇游玩用餐时都要点芋荷粿。余志娟也带着小湖南芋荷粿积极参加省市区各种比赛，并获得多项荣誉。2017年获得衢州市商务局举办的美食比赛最佳特色小吃奖；2018年获得浙江省妇联美食厨娘秀最佳人气奖；2019、2020年相继被中国CCTV原味栏目组拍摄舌尖上的美味，中国蓝新闻、浙江电视台、学习强国、范大姐栏目拍摄报道；2021年第一次走出中国内地市场，进入香港。特别是2022年浙江省妇联发布的"妈妈的味道短视频"推出后，小湖南芋荷粿从作坊走向了更为广阔的天地。

轩阁祝记年糕和小湖南芋荷粿还成为各级非遗所钟情的目标对象。2022年，轩阁祝记年糕制作技艺被列为衢江区区级非遗，余志娟为代表性传承人；2023年，小湖南芋荷粿制作技艺被列为衢州市市级非遗，余志娟为代表性传承人。

牡丹仙子破圆石（民间故事）

相传有一年春天，喜欢游山玩水的牡丹仙子，听说江南有个叫乌溪江的地方山清水秀，就把行囊往肩上一背，兴冲冲地告别洛阳牡丹园里的姐妹们独自奔向江南。

这天，牡丹仙子辗转千里，终于来到传说中的乌溪江。站在江岸上朝四周一望，好家伙，果然名不虚传。只见这里青山竞秀，碧波荡漾，繁花似锦，百鸟和鸣，如诗如画的秀美景色不知把洛阳甩出几条街。都说十个神仙九个有凡心，迷恋乌溪江景色的牡丹仙子便决定留在这里不走了。经过一番踏勘，最后她选定一个叫圆石的村庄作为自己的落脚点。于是，牡丹仙子在村庄旁的一处高坡上搭起了一间小巧玲珑的茅草屋，每天日出看晨雾，日落看晚霞，真正过起了神仙日子。

一段时间后，细心的牡丹仙子发现了一个令她百思不得其解的怪现象，圆石这地方平畴沃土，却田地荒芜；山民们辛勤劳作，却用野果充饥；至于进进出出，更是需要像猿猴那样攀爬。问了村里的老农，原来是村庄水口上的一块滚圆的大石头在阻挡。牡丹仙子过去一看，这块石头不偏不倚，正好搁在水口最狭窄的地方，把山民们进出的必经之地和河道全给彻底堵死了。

"石大神，你这样霸道，车马不能进出，货物不能交流，山洪暴发，满上来的洪水还要把村里的田地淹没掉，多不好。"牡丹仙子好言相劝，想叫这块被山民称为圆石的大石头让个路。

"牡丹仙妹子，你要做好人，可以。只是我身子笨重，要你仙妹子来推我。推得动，我就把路让出来。"说完，脸上露出一丝狡黠的微笑。

牡丹仙子走上前去用力推了几把，无奈身单力薄，圆石连动都没动一下。

"哈哈哈，你再去修炼三年吧，就凭现在这点吃奶的力气，还想做好人。"圆石哈哈大笑后扬长而去。

士可杀，不可辱。从未受过他人如此嘲弄的牡丹仙子犟劲呼地一下往上蹿："本仙本来不想管人间的闲事，今天遇上你这个蛮不讲理的路霸，就要和你扳到底。"

于是，牡丹仙子又呼地一下上了天庭，奏请玉皇大帝派人来治一治这个欺人太甚的家伙。

玉皇大帝一听，顿时火冒三丈："反了，这厮。竟敢欺负到我的小仙女头上。"当即遣使一旁的雷公大神在三天之内用雷霆把圆石劈成两半，叫这个自负的家伙滚蛋。

回到圆石后，牡丹仙子叫山民们躲进山洞，等待雷大神从天而降。一天过去了，两天过去了，这雷大神仍然不见踪影。正当大家开始失望的时候，第三天傍晚，突然狂风大作，飞沙走石。紧接着"哗啦啦"一道闪电划过，一阵惊天雷震得地动山摇。然后，滂沱大雨倾盆而下，仿佛天塌了一般。一会儿，雨过天晴，风平浪静，山民们便从山洞里探出头来，往水口那边一望，那块横着的大圆石果真被劈为两半，中间豁出一条平坦大道。

从此，圆石村舟楫往来如梭，车马进出自如，山什野味得以出山，盐铁货物得以入谷，山民们又开始了稼穑而食、桑麻为衣的生活，洪荒之地渐渐走向文明。为了纪念牡丹仙子，大家还把圆石村更名为破石村。

做好事，要么不做，要做就要做到底。现在，破石村交通问题解决了，还有一个教育问题亟待解决。雷大神劈开圆石的时候，有一些碎石落到乌溪江畔，在岸边形成了一座突兀山峰。山峰又隔断了江湾，形成了一个峡谷内湖。为何不把这些山峰内湖利用起来呢？牡丹仙子有心教化山民耕读传家，知书识礼，就用玉指轻轻一点，口中说声"变"，突兀山峰变成了一座笔架，峡谷内湖变成了一块砚墨池。然后又把砚墨池内的水点成黑红两色，红者为朱，黑者为墨。从此，破石村办书院、兴学堂，崇文重理蔚然成风，一时成了读书人的天堂。

同时，牡丹仙子还暗中帮助破石村的读书人考取功名。据说，当年每逢乡试举贡，只要村里的牡丹花灿烂开放，破石的生员就能摘金夺银，连连中举。"牡丹花儿开，花翎进村来。"说的就是牡丹仙子暗中助考一事。破石村的读书人也不负牡丹仙子的厚望，发奋读书，英才辈出，仅仅明清两代，就先后出了7个进士，15个举人，被人刮目相看。

牡丹仙子离开后，为了纪念她，破石村人在她当年驻留的地方建起了一座牡丹台，给她点化成笔架的山峰和砚池的内湖分别命名为"笔架山"和"双砚池"。

后记

　　历时一年，数易其稿，《漫步衢江古镇》终于编撰成书。
　　一年来，我们不辞辛劳，穿行于衢江古镇的大街小巷，漫步于衢江古镇的祠堂寺观，流连于衢江古镇的小桥流水，沉浸于衢江古镇的神话传奇，无时无刻不被衢江古镇所具有的丰富而又深厚的人文底蕴所感染、所吸引、所沉醉。都说衢江是个美丽的地方，衢江古镇就是镶嵌在衢江大地上的一颗又一颗文化明珠。
　　本书在编撰过程中，得到了各界朋友的大力支持，特别是栾雨薇、郑媛媛、洪炳福、汪子恒、徐毅安、宋凌洁、江秀花、罗仙华、金淑芬、方蕾等从事基层文化工作的同志给予悉心指导和倾力帮助。在此，谨向他们表示衷心的感谢！
　　由于我们精力有限，难免挂一漏万，水平有限，或使明珠蒙尘。疏漏和错误在所难免，尤其是衢江古镇尚有许多人文景观有待进一步发掘和传扬，祈望广大读者不吝赐教，共同努力，把衢江古镇的人文故事讲得更动听，更深邃。

编者
2024 年 8 月